U0094260

国家社会科学基金重大项目
“《文心雕龙》汇释及百年‘龙学’学案”
（批准号：17ZDA253）阶段性成果

「龙学」前沿书系

《文心雕龙》论析

戚良德 主编

万奇 著

長江出版傳媒
崇文書局

图书在版编目（CIP）数据

《文心雕龙》论析 / 万奇著. -- 武汉 : 崇文书局，2023.8

（龙学前沿书系）

ISBN 978-7-5403-7372-6

Ⅰ. ①文… Ⅱ. ①万… Ⅲ. ①《文心雕龙》—研究 Ⅳ. ① I206.2

中国国家版本馆 CIP 数据核字（2023）第 115353 号

丛书策划：陶永跃
责任编辑：胡 钦 王 璇
封面设计：杨 艳
责任校对：董 颖
责任印制：李佳超

《文心雕龙》论析
WENXINDIAOLONG LUNXI

出版发行：长江出版传媒 | 崇文书局
地　　址：武汉市雄楚大街 268 号 C 座 11 层
电　　话：(027)87677133　　邮政编码：430070
印　　刷：湖北新华印务有限公司
开　　本：880mm×1230mm　　1/32
印　　张：7.875
字　　数：180 千
版　　次：2023 年 8 月第 1 版
印　　次：2023 年 8 月第 1 次印刷
定　　价：78.00 元

（如发现印装质量问题，影响阅读，由本社负责调换）

总 序

《文心雕龙》是一部什么书？

戚良德

四十年前的1983年，中国《文心雕龙》学会在青岛成立，《人民日报》在同年8月23日以《中国〈文心雕龙〉学会成立》为题予以报道，其中有言："近三十年来，我国出版了研究《文心雕龙》的著作二十八部，发表了论文六百余篇，并形成了一支越来越大的研究队伍。"因而认为："近三十年来的'龙学'工作，无论校注译释和理论研究，都取得了丰硕的成果。"至少从此开始，《文心雕龙》研究便有了"龙学"之称。如果说那时的二十八部著作和六百余篇论文已经是"丰硕的成果"，那么自1983年至今的四十年来，"龙学"可以说取得了令人瞩目的巨大成就。据笔者统计，目前已出版各类"龙学"著述近九百种，发表论文超过一万篇。然而，《文心雕龙》是一部什么书？这一看起来不成问题的问题，却在"龙学"颇具规模之后，显得尤为突出，需要我们予以认真回答。

众所周知，在《四库全书》中，《文心雕龙》被列入集部"诗文评"之首，以此经常为人所津津乐道。近代国学天才刘咸炘在其《文心雕龙阐说》中却指出："彦和此篇，意笼百家，体实一子。故寄怀金石，欲振颓风。后世列诸诗文评，与宋、明杂说为伍，非其意也。"他认为，《文心雕龙》乃"意笼百家"的一部子书，将其归入"诗文评"，是不符合刘勰之意的。无独有偶，现代学术大家刘永济先生虽然把《文心雕龙》当作文学批评之书，但也认为其书性质乃属于子书。他在《文心雕龙校释》中说，《文心雕龙》为我国文学批评论文最早、最完备、最有系统之作，而又“超出诗文评之上而成为一家之言”，从中“可以推见彦和之学术思想”，因而“按其实质，名为一子，允无愧色”。此论更为具体而明确，可以说是对刘咸炘之说的进一步发挥。王更生先生则统一“诗文评”与“子书”之说，指出“《文心雕龙》是‘文评中的子书，子书中的文评’”，并认为这一认识“最能看出刘勰的全部人格，和《文心雕龙》的内容归趣”（《重修增订文心雕龙导读》）。这一说法既照顾了刘勰自己所谓“论文”的出发点，又体现了其“立德”“含道”的思想追求，应该说更加切合刘勰的著述初衷与《文心雕龙》的理论实际。不过，所谓“文评”与“子书”皆为传统之说，它们的相互包含毕竟只是一个略带艺术性的概括，并非准确的定义。

那么，我们能不能找到更为合乎实际的说法呢？笔者以为，较之“诗文评”和“子书”说，明清一些学者的认识可能更为符合《文心雕龙》一书的性质。明人张之象论《文心雕龙》有曰：“至其扬榷古今，品藻得失，持独断以定群嚣，证往哲以觉来彦，盖作者之章程，艺林之准的也。”这里不仅指出其“意笼百家”的特点，更明白无误地肯定其创为新说之功，从而具有继往开来之用；所谓“作者之章程，艺林之准的”，则具体地确定了《文心雕龙》一书的性质，那就是写作的章程和标准。清人黄叔琳延续了张之象的这一看法，论述更为具体：“刘舍人《文心雕龙》一书，盖艺苑之秘宝也。观其苞罗群籍，多所折衷，于凡文章利病，抉摘靡遗。缀文之士，苟欲希风前秀，未有可舍此而别求津逮者。”所谓“艺苑之秘宝”，与张之象的定位可谓一脉相承，都肯定了《文心雕龙》作为写作章程的独一无二的重要性。同时，黄叔琳还特别指出了刘勰“多所折衷”的思维方式及其对“文章利病，抉摘靡遗”的特点，从而认为《文心雕龙》乃“缀文之士”的“津逮”，舍此而别无所求。这样的评价自然也就不“与宋、明杂说为伍”了。

清代著名学者章学诚在其《文史通义》中则有着流传更广的一段话：“《诗品》之于论诗，视《文心雕龙》之于论文，皆专门名家，勒为成书之初祖也。《文心》体大而虑周，《诗品》思深而意远；盖《文心》笼罩群言，而《诗品》深从六艺溯流别也。”这段话言简意赅，历来得到研究者的肯定，因而经常被引用，但笔者以为，章氏论述较为笼统，其中或有未必然者。从《诗品》和《文心雕龙》乃中国文论史上两部最早的专书（即所谓“成书”）而言，章学诚的说法是有道理的，但“论诗”和“论文”的对比是并不准确的。《诗品》确为论“诗”之作，且所论只限于五言诗；而《文心雕龙》所论之“文”，却决非与“诗”相对而言的“文”，乃是既包括“诗”，也包括各种“文”在内的。即使《文心雕龙》中的《明诗》一篇，其论述范围也超出了五言诗，更遑论一部《文心雕龙》了。

与章学诚的论述相比，清人谭献《复堂日记》论《文心雕龙》可以说更为精准：“并世则《诗品》让能，后来则《史通》失隽。文苑之学，寡二少双。”《诗品》之不得不“让能”者，《史通》之所以“失隽”者，盖以其与《文心雕龙》原本不属于一个重量级之谓也。其实，并非一定要比出一个谁高谁低，更不意味着“让能”“失隽”者便无足轻重，而是说它们的论述范围不同，理论性质有异。所谓“寡二少双”者，乃就“文苑之学”而谓也。《文心雕龙》乃是中国古代的“文苑之学”，这个“文”不仅包括“诗”，甚至也涵盖“史”（刘勰分别以《明诗》《史传》论之），因而才有“让能”“失隽”之论。若单就诗论和史论而言，《明诗》《史传》两篇显然是无法与《诗品》《史通》两书相提并论的。章学诚谓《诗品》“思深而意远”，尤其是其“深从六艺溯流别”，这便是刘勰的《明诗》所难以做到的。所以，这里有专论和综论的区别，有刘勰所谓“执一隅之解”和“拟万端之变”（《文心雕龙·知音》）的不同；作为“弥纶群言”（《文心雕龙·序志》）的“文苑之学”，刘勰的《文心雕龙》确乎是“寡二少双”的。

令人遗憾的是，当西方现代文学观念传入中国之后，我们对《文心雕龙》一书的认识渐渐出现了偏差。鲁迅先生《题记一篇》有云：“篇章既富，评骘遂生，东则有刘彦和之《文心》，西则有亚理士多德之《诗学》，解析神质，包举洪纤，开源发流，为世楷式。”这段论述颇类章学诚之说，得到研究者的普遍肯定和重视，实则仍有不够准确之处。首先，所谓“篇章既富，评骘遂生”，虽其道理并不错，却显然延续了《四库全书》的思路，把《文心雕龙》列入“诗文评”一类。其次，《文心》与《诗学》的对举恰如《文心》与《诗品》的比较，如果后者的比较不确，则前者的对举自然也就未必尽当。诚然，《诗学》不同于《诗品》，并非诗歌之专论，但相比于《文心雕龙》的论述范围，《诗学》之作仍是需要“让能”的。再次，所谓“解析神质，包举洪纤，开源发流，为世楷式”，这四句用以评价《文心雕龙》则可，用以论说《诗学》则未免言过其实了。

鲁迅先生之后，传统的“诗文评”演变为文学理论与批评，《文心雕龙》也就理所当然地成了文学理论或文艺学著作。1979 年，中国古代文学理论学会在昆明成立，仅从名称便可看出，中国古代文论已然等同于西方的所谓“文学理论”。作为中国古代文论的代表，《文心雕龙》也就成为继承和发扬中国古代文学理论的重点研究对象。在中国《文心雕龙》学会成立大会上，周扬先生对《文心雕龙》作出了高度评价：“《文心雕龙》是一个典型，古代的典型，也可以说是世界各国研究文学、美学理论最早的一个典型，它是世界水平的，是一部伟大的文艺、美学理论著作。……它确是一部划时代的书，在文学理论范围内，它是百科全书式的。”一方面是给予了崇高的地位，另一方面则把《文心雕龙》限定在了文学理论的范围之内。这基本上代表了20世纪对《文心雕龙》一书性质的认识。

实际上，《文心雕龙》以“原道”开篇，以“程器”作结，乃取《周易》“形而上者谓之道，形而下者谓之器”之意。前者论述从天地之文到人类之文乃自然之道，以此强调“文”之于人类的重要性和必要性；后者论述“安有丈夫学文，而不达于政事哉”，强调“摛文必在纬军国，负重必在任栋梁”，从而明白无误地说明，刘勰著述《文心雕龙》一书的着眼点在于提高人文修养，以便达成“纬军国”“任栋梁”的人生目标，也就是《原道》所谓“观天文以极变，察人文以成化，然后能经纬区宇，弥纶彝宪，发挥事业，彪炳辞义”。因此，《文心雕龙》的“文”，比今天所谓“文学”的范围要宽广得多，其地位也重要得多。重要到什么程度呢？那就是《序志》篇所说的：“唯文章之用，实经典枝条：五礼资之以成，六典因之致用，君臣所以炳焕，军国所以昭明。”即是说，社会生活的各个方面——政治、经济、军事、法律、制度、仪节，都离不开这个“文”。如此之“文”，显然不是作为艺术之文学所可范围的了。因此，刘勰固然是在“论文”，《文心雕龙》当然是一部“文论”，却不等于今天的“文学理论”，而是一部中国文化的教科书。我们试读《宗经》篇，刘勰说经典乃“恒久之至道，不刊之鸿教”，即恒久不变之至理、永不磨灭之思想，因为它来自于对天地自然以及人事运行规律的考察。“洞性灵之奥区，极文章之骨髓”，即深入人的灵魂，体现了文章之要义。所谓“性灵镕匠，文章奥府”，故可以“开学养正，昭明有融”，以至“后进追取而非晚，前修久用而未先”，犹如“太山遍雨，河润千里”。这一番论述，把中华优秀文化的功效说得透彻而明白，其文化教科书的特点也就不言自明了。

明乎此，新时代的“龙学”和中国文论研究理应有着不同的思路，那就是不应再那么理所当然地以西方文艺学的观念和体系来匡衡中国文论，而是应当更为自觉地理解和把握《文心雕龙》以及中国文论的独特话语体系，充分认识《文心雕龙》乃至更多中国文论经典的多方面的文化意义。

自 序

我的“雕龙”之路

据说，一本书写完后要加上“序”才符合出版规范。之前我写过的几本小书，大多请老师作序，自己则写后记。这一次又要出书，不忍再劳烦年高的师长，便有了这篇自序。

2006年，我出版论文集《文心之道：汉语写作论说》（内蒙古人民出版社）。它是我研治“为文之学”二十年的小结。如今推出的这本论文集则是我“雕龙”十五年的结果，尽管这个果实并不饱满，甚至还有些淡淡的苦涩……

我与《文心雕龙》的因缘，可追溯到大学时代。那时王师志彬教授开设《文心雕龙》创作论专题课[①]，讲授《序志》《神思》《定势》《通变》《镕裁》《养气》《附会》《总术》八篇，唤起了我对这条“文龙”的兴趣。尽管身在“龙门”之外，似懂而非懂。留校教书后，我考上本校的语言写作助教班，志彬师再次讲授《文心雕龙》，这一次把我带进了深似海的“龙门”。后来我多次旁听志彬师的“龙课”，渐渐爱上这条精美灵动的“文龙”，每每有所感悟，以至于写文章时经常用《文心雕龙》的词句，如“辨正然否”“弥纶群言”“研精一理”“钻坚求通，钩深取极”“望今制奇，参古定法”“文果载心，

---

① 1979年，志彬师赴南京大学进修，经裴显生教授引见，又师从古代文论名家南京师范大学吴调公教授研习《文心雕龙》，返校后即授诸生“《文心雕龙》创作论”。1991年，由志彬师推荐，我到南京大学师从裴显生教授研究文章学。课余时间多次拜谒吴调公先生，就古代文论和《文心雕龙》研究中的问题，向吴先生请益。（见拙文《犹记围炉夜话时》，万奇：《纸边碎语》，呼和浩特：内蒙古教育出版社，2012年。）这样看来，我们的“龙学”源自“金陵龙学”。

余心有寄”等等。1995年，志彬师荣休，由我继续授诸生《文心雕龙》创作论研究课。应该说，我的“龙缘”还是很深的。不过，真正学术意义上的“雕龙”始于2006年。一天，我接到志彬师的电话，让我过来一下。到志彬师家后，志彬师畅谈他对《文心雕龙》研究的想法和计划，嘱我把《文心雕龙》研究的担子挑起来。望着志彬师慈爱、信任的目光，我谨遵师命，组建以李金秋、白建忠等王门弟子为学术骨干的“龙学”团队，开启了“雕龙”之路：先申报全国高校古籍整理委员会资助项目“《文心雕龙》悬疑研究”，获批后即展开研究，辨析《文心》每一篇的重要疑点。2012年“《文心雕龙》悬疑研究”项目顺利完成。“悬疑研究”成果之一《文心雕龙文体论新探》获内蒙古师范大学六十周年校庆学术著作出版资金资助，同年由中央民族大学出版社印行；“悬疑研究”成果之二《〈文心雕龙〉探疑》，经石羽兄推介，请詹福瑞先生审阅，于次年由中华书局推出。这两部书稿的面世增强了我“雕龙”的信心和勇气。

因2012年我入选内蒙古师范大学“十百千”人才工程第二层次，所申报的课题“《文心雕龙》之文章学理论”获得学校立项资助，便又踏上了“雕龙”之路。这次研究的学术团队，依旧是“悬疑研究”的班底。与“悬疑研究”辨析疑点不同，“文章学理论”重在阐释《文心雕龙》的文章学价值及其现代意义，即从“辨疑”转为“释义”。这期间有一个意外的“插叙”：承蒙香港中文大学黄维樑教授的信任，邀我与他合作，共同编撰《爱读式文心雕龙精选读本》（北京师范大学出版社，2017年）。在编选、注译的过程中，我对《文心雕龙》有了新的认识，切身体悟到牟世金先生所说“读懂《文心雕龙》的原文，可以说既是龙学的起点，也是龙学的终点。不懂原文，谈何研究”的深意。详观学林，引用《文心雕龙》之语可谓多矣，然每有“强古就我”之嫌，似与《文心雕龙》渐行渐远。这种无视《文心雕龙》语境和文脉的做法，误导“新学之锐”，不可不引以为戒。

由于种种原因，“文章学理论”课题进展并不顺利，其中的波折难以尽述。2017 年，山东大学戚良德教授邀我加入他的“龙学”团队。随后戚教授申报的国家社会科学基金重大项目获批，让我负责子课题。我便将“文章学理论”纳入其中，并更名为“《文心雕龙》精义今释”。大概是好事多磨吧！鉴于课题已升级，我重新调整分工，明确进度，与王门弟子协力攻关，终于在今年“交卷”了。为了保证课题成果的质量，杼轴献功是必不可少的。我与金秋、建忠分别核对引文与注释，润色字句，最后由我制首以通尾，力求理周而不繁，条贯始序。前不久该项目又获得文学院学术著作出版基金的资助，将由巴蜀书社出版。至此，志彬师布置的“龙学作业”我均已完成，可以告慰他老人家在天之灵了。①

天高气清，阴沉之志远。我忽然想到，自己已近耳顺之年，是时候把 2006 年以来的“雕龙”论文整理一下，结集出版，给自己一个交代。于是舌耕之余披阅拙稿，增添、删改、核校……敝帚虽微亦自珍。至于编好的文集在哪儿出，还是茫然。正在此时，我接到戚教授的微信，说他策划一套“龙学”丛书，问我有无书稿。我就把这本论文集的书名、目录、简介发过去，得到戚教授的肯定。这个集子就是本书《〈文心雕龙〉论析》。

《论析》主要由引言、文心概说、文本今读、龙人铨评、龙学鸟瞰和结语组成。“引言”阐明刘勰的写作动机与志向，简要介绍其生平身世；“文心概说”辨析《文心雕龙》的书名、框架和性质，并概述《文心雕龙》十七篇的要点；“文本今读”探析《文心雕龙》重要篇章的理论观点，发掘其现代意义；“龙人铨评”论评五位龙学家及其研究成果，彰显其研究个性与贡献；“龙学鸟瞰”从史的

① 志彬师于 2020 年 1 月 8 日仙逝。

角度梳理内蒙古《文心雕龙》研究的发展脉络，呈现内蒙古“龙学”的研究特色；“结语”全面评价《文心雕龙》，期盼这条精美灵动的“文龙”行走天下。

茫茫往代，既洗予闻。渺渺来世，傥尘彼观也。

辛丑年冬月谨识于锄瓜楼

目　录

引言 通古今之变，成一家之言

博观折衷：成一家之言

《文心雕龙》产生于魏晋南北朝时期。这是一个战乱频仍、动荡不安的时代，也是一个思想活跃、文化繁荣的时代，更是中华文论的“黄金时代”。曹丕《典论·论文》辨四科，说文气，尚不朽；陆机《文赋》论构思，言体貌，讲天机；挚虞《文章流别论》究文用，考源流，析派别；锺嵘《诗品》主直寻，品高下，兼风采；萧统《昭明文选》评诗赋，重沉思，珍翰藻。而刘勰《文心雕龙》则是中华文论第一个“黄金时代”的“巅峰之作”。

《文心雕龙》是中华文化的宝典，中国文章学的巨著。有“体大而虑周”“笼罩群言”之美誉。其内容广涉经学、子学、史学、美学、文学理论、文学批评、写作学、文体学、修辞学、阅读学等许多人文学科，且能条贯始序，自成体系，深受近现代学者的青睐。

据刘勰所言，是书分上、下两篇。上篇由“文之枢纽”和“论文叙笔”组成。“文之枢纽”包括《原道》《征圣》《宗经》《正纬》和《辨骚》五篇，探讨文章的根本问题，提出“倚《雅》《颂》，驭楚篇”的总原则，今谓之文原论；“论文叙笔”包括从《明诗》到《书记》二十篇，考察有韵之文和无韵之笔，依次叙述每种文体的源流，解释其名称内涵，选评有代表性的例文，提出写作规范和基本要求，今谓之文体论。下篇由“剖情析采”和《序志》篇组成。

“剖情析采”包括从《神思》到《程器》二十四篇。其中《神思》到《总术》十九篇，研究文章的写作构思、风格基调、谋篇布局、修辞炼字等写作方法，今谓之文术论；从《时序》至《程器》五篇，分别说明文章与时代、与自然的关系，历代作家的才能，诗文批评与鉴赏的原则和方法以及文人的品德修养，今谓之文评论。《序志》篇是全书的总序，介绍本书的写作动因、理论架构以及写作态度和原则等有关问题，以统绾上述四十九篇。

汉人训释经义的传统“对刘勰影响甚深”。《文心雕龙》的体制结构是“仿经学条例以做论文条例”，“与佛教更不必有任何关系”[①]。不仅如此，汉代史家“立言”理念也影响了刘勰。司马迁在谈到《史记》写作时指出：“亦欲以究天人之际，通古今之变，成一家之言。”展现了他恢宏的视野和不凡的气魄。而刘勰自觉把这种“立言”理念用于论文：“本乎道，师乎圣，体乎经”是“究天人之际”；“振叶以寻根，观澜而索源”是“通古今之变”；“腾声飞实，制作而已”是“成一家之言”。《文心雕龙》正是这种理念的物化形态。

先看“究天人之际”。《文心雕龙》的“究天人之际”，集中体现在《原道》《征圣》《宗经》三篇。这三篇是“文之枢纽”中的“枢纽”，为《文心雕龙》全书奠定了理论基础。在《原道》篇中，刘勰指出：文本于道。不论是龙凤藻绘（色文）、天圆地方（形文）、林籁结响（声文），还是心生言立之文（文章），皆为“道之文”。就文章而言，“道沿圣以垂文，圣因文而明道”，这里的“道”是形而上之“道”，即天道；“圣”是指制礼作乐的圣人。天道通过圣人体现为文章，圣人借助文章阐明天道。在“道”与“文”之间，圣人是中介、关键。《征圣》篇则强调验证于圣人的必要性，提出“论

① 龚鹏程：《文学批评的视野》，武汉：华中师范大学出版社，2011年，第64页。

文必征于圣”。《宗经》篇则指出圣人用于明道的“五经”是文章的楷模，宗法“五经”的文章具有情深、风清、事信、义贞、体约、文丽之六义美。刘勰的论文基本思路是：道（天）→圣（人）→经（圣人之文）→文（文人之文）。他成功地把汉代史学的“究天人之际”转换为文评的“究天人之际”。刘勰之所以“究天人之际”，其主要原因有二：一是崇儒师圣，试图改变“辞人爱奇”的文坛现状。刘勰撰写《文心雕龙》时，其思想是以儒家为主的。在他看来，文章是经典的分支，而经典是圣人用来阐明“道”的，写文章当然要征圣宗经。可那时的作者追求文辞的奇诡，“去圣久远”“离本弥甚”，而欲纠此弊，只有征圣宗经，才能正末归本。故而专置《原道》《征圣》《宗经》三篇。二是批评魏晋以来的论文者就事论事，识昧圆通，“不述先哲之诰，无疑后生之虑”。魏晋以来的文评也令刘勰不满。认为他们“各照隅隙，鲜观衢路”，缺乏圆通之识，没有讲述圣人的教导，给予后来的作者以切实的指导。他要“本乎道，师乎圣，体乎经”，就是以“观衢路”的宏通视野取代“照隅隙”的偏狭之见，给作者指明作文的正路。刘勰“究天人之际”，不是为原道而原道，不是为征圣而征圣，也不是为宗经而宗经，是为纠正文坛、文评的弊病，有感而发，针对性十分明显。

次论“通古今之变”。如前所述，《文心雕龙》的“通古今之变”是“振叶以寻根，观澜而索源”。主要表现为三个方面：

一是文体论的“原始以表末”。刘勰在《序志》篇指出：“若乃论文叙笔，则囿别区分，原始以表末，释名以章义，选文以定篇，敷理以举统，上篇以上，纲领明矣。”“原始”至“敷理”是刘勰文体论的写作原则，其中“原始以表末”居首。“原始以表末”是指追溯每种文体的起源以说明其流变。以《明诗》为例，自“人禀七情，应物斯感”至“此近世之所竞也”，概述先秦、汉、魏、西晋、东晋以至刘宋初年的诗歌发展和演变，并对汉代古诗、建安诗歌、西晋和东晋诗歌、宋初山水诗的风格特点做出了精到的评价，做到了“原始以表末”。

二是文术论的“由远（古）及近（今）”。文术论中的《通变》篇集中体现了“由远（古）及近（今）”。刘勰在该篇中分别考察黄帝、唐尧、虞舜、夏、商、周（包括楚）、汉、魏、晋（包括宋初）九个朝代的文风，概括了文风的嬗变过程：质（黄唐淳而质，虞夏质而变）→文（商周丽而雅）→讹(楚汉侈而艳，魏晋浅而绮，宋初讹而新）。由远（古）及近（今），明确指出“从质及讹”的原因是“竞今疏古”。为其下文提出“还宗经诰”的理论主张做了必要的铺垫。

三是文评论的“崇替在选”。这主要见于《时序》篇。《时序》篇以时间为序，论述唐、虞、夏、商、周、汉、魏、晋、宋、齐十个朝代的诗文发展历史，着重探讨诗文与时序的关系，提出政治兴衰、学术思潮、君主提倡和社会治乱影响诗文的发展，进而得出“文变染乎世情，兴废系乎时序”的基本观点。总之，无论是“原始以表末”，还是“由远（古）及近（今）”“崇替在选”，都鲜明地彰显了刘勰“通古今之变”的文史观。“通古今之变”贯穿《文心雕龙》全书。

再说“成一家之言”。先秦时期，鲁国大夫叔孙豹有“三不朽”之说，其中第三个不朽就是“立言”。“立言”即著书立说。司马迁撰《史记》，其意不在历史本身，而是藉助写史来达成“成一家之言”的人生目标。故有的学者说《史记》是“史书形态的子书”。[①]而刘勰意识到宇宙绵邈，岁月飘忽，性灵不居，又渴望声名不朽，自然而然就产生了著书立说的想法：“腾声飞实，制作而已。”即在

① 龚鹏程：《国学入门》，北京：北京大学出版社，2007 年，第 128 页。

文场笔苑“立言”，以求声名远播，事业不朽。这是刘勰写《文心雕龙》的“远因”。

刘勰能“成一家之言”，主要是做到了以下三个方面：

一是“博观”。“博观”之说见于《知音》篇。意思是指广泛阅读。这是全面认识（圆照）文章的方法。刘勰能撰成体大而虑周的《文心雕龙》，正得益于此。他通览了《周易》《尚书》《诗经》《春秋》《左传》《礼记》《战国策》《史记》《汉书》《三国志》《老子》《庄子》《孟子》《荀子》《韩非子》《列子》《鬼谷子》《吕氏春秋》《淮南子》等三十多种重要的文化典籍。披阅屈原、宋玉、李斯、贾谊、枚乘、司马相如、王褒、扬雄、桓谭、张衡、曹操、王粲、曹丕、曹植、阮籍、嵇康、左思、陆机等二十多位重要作家的作品。刘勰的“博观”为其“平理若衡”奠定了厚实的基础。

二是“弥纶”。“弥纶”是指在“博观”的基础上综合系统评述各家之说。“弥纶”的基本方法有三：一曰“辨正然否”。即辨明是非。以《定势》篇为例，刘勰指出，文坛上有两种“奇”：一种是以“以意新得巧”的“密会者”之“奇”，一种是“失体成怪”的“苟异者”之“奇”。他认为，“密会者”以创意取胜，是真正的创新，“苟异者”背离经典，趋近适俗，是伪创新。进而倡导“旧练之才”的“执正以驭奇”，反对“新学之锐”的“逐奇而失正”。做到了“辨正然否”。二曰“钻坚求通”。即钻研疑难问题以求贯通。文思开塞是写作的疑难问题。陆机曾感叹：“时抚空怀而自惋，吾未识夫文思开塞之所由。”刘勰在《神思》篇首次回答了这个问题：“神居胸臆，而志气统其关键。”他表明“志气”决定文思开塞。这个认识解决了陆机的疑问，较之前人有创造性的理论贡献。“意不称物，文不逮意”是写作的另一个难点、疑点，陆机为此所困惑，刘勰则揭示其中的原因：“意翻空而易奇，言征实而难巧也。”并提出“养心秉术”的解决办法，将这个难点、疑点彻底打通了。三曰“钩深取极”。即探求深奥道理以获得定论。在谈到“理郁者苦贫，辞溺者伤乱”时，刘勰说：“博见为馈贫之粮，贯一为拯乱之药，博而能一，亦有助乎心力矣。”即见闻广博是馈赠贫乏的粮食，贯穿集中是拯救杂乱的良药，见闻广博而又能贯穿集中，也有助于写作构思。这里刘勰明确指出写作者的根本修养是“博而能一”。做到“博而能一”，就能避免“苦贫”“伤乱”的“临篇”“二患”。寥寥数语，刘勰把道理讲深谈透，确实做到了“钩深取极”。

三是“折衷”。刘勰推崇“擘肌分理，唯务折衷”。“折衷”是指持论中正、全面、公允。也就是他在《论说》篇所谈的“义贵圆通”。这是刘勰“品评成文”的基本原则。其观点不龌龊于偏解，不矜激乎一致，“有同乎旧谈者”，也“有异乎前论者”，以“势”“理”为准的。这是他能以圆通的见识笼罩群言的关键之所在。《明诗》篇堪称“折衷”“圆通”的典范。该篇一方面阐发《尚书·尧典》《毛诗序》的理论主张，强调诗歌“持人情性”，“顺美匡恶”，“风流二南”，同乎旧谈；另一方面不满足于“诗言志”的静态描述，扩前人所未发，提出重视诗歌写作转化过程的“感物吟志”说，异乎前论。真正做到了“同之与异，不屑古今”，立论通达、公允。

刘勰凭借“博观”“弥纶”“折衷”撰成这部“文评中的子书，子书中的文评”，超越了“各照隅隙”的魏晋以来的文论，实现了“成一家之言”的人生志向，使这部“文评形态的子书”藻耀而高翔，制胜千年文苑。

刘勰：进寺→入仕→出家

刘勰（465—532）[1]，字彦和，祖籍东莞莒县（今山东莒县），世居京口（今江苏镇江）。其祖父刘灵真是宋司空刘秀之的弟弟。其父刘尚是越骑校尉。刘勰从小就笃志好学，七岁时曾梦见“彩云若锦，则攀而采之”。这是刘勰的第一个美梦，此梦似乎预示刘勰将写“剖情析采”的论文之作。此后不久，父亲辞世，家道中落，刘勰成为位于甲族（高门）之下、庶族（寒人）之上的寒士（后门、次门）。[2]到他二十岁的时候，母亲也离开了人世。《梁书》说他“家贫不婚娶”，范文澜又补充了一个理由：“其不娶者，固由家贫，亦以居丧之故也。”[3]杨明照则认为：“舍人之不娶者，必别有故，一言以蔽之，曰信佛。”[4]这三种说法均值得商榷。尽管刘勰生活大不如昔，“非即家徒壁立，无以为生也”[5]；“家贫”是相对甲族而言的，如果和庶族比，还是有余的。“家贫”非不婚娶主因也。居丧共三年（实际是二十五个月，加上闰月，共二十七个月），[6]三年后仍可婚娶但他并未娶，亦非“居丧之故也”。如果是信佛，

---

① 刘勰的生、卒年存疑。生年：范文澜认为刘勰生于宋明帝泰始元年（465），张少康推断为宋明帝泰始二年（466），杨明照推定为宋明帝泰始三年（467）。卒年：牟世金认为刘勰卒于梁武帝普通年间(520—527),张少康考定卒于梁中大通四年(532),杨明照、李曰刚考证卒于梁武帝大同年间（535—546）。

② 南朝士族（世族）最上层称为甲族、高门，最底层称为寒士、次门、后门。庶族称为寒人。

③ 范文澜：《文心雕龙注》（下），北京：人民文学出版社，1958年，第730页。

④ 杨明照：《增订文心雕龙校注》（上），北京：中华书局，2000年，第7页。

⑤ 杨明照：《增订文心雕龙校注》（上），第7页。

⑥ 《礼记·三年问》《荀子·礼论》：“三年之丧，二十五月而毕。”后郑玄改定为二十七个月。

他第一次到定林寺就应该出家了，他不但没有出家反而在十几年后出去做官了。其实刘勰不婚娶主要是因为是他所处的寒门士族阶层令他十分尴尬，无法娶到中意的女子：高门不攀，庶族不谈。为母亲守孝后，刘勰来到了建康（今江苏南京）定林寺[①]（即上定林寺，又称定林上寺）。定林寺是佛教名刹，高僧云集。在当时“礼佛”的风气中，定林寺声望日隆。这对刘勰来说，无疑是个好去处：一则寺庙资财雄厚，衣食无忧，生活稳定；二则寺内藏书丰富，清幽寂静，可潜心读书；三则可藉助高僧，结交权贵，待时而动。刘勰到定林寺后，依附佛教律学大师僧祐[②]（445—518），校定经藏，长达十余年。据《梁书》载：“今定林寺所藏，勰所定也。”刘勰“遂博通经论”[③]，成为佛学研究专家。在此期间，他撰写了佛学论文《灭惑论》。

齐明帝建武五年（498）前后，刘勰已过而立之年，又做了一个美梦：“执丹漆之礼器，随仲尼而南行。”这表明尽管刘勰身在佛门，精通佛学，但一直没有放弃“纬军国”“任栋梁”，学文要“达于政事”的现实追求。圣人托梦令他欣喜无比，深感重任在肩，于是“搦笔和墨，乃始论文”。这是刘勰撰写《文心雕龙》的“近缘”。从建武五年至齐明帝中兴二年（502），刘勰用了大约四年的时间写成《文心雕龙》。[④]可是，这部精心结撰的巨制“未为时流所称”[⑤]。这也不奇怪。一个寄居寺庙的白衣，即使有惊人的杰作，也很难引

---

① 定林寺于宋元嘉十六年（439）由外国高僧竺法秀所建。定，是指佛教定学；林，是指僧众聚集处。定林寺，意谓“修习禅定之学的僧侣聚集寺院”。

② 僧祐，俗姓俞，原籍彭城下邳（今徐州邳州），父世居于建业（今南京）。齐梁时代的佛教律学大师，古代佛教文史学家。编写《出三藏记集》《弘明集》。

③〔唐〕姚思廉撰：《梁书·列传·文学》，北京：中华书局，1973年，第710页。

④《文心雕龙》成书当于齐末，今题曰梁，乃史家之惯例，以作者所终之朝代题署。刘勰于梁代辞世，故题“梁刘勰撰”。

⑤〔唐〕姚思廉撰：《梁书·列传·文学》，第712页。

起世人的注意。刘勰没有灰心丧气，自重其文，他想找官居高位而又身兼文坛领袖的沈约[①]（441—513）推荐，然“约时贵盛，无由自达”。[②]于是，刘勰背着他的书稿，站在路边，苦苦地等待沈约的出现。当沈约的车经过时，据《梁书》描述，刘勰“干之于车前，状若货鬻者”。[③]一个“干”字把刘勰急切希望得到沈约肯定的心情传神地刻画出来。沈约“便命取读，大重之，谓为深得文理，常陈诸几案”[④]。“大重之”说明沈约欣赏《文心雕龙》；“深得文理”是指《文心雕龙》深通作文之道，获得沈约的充分肯定；“常陈诸几案”佐证沈约对《文心雕龙》喜爱之深——《文心雕龙》已成为沈约的案头必备之书。

也许正是由于沈约的推重，刘勰离开了定林寺，步入仕途。梁天监二年（503），刘勰起家奉朝请，“奉朝请者，奉朝会请召而已，非有职任也”[⑤]。梁天监三年（504），刘勰任临川王萧宏记室。记室，专掌文翰，“凡有表章杂记之书，掌创起草”[⑥]。梁天监八年（509）四月，刘勰迁车骑仓曹参军，掌管车骑府库事宜。同年秋冬，刘勰出任太末（今浙江龙游县）县令，政有清绩。梁天监十年（511），刘勰除仁威南康王萧绩记室，兼领东宫通事舍人。东宫通事舍人，即太子宫中“掌呈奏案章”的官，位列九品；官阶虽低，但为“清选”，说明刘勰还是受重用的。当时的太子是萧统（501—531），好文学，

① 沈约，字休文，南朝文学家、史学家。吴兴武康人（今浙江湖州）人。历仕宋、齐、梁三朝，在宋仕记室参军、尚书度支郎。在齐仕著作郎、尚书左丞，在梁仕尚书左仆射，后迁尚书令，领太子少傅。卒后谥号“隐”。

② 〔唐〕姚思廉撰：《梁书·列传·文学》，第712页。

③ 〔唐〕姚思廉撰：《梁书·列传·文学》，第712页。

④ 〔唐〕姚思廉撰：《梁书·列传·文学》，第712页。

⑤ 《通鉴》卷一三五《齐纪一》胡注。见杨明照：《增订文心雕龙校注》（上），第10页。

⑥ 《北堂书钞》卷六九引。见杨明照：《增订文心雕龙校注》（上），第11页。

“引纳才学之士，赏爱无倦”[①]。对刘勰自然是“深爱接之”[②]。梁天监十六年（517），刘勰离任仁威南康王萧绩记室，正式入值东宫，为通事舍人。梁天监十七年（518），因“七庙飨荐，已用蔬果，而二郊农社犹有牺牲”[③]；刘勰上表言二郊（南郊祭天，北郊祭地）与七庙（天子的七座祖庙）同，改用蔬果祭祀，梁武帝“诏付尚书议，依勰所陈”[④]。梁天监十七年春天以后，刘勰迁步兵校尉，职掌东宫警卫，位列六品，并继续兼任东宫通事舍人。梁大通元年（527）前后，刘勰奉敕与沙门慧震于定林寺撰经。梁中大通三年（531），刘勰与慧震完成撰经。此时萧统已故，东宫易主，刘勰不可能再回东宫，且年纪已大，遂燔鬓发以自誓，“启求出家”。敕许之，改名慧地。梁中大通四年（532），刘勰卒，是年六十七岁。[⑤]

目前所见的刘勰著作，除《文心雕龙》外，尚有佛学论文《灭惑论》和碑文《梁建安王造剡山石城寺石像碑》两篇。《梁书》说刘勰有“文集行于世”，然“《隋志》即未著录”[⑥]，恐已亡佚。又有《刘子》五十五篇存世，但学界对《刘子》作者为谁仍存争议。

① 〔唐〕姚思廉撰：《梁书·列传·昭明太子统》，第167页。

② 〔唐〕姚思廉撰：《梁书·列传·文学》，第710页。

③ 〔唐〕姚思廉撰：《梁书·列传·文学》，第710页。

④ 〔唐〕姚思廉撰：《梁书·列传·文学》，第710页。

⑤ 祖保泉：《刘勰晚年仍住在钟山定林上寺补证》，《中国古代诗文理论探微》，合肥：安徽人民出版社，2006年，第87—90页。

⑥ 杨明照：《增订文心雕龙校注》（上），第29页。

文心概说

文心辨正：《文心雕龙》之书名、框架和性质

如果从黄侃1914年编撰《文心雕龙札记》算起，现代“龙学”已走过九十四年的历程。这期间海内外学者在文本校勘、原文注译和理论研究等方面均取得了令人瞩目的成果，“龙学”逐渐成为“显学”。然而，《文心雕龙》研究中的一些重要疑点仍有待“破解”。本文仅就其中的三个问题——“文心雕龙”的涵义、《文心雕龙》的框架和《文心雕龙》的性质谈一点粗浅的认识，以求教于“龙学”大家。

一、书名辨：文心+雕龙，雕龙文心，文心雕龙？

刘彦和名书曰“文心雕龙”，至今众说纷纭，莫衷一是。主要有三个问题：

一是“文心”一词的来源。龙学界大体有两种观点：一种看法认为本于陆机的《文赋》：“陆机《文赋》开端云：‘余每观才士之所作，窃有以得其用心。’《文心雕龙·序志》篇亦云：‘夫文心者，言为文之用心也。’显然是取自士衡之语以命名。”[①]一种看法认为源于佛教典籍：“《文心雕龙》书名中的‘文心’二字，也包含着‘弃迹求心’的意义。这个词语的渊源是佛典，而不是儒经。《法

---

① 饶宗颐：《文心与阿毗昙心》，张少康编：《文心雕龙研究》，武汉：湖北教育出版社，2002年，第165页

华玄义释签·序释签》说：‘盖序王者，叙经玄意。玄意述于文心，文心莫过迹本。’”[①]

就“心”字而言，未必最早见于佛典。据彦和所述，涓子著有《琴心》，王孙子著有《巧心》，“心”字在战国时已用于篇名。彦和的“文心”或许与佛典的“文心”有相通之处，然用精通佛学的饶宗颐先生的话说，是“与《阿毗昙心》之名偶合”[②]，源于佛典说缺乏充分、有力的论据支撑。更何况彦和博通经论，长于佛理，如果借鉴佛典的“文心”，为什么不明言？要知道他最善于“振叶以寻根，观澜而索源”。而第一种观点则更令人信服。尽管彦和不满意陆机的《文赋》，认为“陆赋”的观点和结构“碎乱”，可刘、陆关注的问题是一致的。陆机研究“才士之所作”，是为得其“用心”，彦和以“文心”为名，是研讨“为文之用心”。两个“用心”的内涵是相同的，都是指作文的用心。因此，杨明照在“夫文心者，言为文之用心也”一句注曰：“按《文赋》：‘余每观才士之所作，窃有以得其用心。’”[③]表明彦和“文心”与陆机的“用心”是一脉相承的。清人章学诚则明确指出：“古人论文，惟论文辞而已。自刘勰氏出，本陆机之说，而昌论‘文心’。”[④]章氏的“断语”，明确指出陆、刘之间的传承关系，是不刊之论。

二是“雕龙”与“岂”“雕缛”的关系。龙学界对“雕龙”的解读，分歧最大，其争论的重点是“岂取邹奭之群言雕龙也”——尤其是对“岂”字的理解：或曰表示否定的“难道”，或把它译为表示肯定的“难道不是”，或曰表示推测的“大概”“也许”“庶几乎（差不多）”。

① 周振甫主编：《文心雕龙辞典》，北京：中华书局，2004年，第541页。
② 饶宗颐：《文心与阿毗昙心》，张少康编：《文心雕龙研究》，第170页。
③ 杨明照：《增订文心雕龙校注》（中），第610页。
④〔清〕章学诚撰：《文史通义·文德》，长沙：岳麓书社，1993年，第86页。

对“岂”字的解读，不能局限于“岂取……雕龙也”一句，应该放到与之相关的“语境”中来考察：

> 古来文章，以雕缛成体，岂取邹奭之群言雕龙也。

不难看出，问题的关键不是“岂取……雕龙也”，也不是“岂”字，而是“古来文章，以雕缛成体”。这是一个肯定性陈述句。“雕”，是雕饰的意思；“缛”，是指文采繁盛。彦和认为，从古至今的文章，都是靠雕饰文采组成的，难道仅仅采用了邹奭之群言的“雕龙”吗？也就是说，彦和之所以名书为“雕龙”，是因为文章本身就是“雕缛”的，与“雕龙奭”的事典没有太大的联系。即因“雕缛”而“雕龙”，非“雕龙奭”而“雕龙”。故陆侃如、牟世金指出：“刘勰用‘雕龙’二字做书名，主要因为文章的写作从来都注重文采，不一定用邹奭的典故。”[①]可谓“知言”。

有的学者注意到“古来文章，以雕缛成体”，可在翻译时，却把此句与“岂取……雕龙也”视为“因果关系”：“自古以来的文章，都是以雕饰丰富的文采而构成的（按：意为很像“邹奭修衍之文，饰若雕镂龙文”），因此，书名差不多是采用了邹奭之群言的‘雕龙’的‘雕龙’二字。”[②]这种译法未免有些牵强附会。为什么“自古以来的文章，都是以雕饰丰富的文采而构成的”，书名就必须“采用邹奭之群言的‘雕龙’的‘雕龙’二字”？这两句话没有必然的联系，译者在逻辑推理上出现了“真空”，将以立论，未见其论立。另外，“因此”二字是译者所加，改变了彦和的反问句式。

---

① 周振甫主编：《文心雕龙辞典》，第 542 页

② 周绍恒：《〈文心雕龙〉书名与“文之枢纽”的关系初探》，中国《文心雕龙》学会编：《文心雕龙研究》第七辑，保定：河北大学出版社，2007 年，第 220 页。

三是“文心”与“雕龙”的关系。龙学界主要有三种看法：一曰“文心＋雕龙”：“‘文心’是讲作文的用心，这是一；‘雕龙’指雕刻龙文，比作文的要讲文采，但不要光讲文采，这是二。”[①] 二曰“雕龙文心”：“‘文心’是书名的主干，‘雕龙’则是如何去探讨‘为文之用心’的说明和规定。刘勰强调自己的书是用‘雕龙’那样的功夫去揭示‘文心’的，或者说像雕刻龙文那样精细地探讨和揭示为文之用心。这‘精细’自然也包括文字本身的讲究。”[②] 三曰“文心雕龙”：“其实‘雕龙’二字并不是用来修饰‘文心’的，而是用来说明‘用心之所在，与心之如何用’，《文心雕龙》的书名含义当是‘写文章用心在于要把文章写得像精雕细刻的龙文一样美’（以下简称‘要把文章写得美’）。”[③]

第一种观点把“文心”和“雕龙”看作并列关系，似难以成立。“文心”是指作文的用心，“雕龙”是描述写作行为和结果，在逻辑上构不成并列关系。从语言形态看，“文心”是偏正组合，“雕龙”是动宾组合，两种不同的组合形式如何能并列？

第二种观点把“文心”和“雕龙”看作主从关系，也难以自圆其说。重“文心”轻“雕龙”，有违彦和“古来文章，以雕缛成体”的圆通之识。把“雕龙”解读为彦和要“精细地探讨和揭示”文心，有些“引申过度”。“雕龙”是比文章写作，不是喻“研究”文章写作，“雕龙文心”不等于“文心雕龙”。

第三种观点对“文心”和“雕龙”关系的理解是正确的，但在翻译上把“雕龙”理解为“雕龙奭”的“雕龙”，片面强调“要把

---

① 周振甫：《文心雕龙今译》，北京：中华书局，1986年，第442页。

② 石家宜：《〈文心雕龙〉系统观》，南京：江苏古籍出版社，2001年，第273—274页。

③ 周绍恒：《〈文心雕龙〉书名与“文之枢纽”的关系初探》，中国《文心雕龙》学会编：《文心雕龙研究》第七辑，第222页。

文章写得美”，忽视了彦和对“饰羽尚画，文绣鞶帨”这种刻意雕琢做法的批评，也难得彦和用心之“全”。

《文心雕龙》书名争议的焦点是“雕龙”，而不是“文心”。要想搞清书名的涵义，必须从“雕龙”入手。值得注意的是，“雕龙”的表述方式不同于“文心”，“文心”是直陈式的，而“雕龙”则是暗示性的。暗示性的陈述包括“说出来的”和“没有说出来的”的两个部分：“它们之所以被用来命书名，实际上与这些具体的东西无关，而只是利用它们所暗示的东西，也就是没有说出来的东西。”[①]“雕龙”是“说出来的”，其“所指”（雕刻龙文）并不重要，重要的是它暗示的、“没有说出来的”是什么。如果联系“古来文章，以雕缛成体，岂取邹奭之群言雕龙也”，就可以看出，彦和以“雕龙”为喻，是暗示作文要精雕细刻，以达到“刻画而自然”的审美境界。即文章讲究修饰、润色，写得有文采，但又不像邹奭那样“过度雕饰”，有十分明显的“斧凿”痕迹。因此，黄侃在释“古来文章，以雕缛成体”时精辟指出：“此与后章文绣鞶帨离本弥甚之说，似有差违，实则彦和之意，以为文章本贵修饰，特去泰去甚耳。全书皆此旨。”[②]周汝昌也认为：“夫雕龙者，正喻‘人工’之可夺‘天巧’。通常所谓文如‘天成’‘行云流水’，那实际是功力纯熟深厚所臻之境地而已，那种貌似‘自然’，无非是大匠之能泯其‘斧凿痕’罢了。”[③]黄、周之说，深得彦和的用心，可视为“雕龙”的绝妙注解。合而观之，所谓“文心雕龙”，是指作文的用心在于精雕细刻，以企及“刻画而自然”的至境。

---

① 季羡林：《禅和文化与文学》，北京：商务印书馆国际有限公司，1998年，第66页。

② 黄侃：《文心雕龙札记》，北京：中华书局，2006年，第265页。

③ 周汝昌著，周伦玲编：《神州自有连城璧——中华美学特色论丛八目》，济南：山东画报出版社，2005年，第143页。

二、框架辨：文原论 + 文体论 + 文术论 + 文评论？

对于《文心雕龙》的框架，龙学界亦有诸多说法。归纳起来，涉及以下两个问题：

一是通行本《文心雕龙》的篇次是否有误。主要有两种观点：一种看法认为篇次有误，需要调整次序。争议较大的是《练字》《养气》《物色》《总术》和《时序》等篇的次序。范文澜认为，《练字》的位置是《章句》之后、《丽辞》之前。《物色》则在《附会》之后、《总术》之前。刘永济认为，《物色》宜在《练字》之后。杨明照认为，《物色》应为第四十一，《总术》则是第四十五，《时序》应为第四十六。周振甫认为，《物色》应置于《情采》之下、《镕裁》之上；《总术》应为第四十五篇，是创作论的总序。而对篇次调整比较大的是郭晋稀——他置《养气》《附会》于《通变》之前，置《事类》于《通变》之后，置《练字》于《章句》之前，置《物色》于《夸饰》之后。[①] 另一种看法认为不能更改通行本的篇次。一些学者指出，在没有确凿的资料和可靠的版本依据之前，不宜改动通行本，否则会造成不同程度的混乱。

笔者认为，第一观点难以成立。这些学者对通行本篇次的调整固然有一定的道理，可那只是研究者的各自之理，不代表彦和的想法。更何况他们的认识也不完全一致，反而越调越乱，不仅没有还原书的本来面目，而且南辕北辙，相去甚远。唐写本（残卷）清晰地标示“征圣第二”“宗经第三”“正纬第四”“辨骚第五”“明诗第六”“乐府第七”“铨赋第八”“颂赞第九”……，与通行本所标的篇次一致，印证了后者的可靠性。因为唐写本（残卷）是《文心雕龙》今存最早的、权威性的版本。从版本学角度看，“写本”

① 周振甫主编：《文心雕龙辞典》，第 543—547 页。

的“精确度比印本高”[①]。因为“人以藏书为贵，人不多有。而藏者精于雠对，故往往皆有善本。学者以传录之艰，故其诵读亦精详”。[②]而《文心雕龙》现存最早的刻本元至正本的篇次进一步证明了通行本是可靠的（见下表）。

唐写本（残卷）	元至正本	通行本
	卷一	
	原道第一	原道第一
征圣第二	征圣第二	征圣第二
宗经第三	宗经第三	宗经第三
正纬第四	正纬第四	正纬第四
辨骚第五	辨骚第五	辨骚第五
卷第二	卷二	
明诗第六	明诗第六	明诗第六
乐府第七	乐府第七	乐府第七
铨赋第八	诠赋第八	诠赋第八
颂赞第九	颂赞第九	颂赞第九
祝盟第十	祝盟第十	祝盟第十
卷第三	卷三	
铭箴第十一	铭箴第十一	铭箴第十一
诔碑第十二	诔碑第十二	诔碑第十二
哀吊第十三	哀吊第十三	哀吊第十三
杂文第十四	杂文第十四	杂文第十四
谐谚第十五	谐谚第十五	谐谚第十五
（下缺）		

① 奚椿年：《中国书源流》，南京：江苏古籍出版社，2002 年，第 130 页。

② 宋人叶梦得语。叶德辉：《书林清话　书林余话》，长沙：岳麓书社，2000 年，第 21 页。

续表

	卷四 史传第十六 诸子第十七 论说第十八 诏策第十九 檄移第二十 卷五 封禅第二十一 章表第二十二 奏启第二十三 议对第二十四 书记第二十五 卷六 神思第二十六 体性第二十七 风骨第二十八 通变第二十九 定势第三十 卷七 情采第三十一 镕裁第三十二 声律第三十三 章句第三十四 丽辞第三十五 卷八 比兴第三十六 夸饰第三十七 事类第三十八 练字第三十九 隐秀第四十	史传第十六 诸子第十七 论说第十八 诏策第十九 檄移第二十 封禅第二十一 章表第二十二 奏启第二十三 议对第二十四 书记第二十五 神思第二十六 体性第二十七 风骨第二十八 通变第二十九 定势第三十 情采第三十一 镕裁第三十二 声律第三十三 章句第三十四 丽辞第三十五 比兴第三十六 夸饰第三十七 事类第三十八 练字第三十九 隐秀第四十

续表

	卷九	
	指瑕第四十一	指瑕第四十一
	养气第四十二	养气第四十二
	附会第四十三	附会第四十三
	总术第四十四	总术第四十四
	时序第四十五	时序第四十五
	卷十	
	物色第四十六	物色第四十六
	才略第四十七	才略第四十七
	知音第四十八	知音第四十八
	程器第四十九	程器第四十九
	序志第五十	序志第五十

总之，现有的版本资料都有力地支持了通行本的篇次，看不出什么“错乱”。笔者赞同第二种观点——尊重通行本，在没有充分的证据时，研究者不能以个人的主观臆测，更改《文心雕龙》的篇次。

至于《四库全书总目提要》对《文心雕龙》十卷分法质疑为“盖后人所分”，也缺乏有力的证据。其理由是“据《序志》篇称上篇以上、下篇以下，本止二卷”。不错，彦和在《序志》篇的确是这样说的。但与“十卷说”并不矛盾，“上、下两篇说”着眼于《文心雕龙》的内容脉络（按照范文澜的说法，上篇“剖析文体”，下篇“商榷文术”），“十卷说”立足于《文心雕龙》的形式编排（五篇一卷）。从目前已掌握的唐写本、元至正本等版本资料来看，并不能证明“十卷”就是后人所分，因此，《四库全书总目提要》的说法只是一种推测，而非不易之论。

二是《文心雕龙》是由几个部分组成的。龙学界主要有四种说法：一是“两分法”，即“文体＋文术”；二是“三分法”，即“总论（文之枢纽）＋文体论（论文叙笔）＋创作论（剖情析采）”；三是“四分法”，即“总论（文质论）＋文体论（文类论）＋创作论（文术论）＋批评论（文评论）”；四是“五分法”，即“文之枢纽＋论文叙笔＋剖情析采＋论时序、才略、知音、程器＋长怀序志”。此外还有“六分法”（在五分法的基础上增加“文学史观”一类）和“七分法”（在六分法的基础上增加“修辞学”一类）两种说法。

从研究者角度看，这些分法各有一定的合理性，可就《文心雕龙》本身而言，并不十分确切。因为研究者只是按照自己的“理论先见”来切分《文心雕龙》，在某种程度上忽视了对其“内在文脉”的探寻。这些做法的不足，正如吴调公所言：

> 研究者们常常喜欢用自己的理论武器把《文心雕龙》这个有机整体肢解得七零八落，搞成几大“块”几大“条”，实际是刘勰所从未梦想到的各种专论，甚至于离开了原著篇章的次序重新组合，以求吻合自己的理论结构安排。而这种种做法，都是远离了《文心雕龙》的根底。[①]

此言切中要害。上述诸家的“分法”只是他们对《文心雕龙》框架的“解读”，并不等于《文心雕龙》是按照他们的“理论设想”来建构的。

据《序志》篇所述和《文心雕龙》呈现的“文本样态”可以看出，彦和把《文心雕龙》分为上、下两篇：上篇是文之“纲领”，包括“文之枢纽”五篇（从《原道》至《辨骚》）和“论文叙笔”二十篇；下篇是文之“毛目”，包括“剖情析采”二十四篇（从《神思》至《程器》）

① 吴调公：《〈文心雕龙〉系统观·序》，石家宜：《〈文心雕龙〉系统观》，第1页。

和“长怀《序志》”一篇。这是《文心雕龙》的原初框架。其中“文之枢纽”探讨文章的本原、师承、“酌变”等根本问题，相当于今天的“文原论”（本质论）。“论文叙笔”研讨各体文章的源流、含义、代表作和写作规格要求，相当于今天的“文类论”（文体论）。“剖情析采”研究文章写作的“情”（从《神思》至《定势》）与“采”（从《镕裁》至《总术》）以及与“情采”（《情采》篇是由“情”到“采”的一个“过渡”，具有承上启下的作用）有关的问题（从《时序》至《程器》），相当于今天的“文术论”（创作论）。《序志》介绍该书的写作动因、写作原则、主要内容和结构框架等问题。

从《文心雕龙》的“文脉”看，其“内在理路”是：道⟶圣⟶文（经）⟶体⟶术。彦和认为，“道沿圣以垂文，圣因文而明道”。也就是说，原道也好，征圣也罢，其枢纽是宗经（圣人之文）——也只有宗经，才能把道、圣落实，改变当时“去圣久远”的不良倾向。因此第一个关键词是“宗经”。而“去圣久远”的直接后果是“文体解散”，从根本上背离了“群言之祖”经书的写作体制，所以第二个关键词是“正体”。又因当时的作者追求浮华的文风，练辞而疏术，故第三个关键词是“执术”。《文心雕龙》正是沿着这三个词（或者说“经—体—术”）有序展开的。

有的学者把《时序》至《程器》称为“批评论”（文评论）是不妥当的。这五篇讲的是与情采（文术）有关的问题——文章与时代，文章与自然，历代作家的才华，文章阅读和士人的品行、才能。其中固然涉及批评，但绝不是“批评论”（文评论）所能范围的，还是以“执术”为中心。如果把《神思》至《总术》视为“剖情析采”（文术论）的“内篇”，那么这五篇可看作是“剖情析采”（文术论）的“外篇”。

综上所述，《文心雕龙》的理论框架是：

彦和的文章观	文坛状况	解决办法	关键词
征之周孔	去圣久远 竞今疏古	还宗经诰	宗经
禀经以制式	文体解散 离本弥甚	正末归本	正体
文丽而不淫	多欲练辞 莫肯研术	必资晓术	执术

体例	内容	篇次	文脉
上篇：纲领	文之枢纽 论文叙笔	《原道》至《辨骚》 《明诗》至《书记》	经 体
下篇：毛目	剖情析采 长怀序志	《神思》至《程器》 《序志》	术

三、性质辨：文学理论著作，文章作法，抑或其他论著？

《文心雕龙》是一部什么书？龙学界也有不同的说法。或曰“文体论”，或曰“文学理论著作”，或曰“文学批评论（文学评论）”，或曰“美学著作（艺术哲学著作）”，或曰“阅读学著作”，或曰“修辞学著作”，或曰“写作指导、文章作法”，或曰“文学理论著作、文章学著作和分体文学史”，或曰“文学理论、文章学、各类文体的发展史和古典美学著作”，或曰“子书”等。

这些说法着眼点不同，各有可取之处，可都难以圆通。要弄清《文心雕龙》的性质，有必要区分与之相关的三个问题：

一是彦和想把《文心雕龙》写成什么书。从《序志》篇来看，彦和与许多魏晋六朝士人一样，有强烈的生命意识和忧患意识——“岁月飘忽，性灵不居”，进而希冀通过“制作”来达到“腾声飞实”的目的。这里的“制作”不是一般意义上的著书撰文，而是指“成一家之言”，只有“著书立言”，才能实现“个人不朽”的终极目标。他梦见孔子，继而想到“注经”；放弃“注经”转向论文，是因为仅仅“注经”，难以成一家之言。“敷赞圣旨，莫若注经，而马郑诸儒，弘之已精；就有深解，未足立家”，这段话的重点在“未足立家”四字。彦和看重的、焦虑的不是“注经”本身，而是在所选择领域中能不能像“诸子”一样自成一家。他在《诸子》篇中说：“君子之处世，疾名德之不章。唯英才特达，则炳曜垂文，腾其姓氏，悬诸日月焉。”又称赞诸子：“嗟夫！身与时舛，志共道申。标心于万古之上，而送怀于千载之下，金石靡矣，声其销乎！”这些文字和《序志》篇中的“腾声飞实”的思想遥相呼应。就彦和写作的深层动因来看，他想把《文心雕龙》写成一部“子书”。故刘永济说：“历代目录学家皆将其书列入诗文评类。但彦和《序志》，则其自许将羽翼经典，于经注家外，别立一帜，专论文章，其意义殆已超出诗文评之上而成为一家之言，与诸子著书之意相同矣。”[①] 确乎如此。

不可否认，彦和也想纠正当时的浮诡文风，不满意“近代之论文者”，但这些只是他写《文心雕龙》的表层动因。

二是《文心雕龙》写成后实际是一部什么书。《文心雕龙》完成后是一部“子书”吗？如果仅仅根据彦和的写作动机推断《文心雕龙》是“子书”，似乎有些武断。文章、著作固然体现作者的某种写作意图，但不等于说作者想写什么就是什么。因为文章也好，著作也罢，一旦面世，就具有了相对的独立性，其本身所呈现的要远远大于作者的最初构想。从《文心雕龙》的内容看，不论是“宗

① 刘永济：《文心雕龙校释·前言》，北京：中华书局，2007年，第1页。

经”，还是“正体”“执术”，都是围绕着“怎样写好文章”，有别于“博明万事”的“子书”，说它是“子书”似有笼统之嫌；可它又不同于《典论·论文》《文赋》等一般的文论专著“就文论文”，每每有“超文”的卓识独见，具备了“子书”的思想深度，章学诚肯定它“体大而虑周”“笼罩群言”证明了这一点。钱穆在谈到《文心雕龙》的价值时也特别强调其“超文性”：

> 他讲文学，便讲到文学的本原。学问中为什么要有文学？文学对整个学术上应该有什么样的贡献？他能从大处会通处着眼。他是从经学讲到文学的，这就见他能见其本原、能见其大，大本原他已把握住。……因他能注意到学问之大全，他能讨论到学术的本原，文学的最后境界在哪里。……而刘勰讲文学，他能对于学术之大全与其本原处、会通处，都照顾到。因此刘勰并不得仅算是一个文人。当然是一个文人，只不但专而又通。[①]

钱穆的看法很“到位”，他敏锐地抓住了《文心雕龙》不同于一般文论著作的地方——把“文”置于宏阔的学术平台上来考察。这种“论文而不囿于文，超文而又不离文”是《文心雕龙》实际存在的“样态”。因此，台湾龙学家王更生说它是“文评中的子书”[②]是相当准确的。如果用“现代话语”来表述，《文心雕龙》是一部研讨中国文章写作（文评）的思想论著（子书）。即它是一部中国文章学著作，一部中国文论著作。这里用“文章”而不说“文学”，是因为《文心雕龙》的研究对象是古代的文章，不是古代的文学（古代“文学”

① 钱穆：《中国史学名著》，北京：生活·读书·新知三联书店，2001年，第131—132页。

② 牟世金：《台湾文心雕龙研究鸟瞰》，济南：山东大学出版社，1985年，第80页。

一词的含义虽每有变化，但主要内涵是一贯的——文化学术。对此，北京大学卢永璘教授曾撰专文《从刘勰〈文心雕龙〉慎用“文学”说起》详论之，[1]恕此处从略），也不是今天的文学。“文学理论著作”和“文学批评论（文学评论）”两种影响较大的观点都无法成立。把它“定位”在“思想论著”，是着眼于《文心雕龙》的深刻性和广博性，以区别于“写作指导、文章作法”的观点。“指导、作法说”虽然较之“文学理论著作说”和“文学批评论（文学评论）”更具合理性，可却无视《文心雕龙》论“文章写作之道”的“形而上”品质，仅仅看作是“形而下”的写作入门之“技”，削弱了它的“体大思精”。

而彦和能写成这样一部与众不同的“研讨中国文章写作（文评）思想论著（子书）”，得益于“方法的自觉”。即“弥纶群言”“振叶寻根”（“观澜索源”）和“唯务折衷”。“弥纶群言”是指综论历代诗文，构成《文心雕龙》的横向“理论维度”。“论文叙笔”部分讲究“敷理以举统”正是运用这种方法的结果。“振叶寻根”（“观澜索源”）是指从根本上来认识、把握文章，形成《文心雕龙》的纵向“历史维度”。“道沿圣以垂文”“原始以表末”等是该方法的具体体现，钱穆所谓彦和能从“大处”“会通处”和“本原处”看问题正是指这一点。“唯务折衷”是指对问题的认识力求公允、恰当，这种方法使《文心雕龙》达到了“笼罩群言”的学术高度。书中谈到的“圆通”“圆照”“圆览”均为“折衷”法的表现。

三是今人把《文心雕龙》看作什么书。正由于《文心雕龙》具有广博、渊深的学术品格，客观上造成了今人对其认识的歧义（前面已谈，此处从略）。《文心雕龙》博大精深，包含了许多现代人

---

① 中国《文心雕龙》学会编：《论刘勰及其〈文心雕龙〉》，北京：学苑出版社，2000年，第198—210页。

文学科的因子，可以为文学理论、写作学、修辞学、美学、阅读学、文体论、文学史、文学批评学等多学科所鉴用，但切不可因此就把《文心雕龙》归入其中某一学科门下，因为它不是按照今天的学科体系来建构的。倘若真是那样的话，《文心雕龙》也不可能“体大而虑周”。今天的学者完全可以从自己的学科角度研究它，只要不把它“据为己有”，加以垄断。

总之，就《文心雕龙》性质而言，它是一部研讨中国文章写作（文评）的思想论著（子书），一部中国文章学著作，一部中国文论著作。

本文先刊于《内蒙古师范大学学报》（哲学社会科学版）2009年第2期，后于2010年5月在香港中文大学主办之“诠释、比较与建构：中国古代文学理论国际学术研讨会”上宣读。

雕龙约言：《文心雕龙》十七篇述要

原道第一

《原道》篇位居《文心雕龙》之首，专门论述“文”的本原问题，为全书奠定了理论基础。刘勰认为，“文”与天地同时产生，本原于自然之道；人类之文，肇始于太极。孔子编修六经，超越了前哲，对后世产生了极其深远的影响。圣人之文是“道之文”，所以具有教化天下的作用。进而他提出“道沿圣以垂文，圣因文而明道”的核心观点和主张。鲁迅在《汉文学史纲要》中指出，《原道》篇“其说汗漫，不可审理”。[①] 文心学者对“道”的认识，也存在较大的分歧，有儒家之道说、道家之道说、佛家之道说等十余种不同的看法。其实刘勰所说的“道”是“本来如此”“自然而自然”的意思。

宗经第三

《宗经》篇承《原道》篇、《征圣》篇而来，体现刘勰“道沿圣以垂文”的逻辑理路。其旨在阐明文章必须宗法经书。刘勰指出，经书是恒久长存的至上道理，永不磨灭的伟大教导；能洞察人类心灵奥秘，深入掌握文章精髓。继之他又分析经书的特点，说明《易经》《尚书》《诗经》《礼记》和《春秋》五经是文章之本，作文如果能够宗经，文章就有“情深而不诡”“风清而不杂”“事信而不诞”“义贞而不回”“体约而不芜”“文丽而不淫”的六义之美。《宗经》篇是文之枢纽的枢纽，刘勰宗法经书的思想贯穿《文心雕龙》全书。

---

① 鲁迅：《汉文学史纲要》，北京：人民文学出版社，2007 年，第 3 页。

辨骚第五

《辨骚》篇铨评以《离骚》为首的《楚辞》，倡导学习《楚辞》的变化与创新。刘勰批评刘安、王逸、汉宣帝、扬雄四家对《离骚》的评论，认为他们抑扬过实；深入剖析《楚辞》和经书的“四同四异”，指出《楚辞》虽镕铸经书的旨趣，也自创奇伟的文辞，其惊人的文采和超绝的艳丽，是很难有作品和它媲美的；提出作文要“倚《雅》《颂》，驭楚篇”“酌奇而不失其贞，玩华而不坠其实”的重要观点。其实楚辞也是一种文体，有“楚辞体”“骚体”之称。然刘勰视《楚辞》为诗文之源和楷式，因此，置《楚辞》于文之枢纽中来研讨。刘勰主张依靠经书之“正”驾驭《楚辞》之“奇”的观点在其后的篇章亦有具体、深入的阐发。

明诗第六

《明诗》篇是“论文叙笔”的第一篇。自此以下二十篇的内容和架构，遵循的是“原始以表末，释名以章义，选文以定篇，敷理以举统”的写作原则。刘勰在《明诗》篇中阐明诗歌“舒文载实”的性质，指出诗歌扶正人性情的作用；结合具体作品，考察先秦至刘宋初年诗歌的历史演变，肯定诗歌颂扬美德、匡正恶行的讽谏传统；倡导四言诗以雅润为本，五言诗以清丽居宗，诗人写作宜由其个人的才情来决定，选择适合自己的诗体。值得注意的是，刘勰提出的“感物吟志”说，比较完整地概括诗歌写作过程，是“诗言志”说的拓展。明人杨慎认为：“此评古之诗直至齐梁，胜锺嵘《诗品》多矣。”[①]

论说第十八

《论说》篇专门研究论、说两种文体。“论”是有条理的意思，

---

① 黄霖编著：《文心雕龙汇评》，上海：上海古籍出版社，2005 年，第 27 页。

包括议、说、传、注、赞、评、序和引。“论”的特点是综合各家之说，精密研究某一道理。“论”是用来辨明是非的，所以要钻研疑难问题以求贯通，探求深奥道理以获得定论。“论”的内容贵在圆融通达，措辞忌支离破碎。“说”是喜悦，说辞要让人喜悦（此处的“说”是指“献主”的游说之辞）。“说”的关键在于时机有利而立意正确，其根本是忠诚信实。《论说》篇具有重要的“今用”的价值。今天大学本科生、硕士生乃至博士生，常常为学位论文写作而叫苦不迭，不妨读一读《论说》篇，《论说》篇可以说是学术论文写作的指针。

神思第二十六

《神思》篇居“下篇”之首，自此至《总术》十九篇称为文术论。《神思》篇专论写作构思问题。刘勰认为，构思之妙，在于“神与物游”。临文前作者要保持虚心宁静状态，平时注意积累学问、斟酌事理、研读群书、玩味佳作，就能处理好思、意、言三者的关系。人的才分不同，构思有快慢之别。不论快慢，均应依靠博学历练。做到“博而能一”，就能避免贫乏和杂乱两种毛病。当然，构思还需要“杼轴献功”。只有不断地完善，才能写出“焕然乃珍”的佳作。《神思》篇的理论价值深为后世研究者所重。今人若在写作构思时遇到困惑，《神思》篇是可以提供有益借鉴的。

体性第二十七

《体性》篇专论文章风格与作者才性的关系。“体”是指文章的风格，“性”是指作者的才性。刘勰在《体性》篇中阐明作者的才、气、学、习和文章风格的关系，总结了典雅与新奇、远奥与显附、繁缛与精约、壮丽与轻靡四组八类文章风格，并以前代十二位著名作家的写作证明文章风格与作者才性是必然相符的。他还指出，学习伊始要慎重，功效在开始时就已显现；少年学习写作，必须先从雅正的体制开始。进而提出应该在模仿风格中确定自己的习尚，根据自己的性情来锻炼才能是文章写作的指南。《体性》篇中的重要理论观点至今仍不乏现实的指导性。它对今天的“童子”启发良多。

通变第二十九

《通变》篇专论文章写作的变化创新问题。“通变”一词源于《易·系辞下》“《易》穷则变，变则通，通则久”，这里指作文要洞晓变化，掌握文章因变化而通达永久的道理。在刘勰看来，作文分“有常之体”和“无方之数”。文体及其体制是不变的，文辞气力是变化的。文辞气力只有变化，才能走上永续发展的道路，汲取永不枯竭的源泉。刘勰批评魏晋以来“竞今疏古”的浮靡文风，倡导宗法经书，提出“参伍因革”的通变方法，主张谋划文章纲领，“宜宏大体”。每个时代都会遇到古与今的关系问题，如何处理好，《通变》篇给出了富有启示的回答。其中“望今”“参古”的观点尤其值得重视。

情采第三十一

《情采》篇可视为文术论的枢纽。它上承《神思》至《定势》的“剖情”，下启《镕裁》至《总术》的“析采”，专论作者情志（情理）与文章辞采（文采）的关系。刘勰指出，文采有“形文”“声文”“情文”三种类型。五色杂糅形成礼服的花纹，五音相配组成韶夏乐曲，五性抒发成为优美的辞章。情理是文辞的经线，文辞是情理的纬线，情理确定后文辞才能通畅，这是文章写作的根本所在。刘勰肯定了《诗经》作者“要约而写真”的为情而造文，批评诸子之徒“苟驰夸饰”、辞人“淫丽而烦滥”以及后之作者“采滥忽真”的为文而造情，指明“以述志为本”“彬彬君子”的写作正道。《情采》篇揭示了中国文章重情采的特质。不但如此，它对建构中西合璧的“情采通变”文论体系亦多有助力。[①]

镕裁第三十二

《镕裁》篇专论镕意与裁辞。镕的本义是指镕铸金属的模范，裁的本义是指制衣。刘勰藉此喻指对情理和辞采的规范。刘勰阐明镕裁的含义、原因及其功用，确立“设情以位体”“酌事以取类”“撮辞以举要”的三个准则，提出“适分所好”“修短有度”的裁辞方法，指出镕裁目标是情理周密而不繁杂，文辞流畅而不泛滥。《镕裁》篇的“三准说”一向为龙学家所推崇。王元化指出它是“创作过程的三个步骤”，林杉说它是构思的步骤和具有普遍意义的写作规律，黄春贵认为它是谋篇的方法。足见“三准说”是文章写作的司南。

声律第三十三

《声律》篇专论文章的声律。声律是汉语文章构成的重要审美因素。黄侃指出，沈约“大重之”，谓“深得文理”，“知隐侯所赏，独在此一篇矣”。[②]足见《声律》篇之重要。刘勰认为，文章声律本于人声，求声律和谐不容易。声律大纲，其要有三：飞声（指平声、上声字调）与沉声（指去声、入声字调）宜交错；双声不隔字，叠韵不离句；异音相从，同声相应。刘勰还指出，《诗经》用韵大都清楚准确，《楚辞》用楚地方言，声韵错乱较多。声律和谐应该像咸酸调和。今天的白话文写作虽不像古代那样讲究声律，但作者如能有意识地注意声律的运用，文章依然会有抑扬顿挫之美。因此，刘勰的《声律》篇值得“才童”认真研读。

---

① 黄维樑：《情采通变：以〈文心雕龙〉为基础建构中西合璧的文学理论体系》，《文心雕龙：体系与应用》，香港：文思出版社，2016年，第24—84页。

② 黄侃：《文心雕龙札记》，第142页。

丽辞第三十五

《丽辞》篇专论丽辞如何在文章中的运用。此处的“丽”字不是华丽、美丽的意思，其本义是两只鹿并行，是骈俪之义，故丽辞即骈俪、对偶的词句。在刘勰看来，丽辞是因神妙的自然之理发挥作用而高低上下相互配合，自然而然形成的。丽辞有言对、事对、反对、正对四种，“四对”的难易优劣各有不同。言对贵在精巧，事对务在允当。丽辞运用要一定要使事理圆通周密，交替使用单句和偶句。与声律一样，丽辞也是汉语文章构成的重要审美因素。今天的文士如能注重丽辞的运用，将极大提高作品的艺术水平，获得锦上添花的审美效果。就此而论，细读《丽辞》篇，掌握丽辞的运用法则，对今人来说是很有必要的。

比兴第三十六

《比兴》篇专论比、兴两种重要的表现手法。刘勰认为，比是用贴切的类比来说明事物（比喻），兴是用隐微的事物来寄托用意（起情）；比是因积满于心而指明了说，兴是用委婉比况来寄托讽喻；比是明显的，兴是隐晦的。汉代辞赋作者喜欢阿谀逢迎，丧失讽刺传统，导致兴的意义消失。作比的事物虽然很多，但以贴切吻合为最佳。刘勰能结合先秦两汉的诗文阐发比兴，突出比兴“斥言”“托讽”的作用，对比兴的传承、弘扬功不可没。今人钱锺书是善用比兴的大家。其小说《围城》及散文、文评等多有“斥言”“托讽”的新奇妙语，令人叫绝。比兴影响之深远由此可见。刘勰重视比兴，对“兴义销亡”深感惋惜。然而，《比兴》篇详于论比而略于论兴，为美中不足处。

附会第四十三

《附会》篇专论文章的谋篇布局。附，指连缀文辞；会，指会合文意。在刘勰看来，附会是总括文辞和义理，贯通首尾，决定取舍衔接上下，组织成一篇完整的文章，使其内容丰富而不杂乱。附会以端正体制为原则，包括以情志为文章的精神，以事理为文章的骨干，以辞采为文章的肌肤，以音韵为文章的声气。附会有务总纲领、扶阳顺阴、首尾周密等方法，其目标是首尾相援。刘勰的附会论重整体，讲首尾，对后世文论产生了正面的影响。清人李渔谈结构时的“建宅”“缝衣”之喻，分明是受到了《附会》篇“基构”“裁衣”之说的影响。西方新批评家（The New Critics）也有与刘勰附会论相近的结构论，如布鲁克斯“精致的瓮”之理论[①]，可谓“东海西海，心理攸同”[②]。

时序第四十五

《时序》篇专论诗文发展与时代演变的关系，是《文心雕龙》中篇幅最长的。刘勰依次考察了唐、虞、夏、商、周、汉、魏、晋、宋、齐十代诗文的特点，研讨影响诗文写作的政治兴衰、学术思潮、君主的喜好和倡导、社会治乱四个因素以及诗文自身的继承与发展关系，提出“文变染乎世情，兴废系乎时序”的基本观点。由此看来，可以说《时序》篇是“最早的中国文学史”。倘若这种看法一时难以获得共识，视之为中国文学史的原型，或者说它是“最早的中国文学史纲”，还是符合儒家温柔敦厚的原则和刘勰的“唯务折衷”之道。[③] 此外，《明诗》至《书记》二十篇中的“原始以表末”和“选

---

① 黄维樑：《精雕龙与精致的瓮——刘勰和“新批评家”对结构的看法》，《从〈文心雕龙〉到〈人间词话〉——中国古典文论新探》（第二版），北京：北京大学出版社，2013年，第21—37页。

② 钱锺书：《谈艺录·序》，北京：中华书局，1984年，第1页。

③ 黄维樑：《最早的中国文学史：〈时序〉篇今读》，《文心雕龙：体系与应用》，第92—104页

文以定篇”两个部分，《通变》篇中的“九代咏歌”一节，皆具有史论色彩，亦可参阅。

物色第四十六

《物色》篇位列《时序》篇之后，专论诗文和自然景物的关系。物色，指自然景物。因景物各有色彩，故名物色。萧统《文选》第十三卷《赋庚》独设“物色”类，收录宋玉《风赋》、潘安仁《秋兴赋》、谢惠连《雪赋》、谢希逸《月赋》，可为《物色》篇之佐证。刘勰指出，情志随景色的不同而变化，文辞因情志而生发。《诗经》作者写作华丽有法度，辞赋作者写作华丽过度。描写色彩的字词贵在适时出现，否则繁杂而不足珍贵。在他看来，作者感物兴情，内心虚静，写景抓住特征，遣词造句简练，懂得通变，就能写出描绘详尽而有余味的上乘之作。《物色》篇中“随物以宛转”“与心而徘徊”“以少总多”“江山之助”等观点多为后人所重。其“赞曰”被誉为“神来之语”（锺惺语），“最为清旷”（李安民语），“诸赞之中，此为第一”（纪昀语）。[①]

知音第四十八

《知音》篇论述诗文的阅读与赏评。“知音”一词，出自《礼记·乐记》，本指知晓音律，此处喻指能读懂、赏评作品。刘勰认为，作品的情志之所以难以鉴别，是因为读者大多各有偏好，没有人能全面兼备。因此，全面观察和认识作品的方法是广泛的阅读，且宜先读经典的作品，树立文评标准，就能够分辨诗文的好坏与高下。他还提出了著名的“六观”法，即察阅作品的情理安排、丽辞运用、变化创新、新奇雅正、事类引用和音韵声律六个方面。“六观”法

① 黄霖编著：《文心雕龙汇评》，第152页。

至关重要。香港黄维樑教授重释“六观”法，广泛用之于古今中外的文艺作品批评实践，取得了显著成绩，令人耳目一新。这说明活古化今，以中释外绝非不可能，其关键在于文评者要敢用、善用。

选自黄维樑、万奇编撰《爱读式文心雕龙精选读本》（北京师范大学出版社，2017 年）。

文本今读

以“文”为本：《文心雕龙·原道》篇新解

《原道》篇居《文心雕龙》之首，其位置十分醒目。清人纪昀在该篇之眉批中指出：“自汉以来，论文者罕能及此。彦和以此发端，所见在六朝文士之上。……文原于道，明其本然，识其本乃不逐其末。首揭文体之尊，所以截断众流。”[①]纪氏所言表明了刘勰识见之高与《原道》篇之重要。然而此篇似乎颇为难解，用鲁迅的话说，“其说汗漫，不可审理”[②]。于是，学者纷纷撰文[③]，欲探其究竟。“道”是哪家的“道”——儒道？佛道？老庄之道？还是别的“道”？“文之为德”的“德”字又作何解？迄今为止，仍无定论。细察之，其原因无非有二：一是《原道》篇确乎没有讲清楚所“原”之“道”是什么，它是“瑕疵文本”[④]（flawed text）。二是研究者学理背景不同，各执一隅之解，“东向而望，不见西墙”也。笔者认为，以往的研究虽有一定的进展，但没有得刘勰“为文之用心”之全。《原

---

① 黄霖编著：《文心雕龙汇评》，第13页。

② 鲁迅：《汉文学史纲要》，第3页。

③ 据笔者粗略统计，自20世纪80年代以来，研究《原道》篇的论文（含硕士、博士学位论文）计有158篇。尤其是2010年以后，《原道》篇越来越受到关注。从2010年2019年，平均每年有6.3篇论文发表。

④ 黄维樑指出：“笔者认为‘文之为德也大矣’和《文心雕龙》的《风骨》篇一样，都可称为瑕疵文本，即文本本身含义不清或互相矛盾。”黄维樑：《符号学“瑕疵文本”说：从〈文心雕龙〉的诠释讲起》，《符号与传媒》2020年第1期，第1页。

道》篇虽标名“原道”，其实论述的重点在“文”，而不在“道”。学界对“德”的关注较多，而忽视了“德”之前的“文”。有鉴于此，本文谈一点粗浅之见，以求教于大方之家。

一、道之文→人文→言之文：刘勰用心之所在

如上所述，《原道》篇名曰“原道”，而全篇谈得最多是“文”。就本篇来看，谈“道”仅有七处：

> 此盖道之文也。
> 自然之道也。
> 莫不原道心以敷章，研神理而设教。
> 故知道沿圣以垂文，圣因文而明道。
> 乃道之文也。
> 道心惟微，神理设教。[①]

而谈“文”则有十四处：

> 此盖道之文也。
> 动植皆文。
> 声发则文生矣。
> 其无文欤！
> 人文之元，肇自太极。
> 言之文也。
> 唐虞文章，则焕乎为盛。
> 逮及商周，文胜其质；
> 观天文以极变，察人文以成化。

---

① 黄维樑、万奇编撰：《爱读式文心雕龙精选读本》，北京：北京师范大学出版社，2017年，第2—9页。

> 故知道沿圣以垂文，圣因文而明道。
> 乃道之文也。
> 天文斯观，民胥以效。

这样看来，刘勰关注的重点是“文”，而不是“道”。[①] 刘勰之所以专设《原道》篇，主要是基于三点考量：一是为《文心雕龙》全书奠定理论基础。刘勰指出，魏晋以来的“论文者”“各照隅隙，鲜观衢路”，更有甚者“并未能振叶以寻根，观澜而索源”；有鉴于此，其所作文心，要寻根索源，而这个“根”与“源”就是形而上的“天道”（易道），故曰“盖文心之作，本乎道”，表明《文心雕龙》是以“道”为根本的。二是为人之有文提供学理支撑。在刘勰看来，“道”的本体是形而上的，无名无形无色无味，似乎“不可言说”，但又无处不在。“日月叠璧”的天文，“山川焕绮”的地文，都是“道”的显现，人文亦然。“道沿圣以垂文”，人之有文来自“道”，这是自然而然的事，而非“外饰”，是“道之文”。三是为了“正末归本”。“正末归本”是刘勰原道的现实原因。刘勰不满意文坛“辞人爱奇，言贵浮诡”的现状，认为他们“饰羽尚画，文绣鞶帨，离本弥甚，将遂讹滥”。而“离本弥甚”（舍本逐末）有多种表现：或浮文弱植，或瘠义肥辞，或竞今疏古，或逐奇失正，或繁采寡情，或委心逐辞，或逐新趣异，或钻砺过分，或统绪失宗，或弃术任心。

---

① 从全书对“道”与“文”的使用情况看，也是如此：一说谈“道”有41处，说“文”有412处。（陈书良：《听涛馆〈文心雕龙〉释名》，长沙：湖南人民出版社，2007年，第1页、第48页。）一说谈“道”有47处，说“文”有589处。（冈村繁：《文心雕龙索引》，上海：上海古籍出版社，2010年，第53—60页、第346页。）一说谈“道”有49处，说“文”有585处。（林中明：《纬军国，任栋梁——刘勰之梦，刘子其书》，《中国文论》第一辑，上海：上海古籍出版社，2014年，第126页。）尽管三者统计的具体数字有出入，但有一点可以肯定：《文心雕龙》重点在“文”而不在“道”。

正末归本已刻不容缓。这个“本”，就“文”而言是“经”，就“人”而言是“圣”，就“源”而言是“道”。因此，《文心雕龙》“文之枢纽”的前三篇是《原道》《征圣》《宗经》。

对于“道之文”，刘勰在《原道》开篇就做了较为清晰的阐述：

> 夫玄黄色杂，方圆体分。日月叠璧，以垂丽天之象；山川焕绮，以铺理地之形。此盖道之文也。仰观吐曜，俯察含章，高卑定位，故两仪既生矣。惟人参之，性灵所钟，是谓三才。为五行之秀，实天地之心。心生而言立，言立而文明，自然之道也。

这里刘勰从《周易·系辞下》的天、地、人“三才”之道出发，推衍出“三文”——天文、地文与人文。所谓“天文”，是指天圆色玄以及“日月叠璧”的“丽天之象”；所谓“地文”，是指地方色黄以及“山川焕绮”的“理地之形”；而人则仰观天文，俯察地文，乃“性灵所钟”，“为五行之秀，实天地之心”。所谓“人文”，是指人由心生而言立所形成的言语之文。此“三文”皆为“道之文”。对此，周振甫批评刘勰“把自然之文和人文混淆了。……其实自然现象所呈现的文彩是客观存在，作家创作是主观意识，存在不同于意识，把两者等同起来是不对的”。[①] 周氏之说看似合理，实际上他是以存在与意识的关系强解“三文”，越理而横断，失之公允。刘勰析“道之文”为“三文”，其说渊源有自，且天文、地文、人文界画分明，未见其混淆也。研读古人著述，宜抱陈寅恪所倡导的“了解之同情”的态度，弄清楚“其持论所以不得不如是之苦心孤诣，表一种之同情”。尽管由于研究者都有自己的“前见”（vorurteil），似乎不大可能还原古人的本意，但却可以最大限度去贴近古人的语

---

① 周振甫：《文心雕龙今译》，第9页。

境与行文脉络,“始能批评其学说之是非得失”,而无以今律古的“隔阂肤廓之论”。[①]

接着刘勰又从“动植皆文”的角度具体描述了“道之文”的表现:

> 傍及万品,动植皆文。龙凤以藻绘呈瑞,虎豹以炳蔚凝姿;云霞雕色,有逾画工之妙;草木贲华,无待锦匠之奇。夫岂外饰,盖自然耳。至于林籁结响,调如竽瑟;泉石激韵,和如球锽;故形立则章成矣,声发则文生矣。夫以无识之物,郁然有彩;有心之器,其无文欤!

这里讲的龙凤藻绘、虎豹炳蔚的动物之文,云霞雕色、草木贲华的植物之文,均属于“形文”;林籁结响、泉石激韵则为“声文”。它们都是“郁然有彩”的“无识之物”。鲁迅对此颇为疑惑:“虎斑霞绮,林籁泉韵,俱为文章。其说汗漫,不可审理。”[②]刘勰的看法常常令今人感到费解,主要是因为古今“文”的观念不同。在刘勰看来,天圆色玄、地方色黄、龙凤藻绘、虎豹炳蔚、林籁结响、泉石激韵皆为“道之文”,即“道之文”无所不在——天地日月、山川万物,无一不文。

刘勰无论谈天地之文,还是说动植之文、林籁泉石之文,都是在为下文所讲的“人文”做铺垫,其旨在彰显“人文”。在他看来,人是“三才”之一,是“性灵所宗”“五行之秀”“天地之心”。连虎豹草木、林籁泉石这些“无识之物”尚有文焉,更何况人是“有心之器”,岂能无文乎?换句话说,“人文”才是“道之文”的集

---

① 陈寅恪:《冯友兰〈中国哲学史〉上册审查报告》,《金明馆丛稿二编》,北京:生活·读书·新知三联书店,2001年,第279页。

② 鲁迅:《汉文学史纲要》,第3页。

中体现。

由此，刘勰进一步指出，上古时期，伏羲仿河图所画的《易》象是人文的开端：

人文之元，肇自太极。幽赞神明，《易》象惟先。庖牺画其始，仲尼翼其终。而《乾》《坤》两位，独制《文言》。言之文也，天地之心哉！

《易》象是抽象符号的八卦之象，不同于后世所谓的形象。“象之文”是卦象之文。孔子阐释《易经》而作的十翼，不是“象之文”，而是“言之文”（言语之文）——尤其是为《乾》《坤》二卦独制的《文言》，是“天地之心”（人）的集中表现。从“象之文”到“言之文”，反映了人文的重要转换与发展。

而“言之文”的重要前提是“鸟迹代绳”的文字出现。《练字》篇有云：文字是“言语之体貌，而文章之宅宇”。没有文字，何谈文采、文章？也正因为如此，才有了唐、虞、夏、商、周的“言之文”：

唐虞文章，则焕乎为盛。元首载歌，既发吟咏之志；益、稷陈谟，亦垂敷奏之风。夏后氏兴，业峻鸿绩，九序惟歌，勋德弥缛。逮及商周，文胜其质；《雅》《颂》所被，英华日新。

刘勰概述五朝“言之文”，是从时序角度考察人文的嬗变。其说商周“文胜其质”，是指文质相称、文质彬彬，[①] 即《通变》篇所说“商周丽而雅”。又举《雅》《颂》对写作的正面影响为例，即《辨骚》篇所说“凭轼以倚《雅》《颂》”。这表明刘勰雅丽的审美理想和

① 戚良德：《文心雕龙校注通译》，上海：上海古籍出版社，2008 年，第 5 页。

以经书为写作范本的主导理念。也正因为“圣文之雅丽”“衔华而佩实”，刘勰举出伏羲之后最能体现人文的三位圣人：一是周文王。周文王为西伯时曾被殷纣王囚禁，但他却在逆境中写下了文采与义理兼备的《繇辞》。二是周公。周公发扬了周文王的美好功业，作诗并整理《周颂》，润饰各种作品。三是孔子。孔子继周文王、周公之后，镕钧《诗》《书》《礼》《乐》《易》《春秋》六经，是集前哲之大成。其教化远播千里，其德学流芳万世，写出了天地的光辉，开启了生民的才智。故此，《序志》篇说“师乎圣”，《征圣》篇说“论文必征于圣”，“征之周孔，则文有师矣”[①]，“若征圣立言，则文其庶矣”。

综上，《原道》篇从“道之文”出发，析一为三，分述天文、地文与人文。又在与“无识之物”的对比中强调“有心之器”的人文之重要，进而指出人文始于文字产生之前的“象之文”，而有文字之后则发展为“言之文”。即道之文→人文→言之文。这才是《原道》篇的内在义脉，也是刘勰用心之所在。

二、文德大矣：刘勰之人文追求

“文之为德也，大矣”是《原道》篇的首句。学界对“文之为德”的“德”有多种解释，或曰功能、功用、作用、功效，或曰属性、特点、性质、意义，或曰“道的表现形式”“规律”等等。尽管诸家说法不一，但其关注的重点是相同的：在“德”而不在“文”。不过，也有学者指出，此句重点在“文”而不在“德”：“‘某某之为德’

---

① 征圣之“征”，一般注为“验证”。唯吴林伯的解释颇有意味：“‘征’字后省略介词‘于’，而征有‘问’的意思，是说人们创作，要问圣人，亦即以圣人为师。”（吴林伯：《文心雕龙义疏》（上），武汉：武汉大学出版社，2013年，第38页。）笔者认为，释“征”为“验证”是正确的，然吴氏解为“问”，有求教于圣人之意，似乎更符合《征圣》篇的语境。这样看来，吴氏之说更胜。

不等于‘某某之德’。这个句式的重点在某某，而不在‘德’……‘文之为德也，大矣’，就是‘文这种东西很伟大，很了不起’之意。”[①]台湾学者李日刚也持与之相近的看法：“盖‘文德’与‘文之为德’有殊，‘文德’重在‘德’字，‘文之为德’重在‘文’字……”[②]

诸家对“德”的看法虽各有道理，但他们共同存在的问题是“聚焦”有误。如前所述，《原道》篇的篇旨在“文”而不在“道”。“文之为德”句的重点当然是在“文”，亦不在“德”；故詹锳注“文之为德”时说：“‘文之为德’……重在‘文’而不重在‘德’。”[③]可谓一语中的。既然如此，“德”的含义可暂且不论，首先要弄清的是此句中“文”是指什么，而欲知“文”之所指，须回到它所在的语境：

> 文之为德也，大矣！与天地并生者何哉？夫玄黄色杂，方圆体分。日月叠璧，以垂丽天之象；山川焕绮，以铺理地之形。此盖道之文也。仰观吐曜，俯察含章，高卑定位，故两仪既生矣。惟人参之，性灵所钟，是谓三才。为五行之秀，实天地之心。心生而言立，言立而文明，自然之道也。

如果只孤立看“文之为德也，大矣”一句，“文”是什么，或以“文”解“文”，或作“文章”解，似乎都无法确定其含义；如果联系下一句“与天地并生者”至“自然之道也”，这个“文”的含义就比较清楚了。天有天圆色玄、“日月叠璧”的天文，地有地方色黄、“山川焕绮”的地文，而人则有“心生而言立，言立而文明”的人文。

---

① 杨明：《文心雕龙精读》，上海：复旦大学出版社，2007年，第25页。

② 张立斋：《文心雕龙注订》，北京：国家图书馆出版社，2010年，第2页。

③ 詹锳：《文心雕龙义证》（上），上海：上海古籍出版社，1989年，第2页。

也就是说，这个“与天地并生者”“大矣”的“文之为德”是指“人文之为德”。而从“人文之元，肇自太极”至“赞曰”之前所说的唐、虞、夏、商、周的五朝“言之文”与伏羲、周文王、周公、孔子的四圣“雅丽”之文，也正是以“人文”为中心，进一步印证了“文之为德”是“人文之为德”。所以，台湾学者游志诚指出：“《原道篇》所谓的文，专讲《周易》天文地文人文的三才之‘文’。《原道篇》揭示‘人文’引领后世一切文章之本源，主张人文化成孕育而后始有文章”，“凡《原道篇》所见之‘文’皆当作‘人文’而解，不宜硬译作‘文章’”。[①]此言甚是。

接下来的问题是：“文之为德”可否简化为“文之德”或“文德”？对此学界看法不一。钱锺书认为，“文之为德”可以简化为“文之德”，“《文心雕龙·原道》：‘文之为德也大矣’，亦言‘文之德’”，并以马融赋“琴德”、刘伶颂“酒德”和《韩诗外传》举“鸡有五德”为之佐证。[②]而杨明则指出，“文之为德”不能简化为“文之德”：“在‘X之为德’中，‘德’字的具体含义（禀性）一般是很不突出的，语气的重点在‘X’，而不在于‘德’。也就是说，运用这个语式时，说话人实际上只是笼统地说该事物如何如何，而不是要突出其禀性、性质如何如何。……这里还可以谈到‘X之为德’和‘X之德’的区别。前者重在这种事物，后者则在于该事物之‘德’。”[③]至于可否简化为“文德”的问题，范文澜等学者认为，“文之为德”可以简化为“文德”。范文澜认为：“按《易·小畜·大象》：‘君

① 游志诚：《〈文心雕龙〉五十篇细读》，台北：文津出版社有限公司，2017年，第23页。

② 钱锺书：《管锥编》第四册，北京：中华书局，1986年，第1505—1506页。

③ 杨明：《〈文心雕龙·原道〉“文之为德”解》，《上海大学学报》（社会科学版）2007年第5期，第68页。

子以懿文德。’彦和文德本此。”[①] 方孝岳也持这种看法:“发挥文德之伟大是刘勰的大功……彦和的‘文德’说正是振叶寻根的议论,高于一切了。所以‘文德’之说,可以做他的总代表。”[②] 刘永济也指出:“首标文德侔天地之义,是文之原夫道也。”[③] 杨明照则认为,“文之为德”不能简化为“文德”:“按范注简化‘文之为德’为文德,已觉非是;又谓文德本于‘君子以懿文德’,则更为牵强。因两书辞句各明一义,毫无共通之处。”“文之为德”与“中庸之为德”“鬼神之为德”相仿。“文之为德”不能简化为文德,正如“中庸之为德”“鬼神之为德”不能简化为中庸德、鬼神德然。”[④]

上述诸家之说各有其理,然问题的关键是如何理解“文之为德”这个句型。据有关学者研究,“……之为……”句型有六种句式:一曰“N 之为 V_1”宾谓式(句例:“唯奕秋之为听”),二曰“N 之为 V_2”宾介式(句例:“非夫人之为恸而谁为”),三曰“N 之为 N_1”宾谓宾式(句例:“不可得之为欲”),四曰“N 之为 N_2”状谓宾式(句例:“今之为关也,将以为暴”),五曰“N 之为 N_3”主语同位式(句例:“大哉!尧之为君也”),六曰“N 之为 N_4”主谓宾式(句例:“郑子孔之为政也专”)。[⑤] 如果把“文之为德”“中庸之为德”[⑥]“鬼神之为德”[⑦] 与上述六个句式之句例比较,就会发现,它们与第五个句例“尧之为君”一样,属于“N 之为 N_3”的主语同

① 范文澜:《文心雕龙注》,北京:人民文学出版社,1958 年,第 6 页。

② 方孝岳:《中国文学批评》,北京:文津出版社,2016 年,第 107—111 页。

③ 刘永济:《文心雕龙校释》,第 1 页。

④ 杨明照:《增订文心雕龙校注》(上),第 5 页。

⑤ 黄建群:《“……之为……”句型类析——〈“……之为……”句型辨〉辨误》,《湖北师范学院学报》1990 年第 1 期,第 67 页。

⑥ 见《论语 · 雍也》。

⑦ 见《中庸》第十六章。

位式。[①]其中的“之”是代词，分别指代它前面的“文”“中庸”“鬼神”，而“为”不是动词，是作为同位词组标志的助词，同时又兼有衬音作用。而且“这个‘为’字在一般情况下是不能省去的，因为省去后‘N之为N_3’就成了‘N之N_3’的名词性偏正词组了。”[②]因此，“X之为德”不能简化为“X之德”。即：“文之为德”不能简化为“文之德”，“中庸之为德”不能简化为“中庸之德”，“鬼神之为德”不能简化为“鬼神之德”，“尧之为君”也不能简化为“尧之君”。而“文之为德”可译为“人文这种文德”，“中庸之为德”可译为“中庸这种道德”，“鬼神之为德”可译为“鬼神这种德行”，“尧之为君”可译为“尧这样的君王”。就《文心雕龙》本书而言，除“文之为德”外，“……之为……”句型之“N之为N_3”主语同位式还有如下数例：

1.《明诗》云：“持之为训，有符焉尔。”（扶正这个解释，正符合无邪之说）

2.《诔碑》云：“详夫诔之为制，盖选言录行……”（详细考察诔文这种体制，它要选录死者生前的言论，著录他的德行……）

3.《史传》云：“然史之为任，乃弥纶一代……”（然而写史这个任务，乃是综合包举一个时代的史实……）

① 黄建群指出：“在‘N之为N_3’中，‘之为N_3’是N的附属成分，N_3的作用是明确N的类属，也就是说，N和N_3是种属关系。但是，由于N_3有指示代词‘之’的明确限制，所以‘之为N_3’又能和N处在相同的语法地位上，使‘N之为N_3’成为一个同位词组，从理论上讲，不但可以作主语，还可以作宾语和定语，事实上它只作主语，故称之为‘主语同位’式。”见：《“……之为……”句型类析——〈“……之为……”句型辨〉辨误》，第65页。

② 黄建群：《“……之为……”句型类析——〈“……之为……”句型辨〉辨误》，第65页。

4.《论说》云:“原夫论之为体，所以辨正然否……”（考察论这种文体，是用来辨明是非的……）

5.《章表》云:“原夫章表之为用也，所以对扬王庭，昭明心曲。”（推究章、表这两种文体，是用来感谢帝王的恩宠，颂扬其美德，表明内心之情思衷曲。）

6.《奏启》云:“夫奏之为笔，固以明允笃诚为本……”（奏疏这种文体，应以明白允正、忠实真诚为本……）

7.《比兴》云:“夫比之为义，取类不常……”（比喻这种方法，在选取类比的事物上是没有常规的……）

有鉴于此，“文之为德也，大矣”可译作“人文这种文德（人文），真是很伟大（了不起）”。[1]因此句属于“N之为N_3”主语同位式，故其缩简为“文德大矣”也是可以的。

而“文之为德”之所以“大”，首先是因为“察人文以成化”。“察人文以成化”本于《易·贲卦·彖辞》之“观乎人文以化成天下”。察乎人文的标志性人物是孔子。孔子继伏羲、周公等前哲而独秀，镕钧六经，做到“金声而玉振”之集大成，表明“素王述训”（“尼父陈训”）之“大”。这种“述（陈）之大”，远及千里之外，流传万世之久，超越了时间和空间，且展现天地之光辉，启发生民之耳目，彰显了教化之广泛而深远（“化成天下”），是“教化（化成）之大”。其次是因为体现人文的“言之文”“旁通而无涯，日用而不匮”。“无涯”表明“旁通”广大，“不匮”说明“日用”频繁。具体地说，“旁通”“日用”主要体现为四个方面：一是“经纬区宇”。

① 与笔者译法相近的有：“文这种东西很伟大，很了不起”（杨明：《文心雕龙精读》，第25页。），“人文之德是多么伟大啊”（游志诚：《〈文心雕龙〉五十篇细读》，第31页。）。

即治理天下。亦即《征圣》篇所言的“政化贵文”。孔子所称颂的“焕乎为盛”的唐世与“郁哉可从”的周代是“政化贵文”的典范。二是“弥纶彝宪”。即制定恒久的法典。这里的“彝宪”即《序志》篇所言的“五礼”“六典”。“弥纶彝宪”亦属于“政化贵文”。三是“发挥事业”。即发挥各种事业。亦即《征圣》篇所言的“事迹贵文”。《序志》篇“昭明”的“军国”、《程器》篇的“纬军国”与“奉时以骋绩”，均属于此。“郑伯入陈”与“宋置折俎”是“事迹贵文”的范例。四是“彪炳辞义”。即使文辞义理焕发光彩。亦即《征圣》篇所言的“修身贵文”。孔子褒美的子产“言以足志，文以足言”，泛论的君子“情欲信，辞欲巧”，其自身亦能躬行“雕琢情性，组织辞令”，皆为“修身贵文”的模范。“旁通”之广，“日用”之多，文德之大，昭然可见。也正是因为如此，故曰“文之为德也，大矣”。

三、《原道》篇余影及其启示

如前所言，“道之文”集中体现在“人文”，“人文”主要体现为“言之文”。而“言之文”是指“道沿圣以垂文，圣因文而明道”之文章。文章又终归于文辞：“《易》曰：‘鼓天下之动者存乎辞。’辞之能鼓动天下者，乃道之文也。”“《易》曰”一句出自《易·系辞上》，本指卦辞、爻辞，这里刘勰借指文辞，强调文辞是“道之文”，具有“鼓动天下”之用。刘勰讲“道之文”，重“人文”，崇“言之文”（文章），尚文辞。其文道观是以“文”为本。

继刘勰之后，文与道的关系仍然是后人所关注的焦点。但其对文与道的认识与刘勰的文道观是不同的。大体上说，主要有以下三点：

一是后人所说的“文”不是“人文”，也不是广义的“言之文”

（包括文与笔），而主要是指古文（笔）。唐宋以降（尤其是赵宋之后），文章观念发生了较大的变化，从东汉魏晋六朝以诗赋骈文（文）为中心逐渐转换为以散体古文（笔）为中心。[①]例如：韩愈指出："愈之为古文，岂独取句读不类于今者邪？"[②]欧阳修有云："若作古文自师鲁始，则前有穆修、郑条辈，及有大宋先达甚多，不敢断自师鲁始也。"[③]韩、欧二人直言"古文"（笔）。而苏轼则盛赞韩愈及其所倡导的古文运动："自东汉以来，道丧文弊，异端并起。历唐贞观、开元之盛，辅之以房、杜、姚、宋而不能救。独韩文公起布衣，谈笑而麾之，天下靡然从公，复归于正，盖三百年于此矣。文起八代之衰，道济天下之溺；忠犯人主之怒，而勇夺三军之帅。"[④]"文起八代之衰"是苏轼对韩愈的高度评价。"文起八代之衰"之"文"亦指"古文"（笔）。古文大行其道，转换了文章的核心内涵。

二是后人所说的"道"不是形而上的"天道"（易道），而是敦本务实的儒家之道。韩愈说："抑所能言者，皆古之道"[⑤]，"通其辞者，本志乎古道者也"[⑥]。这个"古道"不是"老佛之道"，而是尧、舜、禹、汤、文、武、周公、孔子及孟轲之道。[⑦]即正统

---

① 吴承学：《中国文章学成立与古文之学的兴起》，《中国社会科学》2012年第12期，第140页。

② 〔唐〕韩愈著：《题哀辞后》，〔唐〕韩愈著，马其昶校注，马茂元整理：《韩昌黎文集校注》，上海：上海古籍出版社，1987年，第304页。

③ 〔宋〕欧阳修著：《论〈尹师鲁墓志铭〉》，李春青主编：《中华古文论释林·北宋卷》，北京：北京大学出版社，2011年，第177页。

④ 〔宋〕苏轼著：《潮州韩文公庙碑》，〔唐〕韩愈著，马其昶校注，马茂元整理：《韩昌黎文集校注》，第759页。

⑤ 〔唐〕韩愈著：《答尉迟生书》，第145页。

⑥ 〔唐〕韩愈著：《题哀辞后》，第305页。

⑦ 〔唐〕韩愈著：《原道》，第18页。

的儒家之道。柳宗元的“道”亦是儒道，但又融入了“辅时及物”的现实内涵：“辅时及物之道，不可陈于今，则直垂于后。”[①]而周敦颐的“道”则是理学家的“道德”之道：“文辞，艺也；道德，实也。……不知务道德而第以文辞为能者，艺焉而已。噫，弊也久矣！”。[②]

三是后人对文与道关系的认识，不是以“文”为本，而是以“道”为本。韩愈的“修其辞以明其道”，[③]柳宗元的“文者以明道”，[④]韩愈门人李汉的“文者，贯道之器也”，[⑤]皆视文为“明道”“贯道”之体，重道而不轻文。[⑥]周敦颐认为：“文，所以载道也。轮辕饰而人弗庸，徒饰也，况虚车乎！”[⑦]周氏首次提出“文以载道”。在他看来，如果“文”只是“徒饰”而“弗庸”，甚至是“虚车”，是无助于“载道”的。朱熹则明确指出：“道者，文之根本，文者，道之枝叶。惟其根本乎道，所以发之于文，皆道也。”[⑧]朱氏视“文”

① 〔唐〕柳宗元著：《答吴武陵〈非国语〉书》，唐晓敏主编：《中华古文论释林·隋唐五代卷》，北京：北京大学出版社，2011年，第396页。

② 〔宋〕周敦颐著：《通书》，〔清〕黄宗羲原著，〔清〕全祖望补修，陳金生、梁运华点校：《宋元学案·濂溪学案》，北京：中华书局，1986年，第491页。

③ 〔唐〕韩愈著：《争臣论》，第113页。

④ 〔唐〕柳宗元著：《答韦中立论师道书》，郭绍虞主编：《中国历代文论选》（一卷本），上海：上海古籍出版社，2001年，第157页。

⑤ 〔唐〕李汉著：《昌黎先生集序》，〔唐〕韩愈著，马其昶校注，马茂元整理：《韩昌黎文集校注》，第1页。

⑥ 对韩愈的“明道”说，学界有不同的看法。钱锺书认为，“明道”说是韩愈的门面语，“昌黎以‘文’与‘道’分别为二事”，韩是主“文”的。并指出，柳宗元亦然。（王水照：《钱锺书的学术人生》，北京：中华书局，2020年，第19—20页、第261—266页。）

⑦ 〔宋〕周敦颐著：《通书》，〔清〕黄宗羲原著，〔清〕全祖望补修，陳金生、梁运华点校：《宋元学案·濂溪学案》，第491页。

⑧ 《朱子语类》卷一三九。刘方喜：《中华古文论释林·南宋金元卷》，北京：北京大学出版社，2011年，第81页。

为“枝叶”，认为“文皆是从道中流出”，道与文一。周、朱二人均视“道”为本，“文”是末，重道而轻文。谢徽在《侨吴集序》中提出“文实道之显”：“道之充乎中，而其发于外者无非文。……文实道之显，不可歧而二之也。”即道内而文外，道由文显，但文与道不可分。在谢氏看来，道是根本，借由文显，文与道一。曾国藩则不同意宋儒崇道贬文之说，主张“文以见道”：“故国藩窃谓今日欲明先王之道，不得不以精研文字为要务……孔、孟没而道至今存者，赖有此行远之车也（喻指“文”——引者注）……皆就其文字以校其见道之多寡……”[①]曾氏以儒道为根本，但认为道由文见，道由文传，故宜文道并重。

《原道》篇从“道之文”入手，旨在“振叶以寻根，观澜而索源”。而与《文心雕龙》并称的《诗品》也是采用寻根索源的“溯流别”方法。刘勰、锺嵘在诗文评上的探本溯源，本自汉人“辨章学术，考镜源流”之义例。[②]二者得益于此，故其识见远在“各照隅隙”的魏文（曹丕）、陈思（曹植）、应玚、陆机、仲洽（挚虞）、弘度（李充）等诸家之上，亦绝非“不述先哲之诰”的君山（桓谭）、公幹（刘桢）、吉甫（应贞）、士龙（陆云）等所能望其项背的。而“从起源理解事物，就是从本质理解事物”。[③]就此而言，这种从大处会通处着眼的探本溯源，对今人深度解读古今文章，建构中国文章学理论的

---

① 〔清〕曾国藩著：《致刘蓉》（道光二十三年），《曾国藩全集·书信一》第二十一卷，长沙：岳麓书社，1990年，第6—8页。

② 《校雠通义叙》：“校雠之义，盖自刘向父子部次条别，将以辨章学术，考镜源流；非深明于道术精微、群言得失之故者，不足与此。”〔清〕章学诚撰，叶瑛校注：《文史通义校注》，北京：中华书局，1985年，第945页。

③ 杜勒鲁奇语。〔日〕川胜义雄：《六朝贵族制社会研究》，徐谷芃、李济沧译，上海：上海古籍出版社，2008年，第57页。

纵向维度，是大有助益的。

本文先于2021年10月在西华大学主办的“国际汉语应用写作学会第十五届学术研讨会”上宣读，后刊于《中国文论》第十辑（山东人民出版社，2022年）。

风教吟志：《文心雕龙·明诗》篇辨疑

《明诗》是刘勰《文心雕龙》“论文叙笔”（文体论）的第一篇。刘勰之所以把它放在“文体论”的首位，是因为诗为有韵文之最早，“其有韵者，皆诗之属也”[①]。故黄侃指出：“彦和析论文体，首以明诗，可谓得其统序。”[②]《明诗》遵循“原始以表末，释名以章义，选文以定篇，敷理以举统”编撰理路，阐明诗歌的含义，描述上古至刘宋初年诗歌的发展变化，并品评作家作品，最后“撮举同异”，确立诗歌写作的纲领。做到“振叶以寻根”，“敷理以举统”。

从文论角度看，《明诗》中的疑点主要有两个：一是如何评价刘勰对诗歌的特质及其功能的认识，二是怎样理解“感物吟志”的理论内涵及其意义。

一、刘勰对诗歌的性质及其功能的认识

有的学者认为，刘勰对诗歌的性质及其功能的认识是《明诗》“最有价值的部分”之一，这种观点值得商榷。考察一个文论家理论贡献的大小，关键是看他是否在其前人的基础上有所发明——“阐前人所已发”或“扩前人所未发”。和前人相比，刘勰对诗歌的特质及其功能的认识是否有进步呢？先看他对诗歌特质的认识：

> 大舜云：“诗言志，歌永言。”圣谟所析，义已明矣。是以“在心为志，发言为诗”，舒文载实，其在兹乎？诗者，持也，持人情性；

① 黄侃：《文心雕龙札记》，第31页。

② 黄侃：《文心雕龙札记》，第31页。

三百之蔽，义归无邪；持之为训，信有符焉尔。

刘勰“释名以章义”，指出诗歌的性质是“舒文载实”“持人性情”。“舒文载实”即“发布文辞，用以表达情志”，这是由《尚书·尧典》和《诗大序》引发而来的。《尚书·尧典》有云：“帝曰：‘……诗言志，歌永言，声依永，律和声。’”《诗大序》亦云：“诗者，志之所之也。在心为志，发言为诗。”显然，“舒文载实”和“诗言志”“在心为志，发言为诗”的内涵是一致的，都是强调“言志”，刘勰并没有发表什么特殊的见解，只是重申了两部经典对诗的主张而已。“持人性情”即持守或把握人的性情，是对《诗纬·含神雾》的“诗者，持也”的“注解”，也不是他的新见。刘勰又说“三百之蔽，义归无邪”，是转述孔子对《诗经》的看法。此语出自《论语·为政》：“子曰：‘《诗》三百，一言以蔽之，曰‘思无邪’。”不难看出，刘勰在诗歌性质的问题上，因袭了先秦两汉以来正统的诗论观，恪守“诗言志”的范式，没有发表独到的新观点。

次看他对诗歌功能的认识。刘勰认为，诗歌具有三个功能：一是“神理共契”的契合功能。这里的“神理”与《原道》中的“自然之道”“神理”“道心”“天地之心”“神明”的含义是相通的，是指宇宙和“文”的本原。“神理共契”，是说诗歌要与神明之理相契合，着眼于诗与天地之道。二是“顺美匡恶”的讽喻功能。“顺美匡恶”，是指用诗歌颂扬美德，纠正恶行。“大禹成功，九序惟歌”是“顺美”，“太康败德，五子咸歌”是“匡恶”。“顺美匡恶”着眼于诗与君王。三是“风流二《南》”的教化功能。“风流二《南》”，是讲风教通过《诗经》传播，以感化人心，着眼于诗歌与民众。上述看法，也并非刘勰的发明，本于《诗大序》：

风，风也，教也；风以动之，教以化之。

故正得失，动天地，感鬼神，莫近于诗。先王以是经夫妇，成孝敬，厚人伦，美教化，移风俗。

吟咏性情，以风其上。

“动天地，感鬼神”，是指诗歌对天地、鬼神的感动作用；“正得失”“吟咏性情，以风其上”，是指诗歌对君王的讽喻作用；“风，风也，教也，风以动之，教以化之”“经夫妇，成孝敬，厚人伦，美教化，移风俗”，是指诗歌对民众的教化作用。两相比较，可以看出，刘勰的着眼点、内容与《诗大序》是一脉相承的：“神理共契”与“动天地，感鬼神”相通；“顺美匡恶”是“正得失”“吟咏性情，以风其上”的约言；“风流二《南》”是“风，风也，教也，风以动之，教以化之”“经夫妇，成孝敬，厚人伦，美教化，移风俗”的概述。可谓“本同而末异”。

由此可见，刘勰对诗歌的性质及其功能的认识，没有突破先秦两汉“言志—政教”的诗论范式，只是“照着说”，没有“接着说”，看不出他有什么新的理论贡献。有些龙学家指出，在这一点上，刘勰“表现出较浓厚的儒家正统观点”[①]，恪守“诗言志”的“风范”[②]，是很有见地的。那种“最有价值”的说法似乎难以成立。

二、“感物吟志”的理论内涵及其意义

必须指出的是，刘勰毕竟是“妙识文理”的文论大家。当他把目光转向诗歌写作领域，探求诗歌写作奥秘时，在一定程度上摆脱了儒家正统观念的束缚，有了自己独特的发明——提出了以“感物吟志”为核心的诗歌写作理论：

---

① 王运熙、周锋：《文心雕龙译注》，上海：上海古籍出版社，1998年，第40页。
② 冯春田：《文心雕龙释义》，济南：山东教育出版社，1986年，第82页。

人禀七情，应物斯感；感物吟志，莫非自然。

这十六个字描述诗歌“禀情→感物→吟志”[1]的“发生—转化”过程，最值得珍视和玩味。尤其是“感物吟志”四个字，是中国文论家第一次比较完整地概括了诗歌写作。

感。即诗人受到外物刺激而产生的感应（感发）。“感物”之说最早见于《礼记·乐记》：“凡音之起，由人心生也。人心之动，物使之然也。感于物而动，故形于声。”陆机《文赋》对“感于物”又作了进一步描述：“遵四时以叹逝，瞻万物而思纷；悲落叶于劲秋，喜柔条于芳春。”刘勰在此基础上又作了新的拓展。首先，他阐明“应物斯感”的原因是人具有喜、怒、哀、惧、爱、恶、欲七种情感，“禀情”是人能够对外物的刺激作出回应的前提和条件，这就从根本上说明了“感”是“内情”被“物”“激活”后的外部呈现。其次，《礼记·乐记》和《文赋》都没有说明为什么要“感物”，而刘勰则明确指出“感物”的目的是“吟志”（下文详细论说，此处从略）。再次，他表明诗歌写作活动的起点不是客观外物，也不是主观内情，而是“物”作用于“情”后而产生的“感”（其实不仅仅是诗歌写作，大凡文学写作活动皆如此）。有了这种“感”，才标志诗人真正进入诗歌写作过程。

物。大多数龙学家都把“物”解释为“外物”或“外界事物”。不过，有的学者则认为：“刘勰所说的‘物’是诗人的对象物，当然它最初的瞬间是‘外物’，但旋即转为诗人眼中心中之物……是外物与人主观条件结合的成果。刘勰在《诠赋》篇说‘物以情睹’，十分清楚地说明了刘勰所讲的‘物’，是经过情感观照过的‘物’，

---

① 冯春田：《文心雕龙释义》，第85页。

是‘物乙’。”[1] 这种说法令人难以苟同。“应物斯感”，是说这七种感情受到外物刺激而感发；“感物吟志”，是指为外物所感而吟唱情志（此处“感物”是“感于物”的意思，亦即“应物斯感”）。“应物”之“物”和“感物”之“物”，明显是指刺激“情”而产生“感”的“外物”，怎么会是“经过情感观照过的‘物’”？持这种观点的学者，恰恰忽视了刘勰在这里是把“物”作为触发情感的诱因来看的，即在那个“最初的瞬间”，而不是“感”之后。这个“物”是《铨赋》中的“睹物兴情”之“物”，不是构思过程中“物以情睹”之“物”，用郑板桥的话说，是“眼中之竹”，不是“胸中之竹”。这种观点混淆了“眼中之物”和“胸中之物”的界限，笼统称之为“诗人眼中心中之物”，是不妥当的。当然，这里的“物”也不是泛指存在的一切事物，而是特指能触动诗人情感的“外物”。故此，刘勰在《物色》中指出：“物色之动，心亦摇焉。……是以献岁发春，悦豫之情畅；滔滔孟夏，郁陶之心凝；天高气清，阴沈之志远；霰雪无垠，矜肃之虑深。岁有其物，物有其容；情以物迁，辞以情发。”

吟。即声调抑扬地念诵吟咏。《神思》中的“寻声律而定墨”“刻镂声律”可视为“吟”的注解。具体地说，就是诗人把受到外物（物）刺激而引发的内心的“感触”（感），借助一定的表现形式（吟），转化为可感的情志（志）。“吟”是汉语诗歌写作的一大关键。刘勰的独特理论贡献主要体现于此。虽然《礼记·乐记》已经涉及这个问题——“感于物而动，故形于声”。可怎样“发声”，却语焉不详。而刘勰以“吟”字概括，较之笼统的“形于声”说法更深一层。在《明诗》的最后一段，他还结合对历代诗作的鉴评，提出了“吟”的两个要点：一是确定“诗体”。这里的“诗体”，首先是

① 童庆炳：《中国古代文论的现代意义》，北京：北京师范大学出版社，2001年，第168—169页。

指诗歌的体裁（genre）。即要看所“吟”的诗是四言诗、五言诗，还是三言诗、六言诗、杂言诗、这是“诗体”的表层含义。其次是指诗歌的体貌（style）。即“四言正体，则雅润为本；五言流调，则清丽居宗”。也就是说，正规四言诗的体貌是典雅润泽，流行五言诗的体貌是清新华丽。这是“诗体”的深层含义。诗人“吟”诗，只有确定“诗体”——尤其是诗歌体貌，才不会“走样”“变形”。二是以“才性”为主。诗人选择哪种“诗体”，要根据自己的才情来决定。“平子得其雅，叔夜含其润”，“兼善则子建、仲宣，偏美则太冲、公幹”。不仅选择“诗体”时要“惟才所安”，构思时也要“随性适分”。这种重视“才性”的“吟”诗观，符合诗歌写作实际，有助于诗人个性和才华的张扬。

志。从字面上看，“吟志”的“志”和“言志”的“志”意思相同，都是“情志”的意思，其实是有差异的。“言志”说的是诗歌本质功用，“吟志”讲的是诗歌写作过程。当“志”作为本质功用范畴时，刘勰是用先秦两汉正统诗论的范式来“解读”的。他肯定《尚书·尧典》的“诗言志”，谓之“圣谟所析，义已明矣”；引用《诗大序》的“在心为志，发言为诗”，认为“舒文载实，其在兹乎”；主张“持人性情”，“义归‘无邪’”。这些说法更多强调“言志”要以圣人的训诫（圣谟）为准的，要以理（礼）节情（持），符合儒家的伦理规范（无邪）。如前所述，缺少新的理论贡献。当“志”作为写作过程范畴时，刘勰则从诗歌的历史演变和诗人的写作实践出发，做出了新的解释：“人禀七情，应物斯感，感物吟志，莫非自然。”即“吟志说”已与“言志说”不同：重视诗人的“情”“感”，主张“感物吟志”是诗人性情的自然而然流露，倡导的是一种以情为本的“志”，在某种意义上突破了先秦两汉的正统诗论范式，可谓是一个新的理论贡献。

刘勰的“吟志说”不能完全与西方的“表现说”画等号。在西方语境中，“表现”一词有两种含义：“一种类似人们以‘哎哟’的喊声来‘表现’自己痛苦的情感；另一种则指用一个句子来‘表达’作者想要传达的某种意义。由于前一种涉及着情感的表现，所以一直主宰着艺术表现理论……”“艺术表现”是指：“一个艺术家内心有某种感情或情绪，于是通过画布、色彩、书面文字、砖块和灰泥等创造一件艺术品，以便把它们释放或宣泄出来。这件艺术品又能在观看和倾听它的人心中诱导或唤起同样的感情或情绪。”[①] 也就是说，在西方文艺理论中，“表现”是艺术家内心“某种感情或情绪”的“释放或宣泄”，它能“诱导或唤起”读者和观（听）众“同样的感情或情绪”。因此，就“吟志”和“表现”的内容看，“吟志”是以情为主，情志合一，有“志”这种理性因素的渗透；“表现”则只是纯粹的情感或情绪，不包含理性在内。从“吟志”和“表现”的方式看，“吟志”讲究声律的运用（这与汉语的音乐性特点有关）；“表现”则是直接地“释放或宣泄”。此外，“表现”比较重视读者的“共鸣”反应，“吟志”则没有予以特别的说明。

刘勰以“感物吟志”为核心的诗歌写作理论具有重要的意义。一是它超越了“诗言志”的诗歌本质功用范式，进入“感—吟”的诗歌写作过程范式，揭示诗歌的“发生—转化”。二是针对“争价一句之奇”“辞必穷力而追新”的“近世之所竞”，提倡有“感”而发。这一点更值得今天的诗歌写作注意。如今诗坛，有真情实感、耐人咀嚼的佳作少，竞新逐奇、哗众取宠的多，与刘勰所说的“近世”

① 〔美〕H.G. 布洛克：《现代艺术哲学》，滕守尧译，成都：四川人民出版社，1998 年，第 167 页。

惊人的相似。因而，有“感”而发的现实意义是不言自明的。三是“诗体”与“才性”并重。只讲“才性”，不讲“诗体”，诗歌则“无形”；只讲“诗体”，不讲“才性”，诗歌则板滞。只有二者并举，才有可能写出上乘诗作。

本文刊于《语文学刊》（高教版）2006 年第 5 期。

情睹丽则：《文心雕龙·诠赋》篇析疑[①]

《诠赋》是《文心雕龙》“论文叙笔”（文体论）的第三篇。因赋是古诗的流变，“不可歌”[②]，“不宜声乐”[③]，故居《乐府》之后，列第三。本篇阐明赋的含义和特点，追述赋的来源，考察其发展和演变，诠评重要作家作品，最后确定“立赋之大体”，是一篇完整、成熟的文体论。

从文论的角度看，《诠赋》中的疑点主要有三个：一是“体”“用”之辨，二是“物以情观”的理论意义，三是“风归丽则”的理论内涵。

一、“体”“用”之辨

“赋”是“体”（体裁），还是“用”（表现方法），有各种不同的说法。或曰“体”，或曰“用”，或曰“体用兼备”。其实，在刘勰之前，“赋”是“体”还是“用”，似乎并没有明确的划分。《周礼·春官》云：“大师教六诗：曰风，曰赋，曰比，曰兴，曰雅，曰颂。”《毛诗序》只是把“六诗说”改作“六义说”，其内容、次序没有变：“故诗有六义焉：一曰风，二曰赋，三曰比，四曰兴，五曰雅，六曰颂。”无论是《周礼·春官》，还是《毛诗序》，都没有指出这六者是“体”或“用”，没有把“风雅颂”和“赋比兴”区别对待——相反是等同视之，而且“其二曰赋”。也就是说，“赋比兴”和“风雅颂”一样，既可以作为“诗体”，也可以作为“诗用”。

刘勰撰《文心雕龙》时，则把“比兴”置于“文术论”，视为“诗

---

① 撰写本篇时尚未查阅唐写本，故依据通行本作“诠”。

② 章太炎：《国故论衡》，上海：上海古籍出版社，2003 年，第 86 页。

③ 章太炎：《国学概论》，上海：上海古籍出版社，1997 年，第 60 页。

用”；将“赋”置于“文体论”，视为“赋体”。这就把“赋比兴”从“六义”中剥离出来，使之有别于“风雅颂”。刘勰之所以把“赋”单列在“文体论”中，是因为荀况的《礼》、《智》赋，宋玉的《风赋》、《钓赋》，“爰锡名号，与诗画境”，由“六义附庸，蔚成大国”。但这是不是表明刘勰否认“赋用”呢？事实上，赋的“体与用”在刘勰的看来可以兼容：“赋者，铺也，铺采摛文，体物写志也。”即“赋”的含义是铺陈，其特点是“铺采摛文，体物写志”。这里对“赋”的界定，既适用于“赋体”，也适用于“赋用”。亦此亦彼，体用不悖。他在谈到“立赋之大体”时指出：“原夫登高之旨，盖睹物兴情。……丽词雅义，符采相胜，如组织之品朱紫，画绘之著玄黄。文虽杂而有质，色虽糅而有仪。此立赋之大体也。”这是从表现方法（用）角度讲如何作赋（体），提出“睹物兴情”和“丽词雅义”，是“赋体”之“用”。刘勰的“赋”观是“赋体”兼“赋用”。《比兴》篇虽然是把“比兴”作为“用”来讲的，可在具体论述中，刘勰也视之为“体”：

> 《诗》文弘奥，包韫六义；毛公述《传》，独标“兴”体。
> 起情故“兴”体以立，附理故“比”例以生。
> 于是赋颂先鸣，故“比”体云构；纷纭杂遝，倍旧章矣。

这就是说，刘勰的“比兴”观是“诗用”兼“诗体”。由此可见，刘勰将“赋比兴”从“六义”中分离出来，对它们是持“体用合一”的观点来看待的。

唐代以后才严格区分“赋比兴”与“风雅颂”。[1]前者为“用”，

① 赵则诚、张连弟、毕万忱主编：《中国古代文学理论辞典》，长春：吉林文史出版社，1985年，第387页。

后者为“体”。孔颖达《毛诗正义》（卷一）有云：

> 风雅颂者，诗篇之异体。赋比兴者，诗文之异辞耳。大小不同，而得并为六义者，赋比兴是诗之所用，风雅颂是诗之成形。用彼三事，成此三事，是故同称为义，非别有篇卷也。

元代的《诗法家数》(旧题杨载撰)则讲得更简明:“《诗》之六义，而实则三体。风雅颂者，诗之体；赋比兴者，诗之法。”由此看来，刘勰的“赋比兴”论，一方面是承先秦两汉“六诗说”“六义说”而来，一方面又为唐以后“三体”与“三用”说做了必要的理论铺垫，处于承上启下的转折阶段。即《周礼·春官》《毛诗序》之“体用不分”→刘勰《文心雕龙》之“体用合一”→《毛诗正义》《诗法家数》之“三体三用”。

二、“物以情睹”的理论意义

正如笔者在《〈文心雕龙·明诗〉辨疑》中所言，“感物吟志”揭示了诗歌“生发—转化”的过程，具有重要的理论意义。但怎样从“感物”（眼中之竹）到“吟志”（手中之竹）——二者之间的中介环节是什么，《明诗》没有回答，而《诠赋》讲的“物以情睹”恰好填补了这个疏漏的环节：

> 原夫登高之旨，盖睹物兴情。情以物兴，故义必明雅；物以情睹，故词必巧丽。

所谓“物以情睹”，是指“以情睹物”——把“睹物兴情”“应物斯感”的“眼中之物”转化为带有浓厚主观情志色彩的“胸中之物”。作者的个人情志表现，必须赋予一定的客观形式，才能成为感染读者的作品。“而不能只凭空里说些‘我喜呀’‘我悲呀’等等”[1]纯粹“私人话语”。否则，起不到应有的审美作用。而主观情志客观化、对象化的必由之路是“心与物”的融合。其关键在于“物以情睹”，即把主观情志投射到客观外物，使之由“眼中之物”（客观物象）转化为“胸中之物”（审美意象），从而成为作者主观情感的审美载体。只有这样，才能实现“心物交融”，将主观情志对象化、客观化。《神思》的“神用象通，情变所孕”，《物色》的“心亦吐纳”“情往似赠”，都是强调“以情睹物”。也只有通过“物以情睹”，才能把“感物”和“吟志”联接起来。即：感物（眼中之物）→情睹（胸中之物）→吟志（手中之物）。“物以情睹”是必不可少的中介环节，这也就是刘勰主张“独照之匠，窥意象而运斤”的缘由。

“物以情睹”是对“感物吟志”的必要补充。它之所以在《诠赋》中被提出来，首先是因为赋的特点是“体物写志”，较之其他文体更讲究“情”与“物”的关系：大赋“京殿苑猎，述行序志”，小赋“因变取会，拟诸形容”，无不与“情”与“物”相关。其次是为了保证赋的语言“巧丽”。只有巧妙绮丽的文辞，才能写“物”表“情”，体现赋的风采。再次是因为“宋发夸谈，实始淫丽”，其后的一些作者蔑弃“体物写志”的赋之根本，片面追求文采，“无贵风轨，莫益劝戒”，结果造成“繁华损枝，膏腴害骨”的流弊。“物以情睹”对赋体创作具有重要的指导意义。

“物以情睹”似与西人“移情”（德文 einf ü hlung，英文 empathy）理念相近。“移情”“表示旁观者自身与眼前的人或物的浑然划一，其中旁观者似乎切身体验到对方的体态和情感。这种移情现象经常被描述成“‘我们的主观感情不自觉地向客体投射’，

① 周汝昌著，周伦玲编：《神州自有连城璧——中华美学特色论丛八目》，济南：山东画报出版社，2005 年，第 134 页。

也通常被描述成‘内模仿’的结果”。[1]就表述而言，二者十分相似：“物以情睹”是把主观情志投射到客观外物上；“移情”是“我们的主观感情不自觉地向客体投射”。就本质而言，差别较大：“物以情睹”的“物”主要是指自然景物；“移情”的“物”是“人或动物，甚至是无生命的东西”。“物以情睹”的“情”是“情志”，包含“理”的因素；“移情”的“情”则是纯粹的情感，不含理性因素。“物以情睹”是“情变所孕”，把外物主观化、情志化，把看到的“自然景物”变成“为我之物”；“移情”是把自我融入客体中，追求“客观化”“物化”——“当人们聚精会神的时候，面对芭蕾舞演员就会感到要与她旋转同舞，见到苍鹰也会觉得要和它一起腾飞，看到劲风中的树木时则会产生一同摇曳的感觉……”，即成为“自己视野中万物的一部分”。[2]

三、“风归丽则”的理论内涵

扬雄在《法言·吾子》中提出了一个著名的观点：“诗人之赋丽以则，辞人之赋丽以淫。”他把赋分为“诗人之赋”和“辞人之赋”。“诗人之赋”是指以屈原为代表、继承《诗经》传统的赋，“辞人之赋”是指景差、唐勒等人撰写、文辞靡丽的赋。[3]扬雄褒“诗人之赋”贬“辞人之赋”的看法或许有可以商榷之处，但他指出了屈原骚赋与汉赋的区别，还是有道理的。刘勰《诠赋》篇进一步阐发扬雄的看法，提出“风归丽则”的理论命题。

“风归丽则”是指赋体创作要绮丽而有法则。[4]“丽”是赋体

---

① 〔美〕M.H.艾布拉姆斯：《欧美文学术语词典》，朱金鹏、朱荔译，北京：北京大学出版社，1990年，第87页。

② 〔美〕M.H.艾布拉姆斯：《欧美文学术语词典》，朱金鹏、朱荔译，第88页。

③ 赵则诚、张连弟、毕万忱主编：《中国古代文学理论辞典》，第391页。

④ 王运熙、周锋：《文心雕龙译注》，第65页。

的文体标志。赋之“丽”主要表现在三个方面：一是物象的选择上追求“唯美”。大赋的对象多为京都、宫殿和苑囿，如司马相如《上林赋》的上林苑、班固《两都赋》的西都（长安）和东都（洛阳）、扬雄《甘泉赋》的甘泉宫等；小赋的对象多为物色、鸟兽和音乐，如谢惠连《雪赋》的白雪、祢衡《鹦鹉赋》的鹦鹉和王褒《洞箫赋》的洞箫等。对象不论大小，大多是“美”的事物。二是写法上“极声貌以穷文”。尽管不同的赋作风格各异——或“繁类以成艳”，或“穷变于声貌”，或“明绚以雅赡”，或“迅拔以宏富”，可大都采用铺叙、夸饰、比喻等表现手法，极尽铺排之能事。如扬雄《甘泉赋》：“蛟龙连蜷于东厓兮，白虎敦圉乎昆仑……乘云阁而上下兮，纷蒙笼以棍成。曳红采之流离兮，飏翠气之宛延。”场景壮观、奇丽，写法崇尚铺张。三是语言上讲究“绮丽”。即所谓“赋取乎丽，而丽非奇不显，是故赋不厌奇”。[①] 大赋辞采富丽，多用奇字：

> 千乘雷起，万骑纷纭。元戎竟野，戈鋋慧云。羽旄扫霓，旌旗拂天。焱焱炎炎，扬光飞文。吐焰生风，欱野歕山。日月为之夺明，丘陵为之摇震。……俯仰乎乾坤，参象乎圣躬。目中夏而布德，瞰四裔而抗棱。西荡河源，东澹海漘。北动幽崖，南耀朱垠。（班固《东都赋》）

小赋文辞奇巧，风格清新：

> 其妙声，则清静厌瘗，顺叙卑达，若孝子之事父也。科条譬类，诚应义理，澎濞慷慨，一何壮士！优柔温润，又似君子。……其

① 〔清〕刘熙载著，薛正兴点校：《刘熙载文集》，南京：江苏古籍出版社，2000年，第132页。

> 仁声，则若飄风纷披，容与而施惠。或杂遝以聚敛兮，或拔摋以奋弃。悲怆怳以恻惐兮，时恬淡以绥肆。被淋洒其靡靡兮，时横溃以阳遂。哀悁悁之可怀兮，良醰醰而有味。（王褒《洞箫赋》）

汉赋创作，在某种意义上可以说是“汉语的狂欢”。它充分展示了汉语的独特之美，把汉语的“能指”发挥得淋漓尽致。“则”是赋体的创作规范。如果只讲“丽”，不讲“则”，容易走上“繁花损枝，膏腴害骨”的“丽淫”之途，因此，刘勰主张“丽则”。“则”包括两个方面内容：一是“体物写志”。刘勰指出，“登高能赋”是为了“睹物兴情”。正因为“情以物兴”，所以作赋要“写气图貌”，表达情志。大赋是通过描绘京都、宫殿、苑囿和田猎来“序志”；小赋是借助草木、鸟兽、“庶品杂类”来“象其物宜”，“侧附”情理。“辞赋英杰”贾谊的《鹏鸟赋》“致辨于情理”；“魏晋之赋首”的郭璞和袁宏，前者“缛理有余”，后者“情韵不匮”。他们都通过物象来抒写情志。故此，清人刘熙载《艺概·赋概》云：“古人一生之志，往往于赋寓之”，“志因物见”。二是关乎“风轨”。刘勰指责“逐末之俦，蔑弃其本”，“无实风轨，莫益劝戒”，发挥了郑玄“赋之言铺，直铺陈今之政教善恶”的看法，从反面说明赋应该接续《诗经》“吟咏情性，以讽其上”的“为情而造文”传统。他提出作赋“义必明雅”（内涵明白雅正），就是要宗法《风》《雅》，补“丽淫”之偏，纠不涉及风教法度、无益勉励劝诫之弊。显然，刘勰倡导的是扬雄“诗人之赋”，是以《诗经》的《风》《雅》创作范式来诠评赋的创作。他认为，“赋自诗出”，尽管后来与诗“分歧异派”，但“赋、颂、歌、诗，则诗立其本”，体现了他以经为体、“正末归本”的主导理念。他指摘“辞人赋颂”，不满近人“远弃风雅，近师辞赋”的原因正在于此。刘熙载《艺概·赋概》有云：

“意之所取，大抵有二：一以讽谏……一以言志……言志、讽谏，非雅丽何以善之？”来裕恂《汉文典·文章典》亦云：“赋者，敷陈其事而直言之也。义在托讽，是为正体。”刘氏的“讽谏”“言志”，来氏的“托讽”，都是承传刘勰赋宜“写志—风戒”的观点。如果作者真能做到“丽”而“则”，那么，他的赋就是“文虽杂而有质，色虽糅而有仪”“丽词雅义”的佳作。

刘勰“风归丽则”的观点，对今天的诗文写作亦有借鉴意义。时下文坛“丽则”者少，“丽淫”者多。怎样把握好“丽”的尺度，写出“吟咏情性”、感动读者的上乘之作，是需要诗文作者及诗文研究者认真省思的。

本文刊于《语文学刊》（高教版）2006年第9期。

丽词雅义：《文心雕龙·铨赋》篇探微

《铨赋》篇是《文心雕龙》“论文叙笔”（文体论）的第三篇。全篇遵循“原始以表末，释名以章义，选文以定篇，敷理以举统”的基本原则，考察赋体的来源、发展和演变，阐明赋体的含义和特点，铨评战国、汉、魏、晋的主要作家和作品，确立赋体写作的“大体”，是一篇系统、成熟的赋体专论。

本文立足《铨赋》篇，并结合《文心雕龙》的其他相关篇章，重点研讨“铨”与“赋”的含义、“登高之旨”和“丽词雅义”等问题，辩难析疑，以探其本。

一、释“铨”与“赋”

（一）“铨”与“诠”

是“诠”，还是“铨”，笔者所见的版本并不相同。元至正本、明杨升庵批点曹学佺评本、明杨升庵批点梅庆生《音注》本、日本冈白驹校读本以及通行本作“诠”；而唐写本、明王惟俭训诂本、日本九州岛大学藏明版以及戚良德《校注通译》本作“铨”字。[①] 本文用“铨”而弃“诠”，理由如下：

一是就版本而言，唐写本是《文心雕龙》现存的最早版本，其权威性和可信度是其后版本无法相比的。唐代是写本风行的时期。“写本”即“抄本”，“从版本学的角度说是很宝贵的。因为不论公、私，抄写不易，故抄写前总是要找最好的古本，以免徒费人力、物力，所以精确度往往比印本高”[②]；而“人以藏书为贵，人不多

① 戚良德：《文心雕龙校注通译》，第 84 页。

② 奚椿年：《中国书源流》，南京：江苏古籍出版社，2002 年，第 130 页。

有。而藏者精于雠对，故往往皆有善本，学者以传录之艰，故其诵读亦精详”。[①] 因此，唐写本的权威性与可信度远在其后版本之上。诸本若与唐写本有不同之处，当以唐写本为准。戚良德《校注通译》本作“铨”而非“诠”，正是从版本方面考虑的：“笔者整理的目标只有一个，那就是力图最大限度地接近刘勰之原文，而不是追求文字上的最佳表达方式。因此，对通行本所改虽多，但凡改必有较早版本依据，且求其最为符合刘勰的用语习惯……凡与通行本不同之处，皆在校注中指出最早版本依据。”[②] 笔者深以为是。

二是就“铨”“诠”各自的内涵来看，“铨”字更符合《铨赋》篇的内容。诠，形声；从言，全声。全为纯玉，有完美全备义，说理完备为诠。铨，形声；从金，全声。铨即是称，秤锤以金属制成，而铨衡物品必力求完备准确为铨，故铨字从金全声。“诠”与“铨”音同形近而义殊。“诠”有解释说明之义，“铨”有衡量评定之义。[③]《序志》篇中的“铨品”“铨序”即有衡量评定之义;《史传》篇的“铨配”、《论说》篇的“铨文”、《奏启》篇中的“铨列”、《议对》篇中的“铨贯”、《定势》篇中的“铨别”之“铨”亦是衡量评定之义。[④]《铨赋》篇固然有对赋体及其源流的解释说明，然亦有对赋家及赋作的衡量评定：

① 叶德辉：《书林清话　书林余话》，长沙：岳麓书社，2000 年，第 21 页。

② 戚良德：《文心雕龙校注通译》，第 2 页。

③《广韵·仙韵》：“诠，平也。”此处“诠”通“铨”，故有“衡量评定”之义。如《史传》篇：“然后诠评昭整，苛滥不作矣。”这里的“诠评”即铨评，评议。戚良德在《文心雕龙校注通译》中指出：“按照刘勰的用语习惯，此处疑原作‘铨’。”此言甚是。

④《序志》篇：“或铨品前修之文……夫铨序一文为易……”《史传》篇：“……此又铨配之未易也”《论说》篇：“铨文则与叙、引共纪，……”《奏启》篇：“蔡邕铨列于朝仪……”《议对》篇：“然仲瑗博古，而铨贯有叙。”《定势》篇：“是以括囊杂体，功在铨别……”

> 观夫荀结隐语，事数自环；宋发夸谈，实始淫丽。枚乘《菟园》，举要以会新；相如《上林》，繁类以成艳；贾谊《鹏鸟》，致辨于情衷；子渊《洞箫》，穷变于声貌；孟坚《两都》，明绚以雅赡；张衡《二京》，迅拔以宏富；子云《甘泉》，构深伟之风；延寿《灵光》，含飞动之势：凡此十家，并辞赋之英杰也。及仲宣靡密，发篇必遒；伟长博通，时逢壮采。太冲安仁，策勋于鸿规；士衡子安，底绩于流制。景纯绮巧，缛理有余；彦伯梗概，情韵不匮：亦魏晋之赋首也。

刘勰评论十八家的作品和艺术特色，指出荀况等十家是“辞赋之英杰”；王粲等八家是“魏晋之赋首”。这已不是解释说明之“诠”所能范围的，是“选文以定篇”之“铨”。接着谈“登高之旨”和“立赋之大体”，批评“逐末之俦”“蔑弃其本”，其后果是“膏腴害骨，无实风轨，莫益劝戒”。这些主张更是衡量评定之“铨”了。而且前面对赋体及其源流的“诠”归根结底是为了“敷理以举统”，讲明“登高之旨”和“立赋之大体”——这是《铨赋》篇的结穴之所在。故此，“铨”字更为妥帖。

（二）“赋体”与“赋用”

“赋”，敛也。从贝，武声。本义是指古代用兵时从民间征收所需物资。而“在收纳民赋时候，必须按件点过”[①]，赋由此衍生了“铺排”之义。故刘勰说：“赋者，铺也，铺采摛文，体物写志也。”既然如此，刘勰所说的“赋”是指赋体，还是赋用，抑或体用兼而有之？

《周礼·春官》云：“大师……教六诗：曰风，曰赋，曰比，曰兴，

---

① 章太炎：《国学概论》，第59页。

曰雅，曰颂。”据有关学者考证，周代的“六诗”是指“用‘赋、比、兴、雅、颂’六法歌诗”，“‘六诗’之‘诗’，其本质是歌”。其排列顺序是依音乐的次序来确定的。其中“风”是本色之诵（方音诵），“赋”是雅言之诵（周代的雅言是镐京话），“比”是赓歌（依同一曲调相唱和之歌），“兴”是指和歌（依不同曲调相唱和之歌），“雅”是指乐歌（用弦乐奏诗），“颂”是指舞歌（用舞乐奏诗）。[1]《毛诗序》把“六诗”说改为“六义”说，其名称、顺序没有变：“故诗有六义焉：一曰风，二曰赋，三曰比，四曰兴，五曰雅，六曰颂。”并对风、雅、颂作了新的解释：“上以风化下，下以风刺上，主文而谲谏，言之者无罪，闻之者足以戒，故曰风。……雅者，正也，言王政之所由废兴也。……颂者，美盛德之形容，以其成功，告于神明者。”这表明《毛诗序》不是从音乐的角度来看诗，而是从用诗的角度来释诗，强调诗的实用功能。故曰“六义”。然《毛诗序》与《周礼·春官》都没有指出六者是体，还是用；也没有区别“风雅颂”与“赋比兴”——把六者等同视之，且“其二曰赋”。“赋”是体，还是用，《毛诗序》与《周礼·春官》均并没有明确地划分。班固的《汉书·艺文略》始设《诗赋略》，视“赋”为体[2]，继之曹丕、陆机等魏晋文家亦持“赋体”论：“诗赋欲丽”“赋体物而浏亮”云云。刘勰撰《文心雕龙》，置“赋”于文体论，置“比兴”于文术论，把“赋比兴”从“六义”中剥离出来。刘勰之所以把“赋”置于文体论，是因为荀况的《礼》《智》等赋、宋玉的《风赋》《钓赋》，“爰其名号”，从此赋与诗划分了界限，由“六义附庸，蔚成大国”。

① 王小盾：《诗六义原始》，林庆彰、蒋秋华主编：《经典的形成、流传与诠释》，台北：学生书局有限公司，2007 年，第 227—350 页。

② 〔汉〕班固撰，〔唐〕颜师古注：《汉书》第六册，北京：中华书局，1962 年，第 1755—1756 页。

刘勰虽置“赋”于文体论中，但并不否认“赋用”。在他看来，赋是铺陈之义，其特点是“铺采摛文，体物写志也”。这个看法既适用于“赋体”，也适用于“赋用”。亦此亦彼，“体”“用”不悖。“原夫登高之旨，盖睹物兴情”一节，重点谈“立赋之大体”，是从“用”的角度谈如何作赋（赋体），提出“睹物兴情”“丽词雅义”“文虽杂而有质，色虽糅而有本”，分明是“赋体”之“用”。刘勰的“赋”观是“赋体”兼“赋用”。《比兴》篇是把“比兴”当“用”来讲的，可在具体论述中，也视之为“体”：

> 毛公述《传》，独标“兴”体。
>
> 起情故“兴”体以立，附理故“比”例以生。
>
> 于是赋颂先鸣，故“比”体云构；纷纭杂遝，倍旧章矣。

此处“兴体”“比体”表明，刘勰的“比兴”观是“诗用”兼“诗体”。刘勰将“赋比兴”从“六义”中分离出来，是持“体用合一”的观点来看待它们的。

唐代以后才严格区分“赋比兴”与“风雅颂”。称前者为“用”，后者为“体”。孔颖达《毛诗正义》有云：“风雅颂者，诗篇之异体。赋比兴者，诗文之异辞耳。大小不同，而得并为六义者，赋比兴是诗之所用，风雅颂是诗之成形。用彼三事，成此三事，是故同称为‘义’，非别有篇卷也。”元代的《诗法家数》（旧题杨载撰）则讲得更明白：“《诗》之六义，而实则三体。风雅颂者，诗之体；赋比兴者，诗之法。”由此看来，刘勰的“赋比兴”论，一方面承先秦两汉“六诗”说、“六义”说以及班固《汉书·艺文志》、曹丕《典论·论文》、陆机《文赋》之“赋体”论而来，一方面又为唐以后的“三体”与“三用”说做了必要的理论铺垫，处于承上启下的转折阶段。即《周礼·春官》《毛诗序》之“体用不分”→班固《汉书·艺文志》、曹丕《典论·论文》、陆机《文赋》之“赋体”论→刘勰《文心雕龙》之“体用合一”→《毛诗正义》《诗法家数》之“三体三用”。[①]

二、析“登高之旨”与“丽词雅义”

如前所述,《铨赋》篇对赋体及其源流的“诠”归根结底是为了“敷理以举统”。而“敷理以举统”是《铨赋》篇的“结穴”之所在,它是指“原夫登高之旨”一段。

（一）“登高之旨”

《铨赋》篇有两处谈到“登高”：一是开篇引《毛传》语“登高能赋，可为大夫”，一是“原夫登高之旨，盖睹物兴情”。细察之，这两处的“登高”内涵并不相同。

《毛传》的“登高能赋”是指春秋时期士大夫“赋诗言志”的政事行为:“古者诸侯卿大夫交接邻国，以微言相感，当揖让之时，必称《诗》以谕其志，盖以别贤不肖而观盛衰焉。”[②]这种政事行为多见于宾主“揖让之时”，它不同于“献诗陈志”。“献诗陈志”是公卿列士自己做诗，献给君王，故讽多于颂。“赋诗言志”是借诗言志，见于外事活动，大多用于宴飨聘问等外交聚会，故往往“断章取义，随心所欲，即景生情，没有定准”，颂多于讽。[③]听诗的人可以此“观志”，“以别贤不肖而观盛衰”。而所谓“登高”，

---

① 万奇、李金秋主编：《〈文心雕龙〉探疑》，北京：中华书局，2013年，第44—50页。

② 班固《汉书·艺文志》：“传曰：‘不歌而诵谓之赋，登高而赋可以为大夫。’”《诗经·墉风·定之方中》毛《传》：“龟曰卜。允，信。臧，善也。建国必卜之，故建邦能命龟，田能施命，作器能铭，使能造命，升高能赋，师旅能誓，山川能说，丧纪能诔，祭祀能语，君子能此九者，可谓有德音，可以为大夫。”

③ 朱自清：《朱自清说诗》，上海：上海古籍出版社，1998年，第9—11页、第19—21页。

其所指有二：一是酬酢的正堂。古代宴飨聘问等外交聚会主要在正堂之上。据《礼记·礼器》记载，当时“天子之堂九尺，诸侯七尺，大夫五尺，士三尺。天子、诸侯台门。此以高为贵也”。可见，“登堂”即“登高”。一是会盟的土坛。古代诸侯会盟时，要筑土为坛。《左传·昭公十三年》载：“甲戌，同盟于平丘，齐服也。令诸侯日中造于除。”这里的“除”，即除地为坛，指诸侯会盟的场所。因坛有一定的高度，须拾阶而上，上阶是“登坛”，故“登坛”亦是“登高”。① 因此，《毛传》说的“登高能赋”是指“登堂能赋”和“登坛能赋”。

刘勰所说的“登高之旨”不是“赋诗言志”的政事行为，是指诗赋写作之初的“睹物兴情”。亦即《明诗》篇所讲的“应物斯感”。可以说，感兴、起情是诗赋写作的通则。《神思》篇的“登山则情满于山，观海则意溢于海”是“睹物兴情”的绝妙诠释。《物色》篇则从季节转换的角度具体描述如何“睹物兴情”：“献春发岁，悦豫之情畅；滔滔孟夏，郁陶之心凝；天高气清，阴沉之志远；霰雪无垠，矜肃之虑深。”四季景色各异，情思也随之变化。就文体而言，诗与赋的感兴、起情之物也各有不同。以《诗经》为例，其起情之物多为草木鸟兽虫鱼，据日人冈元凤统计，其中草七十一种、木五十二种、鸟三十九种、兽二十三种、虫二十二种、鱼十六种。故孔子曰“多识于鸟兽草木之名”。② 大赋（鸿裁）多润色鸿业，取悦君王，有时亦兼通讽喻，故兴情之物主要是京都、宫殿、苑囿、田猎。如张衡的《二京赋》、王延寿的《鲁灵光殿赋》、司马相如的《上林赋》以及扬雄的《羽猎赋》等。小赋（小制）借物抒怀，

① 谢明华：《“登高能赋”和“登高必赋”两说与刘勰文学理论的传承关系》，《中国未来与发展研究报告（2002）》2008年第2期，第870—872页。

② 〔日〕冈元凤纂辑，王承略点校：《毛诗品物图考》，济南：山东画报出版社，2002年，第2—253页。

亦可咏物以娱耳悦目，故其感兴之物是“草区禽族，庶品杂类”——雪月、鸟兽、音乐等。如谢惠连《雪赋》、谢庄《月赋》、贾谊《鹏鸟赋》、颜延之《赭白马赋》、王褒《洞箫赋》、嵇康《琴赋》等。显然，不仅诗与赋所睹之物不同，就是大赋和小赋在“睹物”上也有明显的区别。[①]

既然“登高之旨”和“登高能赋”的所指各不相同，刘勰为什么还引用《毛传》呢？

本文认为，其原因有二：一是遵循他所确定的“原始以表末”文体论写作原则。《毛传》是已知最早的完整《诗经》注本，《铨赋》篇说赋源自《诗经》（“赋自《诗》出”“然则赋也者，受命于诗人……”），追本溯源，自然绕不开《毛传》。[②]二是他误读了《毛传》的“登高能赋”。刘勰将政事行为的“登高能赋”解释为赋体写作的“登高能够作赋”，认为《毛传》视赋为体，故在开篇引用《毛传》，以此为下文的“登高之旨”设伏笔。

（二）“丽词雅义”

> 情以物兴，故义必明雅；物以情睹，故词必巧丽。丽词雅义，符采相胜，如组织之品朱紫，画绘之差玄黄，文虽杂而有质，色虽糅而有仪，此立赋之大体也。然逐末之俦，蔑弃其本，虽读千赋，愈惑体要。遂使繁华损枝，膏腴害骨，无实风轨，莫益劝戒。

---

① 〔梁〕萧统选编，〔唐〕吕延济、刘良、张铣、吕向、李周翰、李善注：《日本足利学校藏宋刊明州本六臣注文选》，北京：人民文学出版社，2008年，第1—3页。

② 《诗经》问世后，在汉代被奉为经典。传授《诗经》的有四家：一是鲁国人申培公，一是齐国人辕固生，一是燕国人韩婴，还有一家就是大毛公毛亨和小毛公毛苌。东汉以后，鲁、齐、韩三家先后亡佚（《韩诗》只剩下《外传》十卷），独有《毛诗故训传》完整保存至今。

在这一段文字中，刘勰“敷理以举统”，阐明赋应该怎样写和不该怎样写。其中“丽词雅义”是说应该怎样写，即“立赋之大体”；“蔑弃其本”属于不该怎样写，是作赋之戒律。

所谓“丽词”，即指上文的“词必巧丽”。“雅义”即指上文的“义必明雅”。在刘勰看来，文辞巧妙华丽，义理明白雅正，是作赋的基本准则。进一步探析，他倡导“丽词雅义”的原因有三：

一是体现“宗经”的指导思想。刘勰认为，经书是“恒久之至道，不刊之鸿教”，能“洞性灵之奥区，极文章之骨髓”。故经书为文章之本。据《宗经》篇所论，经书主要指《周易》《尚书》《诗经》《礼记》《春秋》这五经。因此，文章写作必须以五经为楷式。五经“衔华而佩实”，本身就具有“雅丽”之美；赋以《诗经》为模范，所谓“赋、颂、歌、赞，则《诗》立其本”，赋当然也概莫能外，“丽词雅义”就成为赋体的写作准则。

二是追求“雅丽”的审美理想。刘勰在《宗经》篇指出：“文能宗经，体有六义：一则情深而不诡，二则风清而不杂，三则事信而不诞，四则义贞而不回，五则体约而不芜，六则文丽而不淫。”“六义”之美是宗经文章所具有的共相。其中“义贞而不回”是说义理正确而不杂乱，即“雅”；“文丽而不淫”是说文辞华丽而不浮靡，即“丽”。《通变》篇称许“商周丽而雅”，《定势》篇认为“赋颂歌诗，则羽仪乎清丽”，《辨骚》篇提出“凭轼以倚《雅》《颂》，悬辔以驭楚篇，酌奇而不失其贞，玩华而不坠其实”，均是着眼于“雅丽”立论的。以此来审视《铨赋》篇的“丽词雅义”，就不难看出，“雅义”（“义必明雅”）是“义贞而不回”，“丽词”（“词必巧丽”）是“文丽而不淫”。“丽词雅义”可视为刘勰对赋体审美理想的清晰、完整表述。

三是“洞见症结，针对当时以发药”。[①] 刘勰的“丽词雅义”是针对“逐末之俦”提出来的。至于“逐末之俦”的所指，《通变》篇说得很清楚：“今才颖之士，刻意学文，多略汉篇，师范宋集，虽古今备阅，然近附而远疏矣。”即“逐末之俦”是指当时的“才颖之士”，即齐代的辞赋作者。就赋的源流来看，赋大体有三种类型：一曰诗人之赋，即产生于《诗经》作者，为情而造文，以言志为本，尚“雅”；二曰骚人之赋，即“拓宇”的屈原赋，虽有别于诗人之赋，但其“忠怨之辞”“规劝之旨”是合于《诗经》的，继承了《诗经》的写作传统，尚“丽”；三曰辞人之赋。即以宋玉为代表。宋玉赋本属屈原赋，后因宋玉给赋命名，与诗划分界限，故成独立的辞人之赋。从《铨赋》篇来看，刘勰对辞人之赋予以了充分肯定。在他看来，由于宋玉等人的努力，赋摆脱了附属六义的地位，崛起成为“大国”；并从题材上把赋分为“京殿苑猎，述行序志”的大赋和“草区禽族，庶品杂类”的小赋；列举了“辞赋之英杰”和“魏晋之赋首”等十八位杰出的辞赋家。不过，刘勰也看到辞人之赋的不足，提出了尖锐的批评。他认为，辞人之赋在“丽”的方面走得更远：“自宋、景差，夸饰始盛。”“宋发夸谈，实始淫丽。”司马相如则凭宋玉之风，“繁类以成艳”，“理侈而辞溢”，“诡滥愈甚”。宋玉、景差、司马相如成为“淫丽”的代表。《宗经》篇曰“楚艳汉侈”、《通变》篇曰“楚、汉侈而艳”，主要是指宋玉、景差、司马相如的赋作。其弊在远离诗骚的雅丽传统，尚“淫丽”，对后代文学产生了不良的影响。齐代的“逐末之俦”便是例证。在“淫丽”风气的笼罩下，齐代辞赋作者文辞烦滥，严重伤害了文义。《情采》篇说“后之作者，采滥忽真，远弃《风》《雅》，近师辞赋：故体情之制日疏，逐文之篇愈盛”正是指这种情况。因此，他开出“丽词雅义”的药方，

① 纪昀语。黄霖编著：《文心雕龙汇评》，第 37 页。

试图纠正“流弊不还”的风气，促使当时的辞赋写作回归诗骚的雅丽本色，即达成《宗经》篇所谓的“正末归本”。

齐代辞赋作者“蔑弃其本”，其表现有三：一是在赋体的认知上“愈惑体要”。在刘勰看来，作赋的“体要”，其一是指“铺采摛文，体物写志”。“铺采摛文，体物写志”是赋体的审美特征。其中“铺采摛文”即“蔚似雕画”，追求“丽词”；“体物写志”是“写物图貌”，以达成“雅义”。其二是指“序以建言，乱以理篇”。刘勰指出，赋之正体是由序、正文和乱组成：“既履端于唱序，亦归余于总乱。”其中序是赋的开端，引出作赋的情事缘由；乱是总结全篇，强化结尾的气势。[①] 并视序和乱为“鸿裁之寰域，雅文之枢辖”。而齐代辞赋作者痴迷淫丽，与情志相悖；且背离正体，与“雅文之枢辖”相去甚远，故在“体要”上迷惑也就毫不奇怪了。二是表现在赋作上为“繁华损枝，膏腴害骨”。因“逐末之俦”尚“淫丽”，所撰之赋的文辞过于繁富，就损害了文章的骨力。即《风骨》篇所说“瘠义肥辞，繁杂失统，则无骨之征也”。针对此病，刘勰提出“练于骨者，析辞必精”，一个“精”字，强调用辞的精要，以清除“损枝”的“繁华”与“害骨”的“膏腴”，形成文章刚健的骨力。三是从赋用来看则“无实风轨，莫益劝戒”。因辞肥而义瘠，其赋也就没有了实际的教化、讽谏作用。对此，刘勰引用了扬雄“丽以则”的观点，主张以“风归丽则”纠正“丽淫”之偏。[②] 需要指出的是，

---

① 如扬雄的《甘泉赋》，就做到了“序以建言，乱以理篇”。《甘泉赋》以序开篇：“孝成帝时，客有荐雄文似相如者，上方郊祠甘泉泰畤、汾阴后土，以求继嗣，召雄待诏承明之庭。正月，从上甘泉，还，奏《甘泉赋》以风。”用乱辞收尾：“乱曰：崇崇圜丘，隆隐天兮。登降峛崺，单埢垣兮。增宫参差，骈嵯峨兮。岭巆嶙峋，洞亡厓兮。上天之縡，杳旭卉兮。圣皇穆穆，信厥对兮。徕祇郊禋，神所依兮，徘徊招摇，灵迟迡兮。光辉眩耀，隆厥福兮。子子孙孙，长无极兮。”

② 万奇、李金秋主编：《〈文心雕龙〉探疑》，第44—50页。

刘勰对辞人之赋的看法与扬雄并不完全一致。扬雄对早年喜欢写赋后悔不已，视之为“童子雕虫篆刻”，并说“壮夫不为也”；[①]进而又指出辞人之赋的讽谏作用有限：“讽乎？讽则已；不已，吾恐不免于劝也。”[②]又说“劝百而讽一”。[③]甚至认为写赋就好像华丽的“雾縠”，不仅无用，而且有害：“女工之蠹矣。”[④]显然，扬雄是否定辞人之赋的。刘勰虽不满辞人之赋的“丽淫”之弊，但正如前所言，整体上他还是肯定辞人之赋的。这一点是应该辨析的。[⑤]

从《铨赋》篇看，刘勰赋学理论的独特贡献有三：一是全面、系统地研究了赋体。刘勰以专篇的形式研讨赋体，兼综赋史、赋论和赋评，所涉及的内容和范围，是曹丕、陆机、挚虞等魏晋诸家无法与之相比的。二是注重赋体审美特征的描述，既集前人之大成，又有新的拓展。在刘勰之前，已有对赋体审美特征的概括。如：曹丕曰“诗赋欲丽”，陆机曰“赋体物而浏亮”，挚虞曰赋“假象尽辞，敷陈其志”。曹丕以“丽”来言说赋，稍嫌笼统，且没有区别诗与赋。陆机的认识较之曹丕具体，其“体物”说为刘勰所因承。挚虞强调“假象尽辞”就比曹、陆更深入，其“敷陈其志”说也影响了刘勰。正是在前人论述的基础上，刘勰提出“铺采摛文，体物写志”，这八个字取镕魏晋诸家之论，亦是自铸伟辞。由此他又提出“丽词雅义”的审美理想，是对赋体认识的进一步拓展和深化。三是对今天的写作仍具有参考价值。如今赋体已不是主流文体，但仍未消亡。《光明日报》曾开设“百城赋”专栏，堪称赋体写作的盛事。如何评价

① 〔汉〕扬雄著，韩敬译注：《法言》，北京：中华书局，2012 年，第 30 页。

② 〔汉〕扬雄著，韩敬译注：《法言》，第 30 页。

③ 〔汉〕班固撰，〔唐〕颜师古注：《汉书》第八册，第 2609 页。

④ 〔汉〕扬雄著，韩敬译注：《法言》，第 30 页。

⑤ 王运熙、杨明：《中国文学批评通史——魏晋南北朝卷》，上海：上海古籍出版社，1996 年，第 386—389 页。

百城赋，恐怕仁者见仁，智者见智。笔者以为，刘勰的赋学理论给今人评论百城赋提供了宝贵的视点，如“铺采摛文，体物写志”“序以建言，乱以理篇”等。不但如此，目前文章写作还存在格调不高、文字粗疏的弊端，刘勰的“丽词雅义”说不失为一剂救弊的良药。从这个意义上看，刘勰的赋学理论不单单是就赋而言，而是已经具有某种普适性的文章学价值。

本文先于2015年8月在云南大学主办的“中国《文心雕龙》学会第十三次年会”上宣读，后刊于《中国文论》第三辑（上海古籍出版社，2016年）。

持正贵圆：《文心雕龙·论说》篇今释

《论说》篇是《文心雕龙》“论文叙笔”（文体论）的第十三篇，集中研讨“论”与“说”两种文体。刘勰所说的“论”，条流多品，包括议、说、传、注、赞、评、序、引八种，涉及的范围要广于今天的议论文。他所讲的“说”是指策士献主的游说之辞。今人治“龙学”，大多重文术论而轻文体论，此与刘勰重文体论大相径庭。据笔者粗略统计，截至目前，专门研究《论说》篇的论文仅有三十三篇，其中考辨“论”体的有六篇；阐述《论说》篇写作理论及其对今天论文写作意义的有二十五篇；辨析《论说》篇疑点的有一篇；与亚里士多德《修辞学》比较异同的有一篇。上述论文从各自不同的角度阐释《论说》篇，都有一定的学术价值；然正如刘勰所说：“将核其论，必征言焉。”[①] 若将之与《论说》篇对读，会发现它们似乎没有把该篇的深层含义揭示出来，故本文试图从“正理”“圆通”“时利”“义贞”等关键词入手，重新释读《论说》篇，以彰显其重要的现代意义。

一、论之正体：持“正理”，贵“圆通”

《文心雕龙》结构绵密，篇与篇前后相衔，状如贯珠。欲解每一篇之要义，除研读本篇外，宜置之于相关篇章的“文本语境”（text context）来观照。因此，解读《论说》篇亦作如是观。

在刘勰看来，论和子（子书）均与经书有关。论是“述经叙理”，子（子书）是“枝条五经”。二者不同的是：论是“适辨一理”，或者说“弥纶群言，研精一理”；子（子书）是“博明万事”，

① 黄维樑、万奇：《爱读式文心雕龙精选读本》，第21页。

“述道见志”。亦即论旨在说“理”，子（子书）重在言“志”。说“理”是论的写作目的之所在。通观《文心》全书，“理”字凡一百二十五处。[①]“理”是该书的关键词之一。择要而言，或曰“神理”：“莫不原道心以敷章，研神理而设教。”（《原道》）或曰“思理”：“故思理为妙，神与物游。”（《神思》）或曰“名理”：“名理有常，体必资于故实。”或曰“情理”：“情理设位，文采行乎其中。”（《镕裁》）或曰“文理”：“周监二代，文理弥盛。”（《章表》）而本篇所言是“正理”：“徒锐偏解，莫诣正理。”这个“正理”是刘勰在“实际批评”（practical criticism）中提出来的：在他看来，裴頠“滞有”，“全系于形用”，王衍“贵无”，“专守于寂寥”，二者徒然精锐于片面理解，均没有全面认识“正理”。

刘勰论文一向推崇“正”。《征圣》篇：“体要与微辞偕通，正言共精义并用。”《明诗》篇：“若夫四言正体，则雅润为本。”《哀吊》篇：“固宜正义以绳理。”《议对》篇：“然后标以显义，约以正辞。”《风骨》篇：“若能确乎正式，使文明以健，则风清骨峻，篇体光华。”《情采》篇：“正采耀乎朱蓝，间色屏于红紫。”即刘勰主张诗文写作宜用“正言”，明“正体”，主“正义”，约“正辞”，确“正式”，择“正采”。此外，又有“开学养正”“酌奇而不失其贞”[②]“经正纬奇”“终以居正”“取中正”“执正以驭奇”“举正于中”等尚“正”之语，散见于诸篇，而本篇探讨的是“研精一理”之“论”，故刘勰特意强调持“正理”。

至于刘勰的“正理”说的理论来源，龙学界主要有两种看法：一曰佛教之正道。饶宗颐指出：“正理之‘正’与‘偏’对立。佛家

① 陈书良：《听涛馆〈文心雕龙〉释名》，长沙：湖南人民出版社，2007年，第31页。

② 据唐写本改，通行本作“真”。

最重正觉，主八正道。道者，梵言正理之正与偏对立。道者，梵言 mārga 。八正道之细目为正见（samyag-drstih，只举一名为例。）、正思维、正语、正业、正命、正精进、正念、正定。”“惟居正之态度，完全符合释氏正道之宗旨。”[①] 一曰《周易》之易理。游志诚认为：“将《论说篇》所阐述之正理与《周易》易理贯通起来，清晰明确，最能解释刘勰思想所谓的‘理’与‘正理’来自易理之根源。从而可知，《论说篇》必与《周易》有严密的‘理’字互通，《论说篇》可视作《周易》易理的普遍论述及其应用。”[②]

自范文澜以来，《文心》受佛教影响的说法，不绝于耳。初看这种观点不无道理。刘勰久居定林寺，助僧祐整理经藏，“遂博通经论”。因而，他撰写《文心》时自然会受到佛教的影响。对此，龚鹏程提出质疑：“于是，这就导出了一个离奇的判断。说《文心雕龙》乃中国文学乃至文化发展中的异葩，系受佛教影响而言者；中国人的头脑原不可能有此想法，是因受了佛教的洗礼，故能大判条例，圆鉴区域，而撰成此一伟构。”进而龚氏又指出，刘勰是仿汉晋经学条例以论作文条例，“要说非长于佛理者不能载笔是很荒谬的”。[③] 黄维樑也认为：“有人说《文心雕龙》之有分析性、体系性，是因为受了印度佛教论述的影响。……本文作者不以为然。中国古代典籍为刘勰所阅读所引用的，如《吕氏春秋》《淮南子》《史记》，分析性、体系性都强，中国人的思维本就如此，刘勰本就有其逻辑思维，受到古籍的影响，写出分析性、体系性强的《文心雕龙》，为什么说他一定受了印度佛教论述的影响才能如此？”[④] 龚、黄二位先生的观点，

① 饶宗颐：《文辙》（上），台北：学生书局有限公司，1991 年，第 370—371 页。

② 游志诚：《〈文心雕龙〉五十篇细读》，第 197 页。

③ 龚鹏程：《文学批评的视野》，第 64 页。

④ 黄维樑：《文心雕龙：体系与应用》，第 25 页。

皆中肯綮，可谓良有以也。细察之，《文心》之前的古代典籍已呈现出清晰的理性思维。《吕氏春秋》由十二纪、八览、六论三个部分组成。以十二纪为例，分为《孟春纪第一》《仲春纪第二》《季春纪第三》《孟夏纪第四》《仲夏纪第五》《季夏纪第六》《孟秋纪第七》《仲秋纪第八》《季秋纪第九》《孟冬纪第十》《仲冬纪第十一》《季冬纪第十二》。这里是按照春、夏、秋、冬四季的自然逻辑展开的，思路缜密。《白虎通义》着眼于社会生活与政治制度，分列四十三个条目：爵、号、谥、五祀、社稷、礼乐、封公侯、京师、五行、三军、诛伐、谏诤、乡射、致仕、辟雍、灾变、耕桑、封禅、巡狩、考黜、王者不臣、蓍龟、圣人、八风、商贾、文质、三正、三教、三纲六纪、性情、寿命、宗族、姓名、天地、日月、四时、衣裳、五刑、五经、嫁娶、绋冕、丧服、崩薨。门类清晰。《广雅》有十八“释”：释诂、释言、释训、释亲、释宫、释器、释乐、释天、释地、释丘、释山、释水、释草、释木、释虫、释鱼、释鸟、释兽。这十八“释”亦自有其序：从一般词语到亲属、形体，从宫室、器物到音乐、天地，从山水草木到虫鱼鸟兽，条分缕析。先秦两汉至魏晋的经典给《文心》提供了师法的范本。从全书来看，《文心》受佛教影响不能说没有，但刘勰论文贯一的主旨是崇圣（周、孔）宗经（五经），而非尊释（释迦牟尼）尚佛（佛经）；他探求的是“为文之用心”，而非佛心佛理；他推崇的是“风清骨峻，篇体光华”的雅丽之文，似与佛教无涉。就本篇而言，也仅仅是借用“般若”“圆通”“迹”“妄”等个别佛教术语，以助谈“论”之用。因此，饶氏说“正理”是受佛教之正道的影响，恐难成立。

细读《文心雕龙》，会发现它是以《周易》思想为根本的。全书五十篇，明显地符合《周易》的“大衍之数”；从上篇“纲领”至下篇“毛目”，从《原道》篇至《程器》篇，是依循体用、道器之二元易道来排列的；《宗经》篇的“六义”说、《知音》篇的“六观”说移用《周易》“兼三才而两之，故六”之理；《体性》篇的“八体”说仿《周易》之八卦之理；《情采》篇的“三理”说、《镕裁》篇的“三准”说援引《周易》的天、地、人三才之道。而且形神、通变、因革、刚柔、奇正、时位、利贞等重要范畴均源自《周易》。《周易》对《文心》的影响可以说是无处不在。正因为如此，戚良德指出：“离开《周易》，我们是很难准确认识和把握《文心雕龙》的。”“在一定程度上可以说，没有《周易》，便没有《文心雕龙》。”[①]此非虚言也。刘勰之所以以《周易》为本，其原因有二：一是《周易》为群经之首、百学之源。刘勰在《宗经》篇采用始《周易》终《春秋》的次序排列五经——《易》《书》《诗》《礼》《春秋》，是由于《周易》“入神致用”，乃“哲人之骊渊”；诸子皆由是出，所谓“百家腾跃，终入环内”。二是在刘勰看来，五经亦是“群言之祖”、文体之根：“故论说辞序，则《易》统其首；诏策章奏，则《书》发其源；赋颂歌赞，则《诗》立其本；铭诔箴祝，则《礼》总其端；记传盟檄，则《春秋》为根。”因“论说辞序，《易》统其首”，故论说等诸体写作以《周易》为宗，方是正路。既然如此，本篇之“正理”与《周易》之易理相通也就毫不奇怪了。《周易·文言传》云：“君子黄中通理，正位居体，美在其中，而畅于四支，发于事业，美之至也。”[②]“黄中通理”是指黄色居中而兼有四方之色。[③]“正位居体”，即身居正位。刘勰持“正理”之源正在于此。故游氏观点较饶氏看法更胜。至于何谓“正理”，从《论说》篇的“实际批评”来看，刘勰肯定“石

① 戚良德：《〈文心雕龙〉与当代文艺学》，北京：中央编译出版社，2012年，第47页、第60页。

② 此语释《坤》卦六五爻：“黄裳元吉。”

③ 古代以五色（青、赤、黄、白、黑）配五行（木、火、土、金、水）五方（东、南、中、西、北），土居中，配黄色，故黄为中央正色。

渠论艺”“白虎通讲”为“论之正体”，是因为其“述圣通经”之正；批评裴颇“滞有”论和王衍“贵无”论，是因为二者“徒锐偏解，莫诣正理”；指斥张衡《讥世论》“颇似俳说”、孔融《孝廉论》“但谈嘲戏”、曹植《辨道论》“体同抄书”，是因为三家都犯了“言不持正”的毛病。[①] 由此推论，刘勰说的“正理”是指“述圣通经”的中正之理，与《周易》“黄中通理”“正位居体”之崇中尚正观是一致的。

而持“正理”之要有二：一是“弥纶群言”。即综合各家之说。这是探寻“正理”的基础。只有全面考察各家学说，辨别其中的正误，析出“正理”，才能“平理若衡，照辞如镜”。刘勰在《序志》篇评论“近代之论文者”便是如此。先详观曹丕、曹植、应玚、陆机、挚虞、李充、桓谭、刘桢、应贞、陆云等人之文论，继之指出诸家“各照隅隙，鲜观衢路”，并逐一点评其各自存在的问题：“魏典密而不周，陈书辩而无当，应论华而疏略，陆赋巧而碎乱，《流别》精而少功，《翰林》浅而寡要。又君山、公幹之徒，吉甫、士龙之辈，泛议文意，往往间出”；而后从反面说明论述诗文写作要“振叶以寻根，观澜而索源”“述先哲之诰”以“有益后生之虑”之正理。二是“唯务折衷”。这是刘勰在《序志》篇中讲的“擘肌分理，唯务折衷”。即深入细致地剖析文理，力求全面、公允。[②] 其中“折衷”是指折中群言于正。刘勰评论王衍、裴颇，堪称“折衷”的典范。王衍主张“天地万物皆以无为本”，裴颇著《崇有论》以有为本。刘勰一方面肯定王、裴“交辩于有无之域，并独步当时，流声后代”；另一方面又批评王衍“滞有”，“全系于形用”，裴颇“贵无”，“专

① 元至正本作“才不持论”（有写论文的才能却不能持正确的论点）。其意与通行本“言不持正”（言论不保持正道）大体相近，两句均强调“正”。

② 黄维樑、万奇编撰：《爱读式文心雕龙精选读本》，第154页。

守于寂寥”。二人均“徒锐偏解，莫诣正理”，未至“般若之绝境”。值得注意的是，这里的“般若”一词不是谈佛法的最高境界，而是喻指论说事理折中于正，不偏执。因为般若学说认为万事万物都是有（色）与无（空）的统一体，只谈有（色）而不说无（空）或者反之，都不符合“有无相即、亦有亦无、非有非无”的般若之道。[①]故此刘勰借用“般若之绝境”来破贵无、崇有两种偏解。而“般若”学说的不偏不倚与本篇所讲的中正之理颇为相近，故“动极神源，其般若之绝境乎”或可解读为“穷极神理的根源，那就是折中于正吧”。

刘勰又指出，阐释“正理”的最高境界是“圆通”：“故其义贵圆通，辞忌枝碎。”“圆通”亦是佛教术语，[②]其中“圆”的本义是无偏缺，“通”的本义是无障碍。此处刘勰借“圆通”喻文章义理全面通达，其意在文而不在佛。因“圆”与前文所说的“般若”基本相同，故此处“圆通”重在“通”，“通”“正理”，亦即“述圣通经”之谓。

如何说“通”“正理”，其要亦有二：一是贵“钻坚求通”，忌“反义而取通”。“钻坚求通”，即钻研疑难之点以求贯通。比如：诗文写作存在“文不逮意”的问题，陆机在《文赋》的小序中已经提出来，但没有解决；刘勰在《神思》篇中对此亦有描述：“方其搦翰，气倍辞前，暨乎篇成，半折心始。”可他不满足于“照着讲”，而是接着分析了其中的原因：“何则？意翻空而易奇，言征实而难巧也。”进而又提出解决问题的方法：“秉心养术，无务苦虑；含章司契，不必劳情也。”刘勰的论述较之陆机大大推进了一步，全面而通达，做到了“钻坚求通”。而“反义而取通”，是指违反正理而自圆其说。此乃论说“正理”之大忌也。因为这种做法貌似圆通，其实虚妄不

① 杨明：《刘勰评传》，南京：南京大学出版社，2001 年，第 250 页。
② 见《楞严经》卷二二：“阿难及诸大众，蒙佛开示，慧觉圆通，得无疑惑。”

实，有违中正之道。二是贵能“破理”，忌“越理而横断”。刘勰说：“论如析薪，贵能破理。”“破理”本指木柴的纹理，此处喻指“论”的写作宜按照问题本身的“内在理路”（innerlogic）来论述。刘勰论养气可为“破理”之楷式。在《养气》篇中，他首先提出了“率志委和，则理融而情畅；钻砺过分，则神疲而气衰”的“性情之数”，奠定了该篇的立论之基。接下来依循“率志委和”与“钻砺过分”两条理路，从古（古人余裕）与今（后进莫遑）、童（思锐以胜劳）与艾（虑密以伤神）、学（锥骨自厉）与文（从容率情）三个方面加以论证，得出“玄神宜宝，素气资养”的“会文之直理”。“越理而横断”则与“破理”相反，不按照问题的“内在理路”来论述，是与“正理”相反的虚妄“曲论”。

二、说之枢要：阅“时利”，守“义贞”

在本篇里，刘勰将“论”与“说”分开来阐述。他指出“论”是有条理的意思（伦也），要综合各家之说（弥纶群言），精密地研究一个道理（精研一理）。“说”是喜悦之义（悦也），要使人高兴（言资悦泽）。其实“论”与“说”均以说“理”为要，只不过“论”重在说“理”本身，“说”侧重所说之“理”如何使对方心悦诚服地接受。故而“凡说之枢要，必使时利而义贞”。即“时利”“义贞”是“说”之关键词。

《周易·乾》卦云：“元亨利贞”。《兑》卦亦云：“亨，利贞。”《兑》卦之彖辞曰：“兑，说也。刚中而柔外，说以利贞。”利者，有利也；贞者，正也。《论说》篇的“利”“贞”皆出自《周易》。“时利”是指说“理”要把握有利的时机，与《周易·系辞传》“时利”说一脉相通。[1]而“说贵抚会，弛张相随”。“弛”主要表现为“缓

① 《周易·系辞传》：“君子藏器于身，待时而动，何不利之有？”

颊”，即婉言陈说。[①] 刘勰在本篇指出，伊尹、姜太公分别以调味、垂钓之理喻国政，使殷、周二朝兴盛；烛之武说秦则救郑，端木赐说齐而保鲁。伊尹、姜太公之“说”借助巧喻，成为“说之善者”；烛之武、端木赐之说，凭借巧辞，“亦其美也”。到了战国时代，苏秦、张仪等辩士则以“转丸”的“巧辞”、“飞钳”的“精术”，将“说”发挥到了极致：“一人之辨，重于九鼎之宝；三寸之舌，强于百万之师。”如果时机把握不好，则危及辩士自家的性命，郦食其毙命于齐镬，蒯通几乎被投入汉鼎。但刘勰反对陆贾、张释之、杜钦、楼护等人“顺风以托势”的“谗说”，认为他们不敢“逆波而泝洄”，过于取悦君主，其说必伪。“张”则表现为“刀笔”，即写成锐利的文章。[②] 在刘勰看来，“说之善者”“不专缓颊，亦在刀笔”。并举范雎《上书秦昭王》、李斯《谏逐客书》二例，说明此二人虽触犯龙颜，但“顺情入机，动言中务”，故而“功成计合”，是“上书之善说也”。邹阳上书吴王、梁王，“喻巧而理至”，“虽危而无咎”，亦是较善之“说”。而冯衍劝说鲍永、邓禹，则“事缓而文繁”，很少得到优遇，其说不善。

刘勰谈“时利”，不独本篇，亦见于《文心》其他篇章。例如：《征圣》篇：“抑引随时，变通适会。”《谐讔》篇：“会义适时，颇益讽诫。”《通变》篇：“趋时必果，乘机无怯。”《总术》篇：“因时顺机，动不失正。”《时序》篇：“质文沿时，崇替在选。”《程器》篇:“是以君子藏器，待时而动。……达则奉时以骋绩。”《章句》篇:“虽触思利贞，曷若折之中和，庶保无咎。”《定势》篇:“势者，乘利而为制也。……因利骋节，情采自凝。”尽管这些篇章把

① 林杉：《文心雕龙文体论今疏》，呼和浩特：内蒙古教育出版社，2000年，第228页。

② 林杉：《文心雕龙文体论今疏》，第228页。

“时”“利”分开来说，且所言的“时”“利”各有所指，或“随时”，或“适时”，或“趋时”，或“因时”，或“沿时”，或“待时”“奉时”，或“利贞”，或“乘利”“因利”等。但刘勰重“时”“利”，始终没有改变，足见“时利”在《文心》中的重要位置。

“义贞”是指义理贞正。如：《宗经》篇：“四则义贞而不回。”《铭箴》篇：“潘尼《乘舆》，义正而体芜：凡斯继作，鲜有克衷。”《哀吊》篇：“故能义直而文婉，体旧而文新，《金鹿》《泽兰》，莫之或继也。”《谐讔》篇：“列传《滑稽》，以其辞虽倾回，意归义正也。……义欲婉而正，辞欲隐而显。”其实“义正”也好，“义直”也罢，与“义贞”一样，都是讲义理贞正。刘勰强调“义贞”是针对邪曲（回）而言的，是其尚正观的具体表现。不但如此，在他看来，如果不是欺骗敌人，唯有忠诚与信实——“披肝胆以献主，飞文敏以济辞”，此乃“说之本也”。这是主张“说”的态度之正。而他推崇忠诚与信实的端正态度，是与其志向、对文士价值的认识有关。《序志》《议对》《程器》等篇已清晰地表明了这一点。

刘勰在《序志》篇里谈到他做过的两个梦：一个是他在七岁的时候，“乃梦彩云若锦，则攀而采之”；一个是他刚刚过三十岁的时候，“则尝夜梦执丹漆之礼器，随仲尼而南行”。据弗洛伊德精神分析学理论来看，梦是愿望的达成：“梦，它不是空穴来风、不是毫无意义的、不是荒谬的、也不是一部分意识昏睡，而只有少部分乍睡才醒的产物。它完全是有意义的精神想象。实际上，是一种愿望的达成。”[①]刘勰的第一个梦是以彩云、织锦两个意象隐喻“文采”“文章”，[②]表明其对“文采”“文章”的喜爱。他的第二个梦是手捧红色祭器

---

① 〔奥〕弗洛伊德：《梦的解析》，北京：作家出版社，1986 年，第 37 页。

② 刘勰以锦喻文，亦见于其他篇章。如：《定势》篇：“譬五色之锦，各以本采为地。”《镕裁》篇：“夫美锦制衣，修短有度……”《总术》篇：“视之则锦绘，听之则丝簧，……”

跟孔子向南走，暗喻入仕，达于政事。也就是说，能文而晓政，是刘勰的现世志向。[①]他在《议对》篇中又指出:“难矣哉，士之为才也！或练治而寡文，或工文而疏治。对策所选，实属通才，志足文远，不其鲜欤！”刘勰认为，经过“对策”所选拔的文士应该是“练治”而“工文”的“通才”。“练治”即精于治术，通晓政事；“工文”即有文才，善作文。这与《序志》篇托梦所言之志是一致的。这种“通才”的观点在《程器》篇中又有了进一步的发挥：“《周书》论士，方之‘梓材’，盖贵器用而兼文采也。”即文士既要有实际的才干（器用），又要有文采。这里的“器用”包括两个方面：一是指学文要“达于政事”:“安有丈夫学文，而不达于政事哉？”一是指“好文”而“练武”:“文武之术，左右惟宜。”故而他不满意“近代词人”的“务华弃实”，提出“盖士之登庸，以成务为用”，“君子……待时而动，发挥事业”，“摛文必在纬军国，负重必在任栋梁”，“达则奉时以骋绩”。在刘勰看来，文士要“成务”，就不能欺蒙君主，唯有忠诚与信实，才能达成“发挥事业”“纬军国”的人生目标；且游说之时要“披肝胆”“飞文敏”，掌握有利时机，且义理贞正。也正因为如此，他质疑陆机有违贞正的观点:“而陆氏直称‘说炜晔而谲诳’，何哉？”刘勰是这样主张的，也是这样做的。他出任太末县令三年，“政有清绩”；兼任东宫通事舍人时，上表依天子祭宗庙之例，改用蔬果祭天地、社稷，于是梁武帝“诏付尚书议，依勰所陈”。后又迁步兵校尉。尽管刘勰的仕途并不十分如意，但他工于文，达于政，“器用”与“文采”兼备，是“通才”型文士的典范。

三、写作津梁：《论说》篇的现代意义

在刘勰之前，魏晋文家已谈到“论”“说”二体。曹丕《典论·论

---

① 刘勰的终极追求是借著书立说（制作）以达成“不朽”（腾声飞实）之志。黄维樑、万奇编撰：《爱读式文心雕龙精选读本·导言》，第6页。

文》:“书论宜理。”陆机《文赋》:“论精微而朗畅”,“说炜晔而谲诳”。曹、陆所言,固然表明了他们的看法,但失之粗浅、简略,没有形成系统的阐述。即便与刘勰处于同时代的萧统,对“论”的认识也是比较粗略的:“论则析理精微。”[①]萧统只说“精微”,未谈“朗畅”,对“论”的概括尚不及陆机完整。而全面、深入解析“论”“说”的,当推刘勰。他在《文心》中专置《论说》篇,依循“原始以表末,释名以章义,选文以定篇,敷理以举统”的写作法则,分别考察了“论”“说”的源流,诠释“论”“说”的名称及其意义,选评“论”“说”的案例,提出“论”“说”的写作枢要。刘勰对“论”“说”的认识,远胜于曹丕、陆机和萧统。他在《论说》篇中提出的观点对后世产生了深远的影响。如:“正理”说为元人陈绎曾所阐发:“论”是“依事理之正而论其是非者”。[②]这里陈氏强调“事理之正”,并视之为“论其是非”的标准,与刘勰“正理”说一脉相承。“圆通”说亦为陈氏所发挥:“论宜圆折深远。”[③]陈氏释“圆”为“圆折”,把“通”转换为“深远”。再如:刘勰将八种“论”分为四品:“陈政则与议、说合契,释经则与传、注参体,辨史则与赞、评齐行,铨文则与叙、引共纪。”即把“论”归为政论、经论、史论、文论四类。明人徐师曾则在刘勰“四品”说的基础上,兼取萧统“三论”说(设论、史论、论),扩为“八品”:“一曰理论,二曰政论,三曰经论,四曰史论(有评议、述赞二体),五曰文论,六曰讽论,七曰寓论,八曰设论,而各录文于其下,使学者有所取

---

① 〔梁〕萧统编,〔唐〕李善注:《文选》(上册),北京:中华书局,1977年,第1页。

② 〔元〕陈绎曾著,慈波辑校:《文筌》,《陈绎曾集辑校》,北京:人民文学出版社,2017年,第29页。

③ 〔元〕陈绎曾著,慈波辑校:《文说》,《陈绎曾集辑校》,第196页。

法焉。”[①] 近人来裕恂则把“论”析为理论、政论、经论、史论、文论五体，[②] 与刘勰“四品”说相比，来氏只是增加了“理论”一品，基本上沿袭了刘勰的分类法。可以说，刘勰的“四品”说是徐师曾的“八品”说、来裕恂“五体”说之本原。不但如此，自元明以降，诸家因袭、阐发刘勰的文论主张的文章学著作，不胜枚举。[③]

《论说》篇具有不可忽视的现代意义。它对今天的论文写作者，尤其对为学位论文写作所困扰的大学本科生、硕士生，乃至博士生启发良多。[④] 在笔者看来，主要有以下五个方面：

一是明确“有数”的研究对象。论文是研究问题的，不是已有知识的陈述。然而一些学位论文仅仅是选定了某个研究范围，对象并不十分明确。欲纠此宽泛之弊，则须“穷于有数”，即透彻研究具体问题。不深入研究具体问题，论文写作也就失去了它应有的价值和意义。至于如何“穷于有数”，刘勰提出了十六字真言，即弥纶群言、辨正然否、钻坚求通、钩深取极。弥纶群言，指综合各家之说，它是“研精一理”的基础；辨正然否，指辨析“群言”之正误；钻坚求通，指钻研疑难之点以求贯通。钩深取极，指探索深奥的道理以获得定见。一言以蔽之，将小题大做，方能达成“追于无形”“研精一理”的学术目标。

二是追求“圆通”的论证境界。论文是讲道理的，贵在全面通达。

---

① 〔明〕吴讷、徐师曾撰：《文章辨体序说　文体明辨序说》，北京：人民文学出版社，1998 年，第 131 页。

② 来裕恂著，高维国、张格注释：《汉文典注释》，天津：南开大学出版社，1993 年，第 311 页。

③ 就近代而言，其代表性论著有：林纾《春觉斋论文》、姚永朴《文学研究法》、黄侃《文心雕龙札记》、刘咸炘《文心雕龙阐说》、王葆心《古文辞通义》、吴曾祺《涵芬楼文谈》等。

④ 如前所述，刘勰讲的“论”“说”与今天不同。然本同而末异，其揆一也。居今而言，刘勰的“论”可视为学术论文，刘勰的“说”可视为学位论文之陈述与答辩。

尝见一些学位论文往往采用“尺接寸附”的拼贴式写法，前后抵触，漏洞百出。欲纠此“统绪失宗”之弊，则须“其义贵圆通，辞忌枝碎”。具体地说，一是使“心与理合，弥缝莫见其隙”。即作者所师的心中“独见”与“正理”相吻合，使之贴切紧密而没有缝隙。二是要“辞共心密，敌人不知所乘”。即言辞与内心所想紧密结合，使论敌没有可乘之机。也就是说，要像傅嘏、王粲、嵇康、夏侯玄、王弼、何晏等诸家之“论”一样，做到“锋颖精密”。这是论文写作之大要。换句话说，撰写论文，倘能做到“心（独见）—理（正理）—辞（文字）”三位一体，“圆通”之境至矣。

三是遵循“破理”的逻辑法则。“论者，伦也。”论文写作讲究“条贯统序”。可是一些学位论文条理不清晰，思路混乱。究其原因，是由于“越理而横断”。只有像“析薪”一样“破理”，即按照所研究问题的“内在理路”来剖析、阐释，才能“要约明畅”，避免“反义而取通”的毛病。

四是认知“时利”的答辩语境。从系统功能语言学来看，语言发生是有其实际环境的。这个环境就是“情境语境”（situational context）。学位论文答辩有其特定的“情境语境”。笔者认为，答辩者认知“时利”的答辩语境是获得答辩成功的关键。笔者参加学位论文答辩会已十余年，发现答辩者常常因为紧张而答非所问。其实答辩委员的提问是给答辩者提供了再次陈述学位论文观点的机会。这个机会就是刘勰说的“时利”。答辩者如能平心静气，把握答辩的有利时机，并有针对性地回答，自然会取得最佳答辩效果。

五是信守“义贞”的答辩主旨。优秀的学位论文是讲“正理”的，其作者答辩时守“义贞”。然从答辩的实际情况来看，有些答辩者所写论文不讲“正理”，答辩时也就无从守“义贞”了。他们以“曲论”

应答，有诡辩之嫌，结果是“检迹知妄”，难以逃过答辩委员的法眼。写论文讲“正理”，答辩时守“义贞”。无论是本科生，还是硕士生，博士生，皆不可不知也。

刘勰还主张“动言中务”“飞文敏以济辞”，亦有助于答辩者突出学位论文的要点，丰富答辩的语言。

从这个意义上讲，《论说》篇可以说是学位论文的写作津梁。

本文先于2019年8月在曲阜师范大学主办的“中国《文心雕龙》学会第十五届年会暨国际学术研讨会”上宣读，后刊于《中国文论》第七辑（山东人民出版社，2020年）。

寄在吟咏：《文心雕龙·声律》篇探析

一、引言

声律是汉语诗文构成的重要审美因素。《声律》篇专论诗文的声律，位列“剖情析采”（文术论）第八篇。黄侃指出，沈约“大重”《文心雕龙》，谓之“深得文理”，“知隐侯所赏，独在此一篇矣”。[①]此论似有绝对之嫌，但沈约赞同刘勰重声律是毫无疑问的。其实除《声律》篇外，刘勰在《文心雕龙》中的其他篇章也多次涉及声律，如：《神思》篇强调“寻声律而定墨”“刻镂声律”；《附会》篇视声律为作品的“声气”；《知音》篇中“先标六观”的第六观是观声律（“六观宫商”）；《序志》篇在介绍《文心雕龙》下篇篇目时特意提到《声律》篇（“阅声字”）等等。近来笔者朝于斯，夕于斯，反复揣摩，深感《声律》篇之重点是谈声律的和谐问题。[②]故本文主要研讨刘勰重视求“和”的原因、刘勰论求“和”的大纲，以及刘勰比篇章于音乐等问题，辨疑析难，以探其原委。

二、刘勰重视求“和”的原因

刘勰重视求“和”的原因，归纳起来，大体有以下三点：

一是写诗文求“和”难于弹琴。刘勰指出：

今操琴不调，必知改张；摛文乖张，而不识所调。响在彼弦，

---

① 黄侃：《文心雕龙札记》，第142页。

② 后偶阅钱基博《文心雕龙校读记》，发现钱基博亦有此见：“而刘氏论指，重和而不重韵。”钱基博：《文心雕龙校读记　读庄子天下篇疏记》，上海：上海古籍出版社，2011年，第51页。

> 乃得克谐；声萌我心，更失和律。其何故哉？良由外听易为察，内听难为聪也。故外听之易，弦以手定；内听之难，声与心纷：可以数求，难以辞逐。

这是就弹琴（操琴）与写诗文（摛文）相比较而言的。在刘勰看来，弹琴时音调不协调，则改弦更张，就能够和谐；而写诗文声调不和谐，却不知道如何调整，更失和律。其原因在于外在的声音容易分辨，内在的声音不易明察。因此，外在声音可以用手来调定，内在的声音则只能“数求”，“难以辞逐”。

至于何谓“可以数求，难以辞逐”，多数学者把它译为“可以用声律的法则去推求，却难以用言辞讲清楚”；[①]也有的学者译为“我们只可以依据声韵规则而予以探求，却很难单凭文辞的运用而达到目的”。[②]看来，分歧的焦点是如何理解“难以辞逐”。从上、下文意来看，两种解释都说得通。内听易，外听难，故而内听“难以用言辞讲清楚”，或者说“很难单凭文辞的运用而达到目的”。如果从句式上看，“外听之易”对应“内听之难”，“弦以手定”对应“难以辞逐”，是刘勰在《丽辞》篇中所推崇的“反对”，则后一种解释更胜一筹。即外听可以用手来定调，内听很难用文辞来实现。又有学者引《神思》篇“言所不追”句佐证“难以辞逐”是“难以用言辞讲清楚”，恐无法成立。《神思》篇说的“言所不追”是指“思表纤旨，文外曲致”——构思中的某些微妙意旨、曲折情致难以用言语来表达，这里讲的“难以辞逐”是指声律与内心的关系，所指各异，二者不是“意同”。

---

① 此处以王运熙、周锋译注本为例。王运熙、周锋：《文心雕龙译注》，第300页。

② 张灯：《文心雕龙译注疏辨》（上编），上海：复旦大学出版社，2015年，第291页。

其实，就弹琴本身来讲，求“和”也并不容易。刘勰也意识到这一点。《总术》篇有云：“知夫调钟未易，张琴实难，伶人告和，不必尽窕槬之中；动角挥羽，何必穷初终之韵？”在刘勰看来，调钟与张琴都是困难的。乐师说调好了，不一定从小到大、从头到尾都恰到好处，完全符合音律。所谓“外听为易”也只是和写诗文相对而言的。

二是异音相从之“和”难于同声相应之“韵”。这是就不同的声调（异音）与相同的声调（同声）相比较而言的。刘勰认为，声调有飞扬（指平声、上声的字调，即后文说的“和体抑扬”之“扬”）与低沉（指去声、入声的字调，即后文说的“和体抑扬”之“抑”）之分。[①] 如果一句之中都用“飞”声字或“沉”声字，会造成声律上的不和谐，即“声扬不还”或“响发而断”；因此，要把“飞”声字和“沉”声字像辘轳那样交错循环运用，才能达到异音相从的和谐目的。如归有光的《项脊轩志》：

> 项脊（入声字）轩，旧南阁（入声字）子也。室（入声字）仅方丈，可容一（入声字）人居。……借书满架，偃仰啸歌，冥然兀（入声字）坐，万籁有声；而庭阶寂寂（入声字），小鸟时来啄（入声字）食（入声字），人至不（入声字）去。三五之夜，明月（入声字）半墙，桂影斑驳（入声字），风移影动，珊珊可爱。

① 学界对飞与沉的看法并不一致：朱自清认为，“飞”是指平、上、去三个声调，而“沉”指入声。王运熙、周振甫等多数学者认为，飞指平声；沉指上、去、入三声。詹锳则指出：“飞沉犹言抑扬，义指四声，非关清浊。……按齐梁之际，吴地读音，飞者扬上，当是上声；沉者抑下，当是去声。……其不言平上去入而称飞沉者，乃系举飞沉以概四声，犹称春秋以概四季也。……所谓飞沉，就是字调的抑扬……”（詹锳：《文心雕龙义证》（下），上海：上海古籍出版社，1989 年，第 1222—1223 页。）又，段玉裁《六书音均表 · 古四声说》：“古平、上为一类，去、入为一类。上与平一也，去与入一也。”（〔汉〕许慎撰，〔清〕段玉裁注：《说文解字注》，上海：上海古籍出版社，1981 年，第 815 页。）本文采用的是詹锳、段玉裁的说法。

这节文字“飞”（平声、上声）与“沉”（去声、入声）的运用情况是：沉沉飞，沉飞沉飞飞。沉飞飞沉，飞飞沉飞飞。……沉飞飞沉，飞飞沉飞，飞飞沉沉，沉沉飞飞；飞飞飞沉沉，飞飞飞飞沉沉，飞沉飞沉。飞飞飞沉，飞沉沉飞，沉飞飞沉，飞飞飞沉，飞飞飞沉。归有光在声调上做到了“辘轳交往”，使文字有了抑扬起伏的变化。然“和体抑扬”无一定之规，“遗响难契”，故刘勰认为，无韵之笔虽容易写好，但“选和至难”。而有韵之文则不然，只要所用之韵一旦确定，“则余声易遣”。因为“句末韵脚，有谱可凭”。[1]就拿赞体来说，赞属于有韵之文，其写作要求是“必结言于四字之句，盘桓乎数韵之词，约举以尽情，昭灼以送文”。[2]其用韵情况，请看《声律》篇的“赞曰”：

> 赞曰：标清务远，比音则近。吹律胸臆，调钟唇吻。声得盐梅，响滑榆槿。割弃支离，宫商难隐。

此赞的第一个韵脚是“近”，属于上声“吻”韵，因此，余下的“吻”“槿”“隐”均从该韵部选出。即所谓“韵气一定，则余声易遣”。再看《颂赞》篇的“赞曰”：

> 赞曰：容德底颂，勋业垂赞。镂影摛声，文理有烂。年积愈远，音徽如旦。降及品物，炫辞作玩。

该赞的第一个韵脚是“赞”，属于去声“翰”韵，故此，余下的“烂”“旦”“玩”皆出于此韵部。确如刘勰所说“缀文难精，而

① 纪昀语。黄霖编著：《文心雕龙汇评》，第114页。
② 万奇、李金秋主编：《〈文心雕龙〉探疑》，第37页。

作韵甚易”。显然，在声律运用上，无韵之笔难于有韵之文，故刘勰认为前者“选和至难”，后者“作韵甚易”。

三是“翻回取均”之“和”不及“宫商大和”，求“大和”更不易。这是就人工声律与自然声律相比较而言的。在刘勰看来，“和”有“宫商大和”与“翻回取均”之别。“宫商大和”是天然和谐，如吹籥，籥有固定的管孔，“无往而不壹”；“翻回取均”则不然，它像调瑟，调瑟靠移动的弦柱，“故有时而乖贰”。并举四位作家证之：“陈思、潘岳，吹籥之调也；陆机、左思，瑟柱之和也。”也就是说，曹植、潘岳的作品达到“宫商大和”，而陆机、左思则稍逊一筹，只是“翻回取均”之“和”。其原因在于：曹植、潘岳生长于京华，吐音雅正，用正声写作，自然而然达到“宫商大和”；陆机是吴人，左思是齐人，二人在写作时受各自的方言影响，难免会有不合律之处，因此要“翻回取均”。①

此外，刘勰又指出，《诗经》是“正声雅音”，故用韵清晰准确（“率多清切”）；《楚辞》用楚地方言，故用韵多错乱（“讹韵实繁”）。陆机师法屈原，写作时多用方言（“士衡多楚”），因此失掉了雅正之音（“失黄钟之正响”）。刘勰对《楚辞》“讹韵多繁”和陆机“多楚”的批评或许可以商榷，② 但他强调声律雅正（“宫商之大和”“黄钟之正响”），学习《诗经》的观点，与《文心雕龙》上篇的“文之枢纽”是一脉相承的，正是他宗法经书的指导思想在声律问题上的体现。

需要说明的是，在刘勰之前，陆机就提出“和”的问题：“象下管之偏疾，故虽应而不和”；又曰“犹弦幺而徽急，故虽和而不

① 张灯：《文心雕龙译注疏辨》（上编），第 295 页。

② 朱星认为：“刘勰误会《楚辞》非正响，又多讹韵，只有《诗经》才是正声雅音。其实《楚辞》用韵与《诗经》用韵全同，清古音学家已证明此事。”詹锳：《文心雕龙义证》（下），第 1239 页。

悲”。[1] 但陆机没有具体阐发。刘勰则置专篇论述，较之陆机推进了一大步。与刘勰处在同一个时期的沈约对声律有较为具体的论述，他说：“欲使宫羽相变，低昂互节，若前有浮声，则后须切响。一简之内，音韵尽殊；两句之内，轻重悉异。”[2] 这里的“浮声”相当于刘勰说的“飞”声；“切响”相当于刘勰说的“沉”声。正因为沈、刘二人观点相近，沈约“大重”《文心雕龙》也就毫不奇怪了。

三、刘勰论求“和”的大纲

尽管沈、刘二人均重声律和谐，但在如何达到和谐的问题上并不完全相同。沈约提出“四声八病”说，具体说明在声律方面不该犯的八种毛病，即平头、上尾、蜂腰、鹤膝、大韵、小韵、正钮、旁钮。而刘勰则不然。在他看来，声律上的“纤毫曲变”，“非可缕言”，只能“振其大纲”；尚大弃小、重本轻末是刘勰论文的基本原则。这个基本原则在《文心雕龙》中的诸多篇章均有体现，只是用词稍有不同：

一曰“大体”。如：《铨赋》篇：“文虽杂而有质，色虽糅而有仪，此立赋之大体也。”[3]《颂赞》篇：“虽纤曲巧致，与情而变，其大体所底，如斯而已。”《祝盟》篇：“夫盟之大体，必序危机，奖乎忠孝，存亡戮力；祈幽灵以取鉴，‘指九天以为正’……”[4]《哀吊》篇：“原夫哀辞大体，情主于痛伤，而辞穷乎爱惜。”《檄移》篇：“凡檄之大体，或述此休明，或叙彼苛虐。”《封禅》篇：“构

---

① 〔晋〕陆机撰，张少康集释：《文赋集释》，上海：上海古籍出版社，1984年，第150页。

② 〔梁〕沈约撰：《宋书·谢灵运传》，北京：中华书局，1974年，第1779页。

③ 通行本作“色虽糅而有本”，宋本《太平御览》引作“仪”。今据宋本《太平御览》改。

④ 通行本无“乎”字，唐写本作“奖乎”；通行本作“共存亡，戮心力”，唐写本作“存亡戮力”。今据唐写本改。

位之始，宜明大体，……”《奏启》篇：“理既切至，辞亦通辨，可谓识大体。”《议对》篇：“故其大体所资，必枢纽经典。”《通变》篇：“是以规略文统，宜宏大体。”《章句》篇：“至于诗、颂大体，以四言位正。”《总术》篇：“务先大体，鉴必穷源。”

二曰“大要”“要”“枢要”“体要”“精要”。如：《铭箴》篇：“其取事也必核以辨，其摛文也必简而深，此其大要也。”《杂文》篇：“原夫兹文之设，乃发愤以表志。……莫不渊岳其心，麟凤其采：此立体之大要也。”[①]《论说》篇：“故其义贵圆通，辞忌枝碎。必使心与理合，弥缝莫见其隙；辞共心密，敌人不知所乘：斯其要也。……凡说之枢要，必使时利而义贞……”《奏启》篇：“是以立范运衡，宜明体要。”《书记》篇：“随事立体，贵乎精要……”

三曰“大较”“大略”“大纲”。如《祝盟》篇：“祭奠之楷，宜恭且哀：此其大较也。”《诏策》篇：“夫王言崇秘，大观其上，……明罚敕法，则辞有秋霜之烈：此诏策之大略也。”《奏启》篇：“必敛辙入规，促其音节，辨要轻清，文而不侈：亦启之大略也。”《史传》篇：“至于寻繁领杂之术，务信弃奇之要，明白头讫之序，品酌事例之条，晓其大纲，则众理可贯。”

而《声律》篇采用的是“大纲”的说法。大多数学者认为，刘勰声律大纲的要点是：一是“双声”不隔字、“叠韵”不离句、“辘轳交往”；二是遇到声律失和时“务在刚断”——“左碍而寻右，末滞而讨前”。这两点固然重要，可是认识声律大纲仅仅局限于此，未免失之肤浅。其实刘勰声律大纲的关键涉及两个方面的内容，即所求之“和”的审美要求与如何求“和”。从第一个方面来审视“双声”“叠韵”“辘轳”，会发现它们是声律运用的具体要求，不是高度概括的审美要求；从第二个方面来考察“务在刚断”，会认识

① 通行本无“夫”字，唐写本作“原夫”，今据唐写本改。

到它只是一般性的原则要求，不具有方法论上的指导作用。笔者认为，欲探求刘勰声律大纲的关键，要联系与“凡声有飞沉……累累如贯珠矣”相关的上下文以及《声律》篇全篇，才能得出较为确切的结论。正是基于这样的认识，细读《声律》篇，就会发现，刘勰在本篇“赞曰”中提出的“声得盐梅”是对“双声”“叠韵”“辘轳”具体要求的高度概括，是求“和”的审美要求；他在“累累如贯珠矣”之后提出的“是以声画妍媸，寄在吟咏”才是求“和”的具体方法。换而言之，“声得盐梅”与“寄在吟咏”是刘勰声律大纲的关键之所在。

“声得盐梅”中的“盐梅”，本义是指盐和梅子。盐味咸，梅味酸，均为调味所需。其典出自《尚书·商书·说命下》：“若作和羹，尔惟盐梅。”这是殷高宗（武丁）命傅说为相时所说的话，希望傅说像盐梅调羹一样，[①] 辅佐他处理好政务。其后“盐梅”一词见于各种典籍和诗文中。或喻指国家所需的贤才，或指调和、和谐，或指可以擦拭银器的盐花梅浆。刘勰借“盐梅”论声律，意思是声律调配犹如盐梅相得，既不偏咸，又不偏酸，而是把咸与酸调和得恰到好处，符合“和律”：“律者，中也。黄钟调起。五音以正。……以律为名，取中正也。”[②] 中正平和（“中和之响”）是“声得盐梅”的喻指内涵。唐人司空图《与李生论诗书》祖述刘勰之说，以“咸酸”论诗：“江岭之南，凡足资于适口者，若醯非不酸也，止于酸而已。若鹾非不咸也，止于咸而已。中华之人所以充饥而遽辍者，知其咸酸之外，醇美者有所乏耳。”司空图的“咸酸说”将关注的焦点由文本之内（声）移至文本之外（味），拓展、深化了刘勰的“盐梅”说的审美内涵。宋人苏轼《书黄子思诗集后》赞同、转述了司空图

---

① 孔安国《传》：“盐咸梅醋，羹须咸醋以和之。”

② 万奇、李金秋主编：《〈文心雕龙〉探疑》，第 144 页。

的观点："唐末司空图，崎岖兵乱之间，而诗文高雅，犹有承平之遗风。其诗论曰：'梅止于酸，盐止于咸，饮食不可无盐梅，而其美常在咸酸之外。'盖自列其诗之有得于文字之表者二十四韵，恨当时不识其妙，予三复其言而悲之。……予尝闻前辈诵其诗，每得佳句妙语，反复数四，乃识其所谓。信乎表圣之言，美在咸酸之外，可以一唱而三叹也。"苏轼把司空图的"咸酸说"的内涵概括为"美在咸酸之外"，阐释得更为清晰了。尽管司空图、苏轼的观点已超越刘勰，但刘勰是第一个以"盐梅"来喻诗文写作的人，其首创之功是不可磨灭的。

"寄在吟咏"是刘勰声律大纲的另一个关键。在他看来，诗文声律的好坏，寄托在吟咏之中。这种吟咏的方法始见于周代。据《周礼·春官·大司乐》记载："以乐语教国子，兴、道、讽、诵、言、语。"其中的"讽"是"倍[①]文"，不开读；"'以声节之曰诵'者"，"亦皆背文"。但"讽"是"直言之，无吟咏"，"诵则非直背文，又为吟咏，以声节之为异"。[②]显然，"讽"与"诵"都是教国子背诗的方法，二者的区别在于："讽"是"无吟咏"的背文；"诵"是"以声节之"的吟咏。而"诵"的训练"乃是既要国子们把诗歌背下来，而且要学会诗歌的吟诵之声调"。因为"在外交场合中'赋诗言志'时，也不一定要合乐而歌，有时也可以用朗读和吟诵的方式"。[③]也就是说，早期的吟咏（诵）是传授国子如何学诗、用诗。魏晋之后，诗文写作自觉追求音韵之美，声律日益受到重视，吟咏随之由学诗、用诗转向了写作。陆机《文赋》有云："思风发于胸臆，

① 倍：古同"背"，背诵。

② 见《周礼注疏》卷二十二。

③ 叶嘉莹：《谈古典诗歌中兴发感动之特质与吟诵之传统》，《多面折射的光影——叶嘉莹自选集》，天津：南开大学出版社，2004年，第11页、第8页。

言泉流于唇齿。”陆机已经意识到“胸臆”之“思风”时时伴随着“唇齿”之“言泉”（吟咏）。刘勰《文心雕龙》则更全面、具体探讨了写作中的“吟咏”：一是指吟咏情志。《原道》篇肯定“元首载歌，既发吟咏之志”，《明诗》篇阐明诗歌写作是“应物斯感，感物吟志”，《情采》篇赞赏《诗经》作者“吟咏情性，以讽其上”。这三处“吟咏”指的是作者借助“吟咏”的方法来抒写情志。二是指以吟咏助构思。《神思》篇说“吟咏之间，吐纳珠玉之声”，《物色》篇讲“流连万象之际，沈吟视听之区”，这里的“吟咏”“沈吟”均指作者用“吟咏”的方法辅助写作构思，与陆机的“思风”“言泉”之说基本一致。三是指吟咏声调（“寄在吟咏”）。《风骨》篇曰“沈吟铺辞，莫先于骨”，《声律》篇云“是以声画妍媸，寄在吟咏”，此处的“沈吟”“吟咏”皆指作者在写作中用“吟咏”的方法来推敲声律。四是指吟咏前修诗文。如《辨骚》篇在谈到屈原、宋玉的影响时，指出后代文人从他们的作品中所得各有不同。其中“吟讽者衔其山川”，这是说喜欢“吟咏”的人玩味屈、宋对山川的描写。刘勰“吟咏”说中的“吟咏声调”（“寄在吟咏”）尤为值得重视。后世文论家谈诗文写作，多有尚“吟咏声调”（“寄在吟咏”）之论。近人曾国藩指出:“作诗文以声调为本”“声调铿锵，乃文章第一妙境”。学诗文应“高声朗诵，以昌其气”“密咏恬吟，以玩其味”。因为“非高声朗诵则不能得其雄伟之概，非密咏恬吟则不能探其深远之韵”。[1]曾国藩的“密咏恬吟”是阐刘勰之所以发，曾国藩的“高声朗诵”是扩刘勰之所未发。他主张二者并重，指出吟咏的作用在于体悟作品的深远韵味，较之刘勰的认识有所深入。今人叶嘉莹曾撰专文阐释“吟咏声调”（“寄在吟咏”）与朗诵的不同：“吟诵的目的不是

---

① 万奇：《曾国藩的文章学理论》，《文心之道：汉语写作论说》，呼和浩特：内蒙古人民出版社，2006 年，第 250 页。

为了吟给别人听，而是为了使自己的心灵与作品中诗人的心灵能借着吟诵的音声达到一种更为深微密切的交流和感应。”[①]进而她又指出吟咏与诗歌写作的关系：“所以中国古代诗人作诗总说‘吟诗’或‘咏诗’，这并表示随便泛言之辞，而是古人作诗时确实常伴随着吟咏出之的。而且古代的诗人不仅伴随着吟咏来作诗，还更伴着吟咏来改诗。”[②]也就是说，吟咏是伴随古代诗人写诗、改诗始终的。如：贾岛“两句三年得，一吟双泪流”，杜荀鹤“苦吟无暇日，华发有多时”。而写诗与改诗时的吟咏，首要是推敲声调的问题，故有卢延让“吟安一个字，拈断数茎须”的感叹。与刘勰、曾国藩相比，叶嘉莹对“吟咏声调”（“寄在吟咏”）的见解更为精微。最近她在豆瓣上开设古诗词吟诵课，旨在留下吟诵的基本范式，以期推广至全国。[③]知行合一，善莫大焉。

“吟咏声调”（“寄在吟咏”）之所以重要，就在于它能彰显汉语汉字抑扬顿挫的音乐性以及汉语诗文的声音之美（如整齐之美、参差之美和回环之美等），极大地提升汉语诗文的艺术表现力和感染力。因此，刘勰“寄在吟咏”的声调论理应为今人所借镜。

四、刘勰比篇章于音乐

刘勰在《总术》篇中指出：“知夫调钟未易，张琴实难。伶人告和，不必尽窕槬之中；动角挥羽，何必穷初终之韵？魏文比篇章于音乐，盖有征矣。”刘勰所说曹丕把诗文比作音乐的那段文字是指《典论·论文》的“文气说”：“文以气为主，气之清浊有体，不可力强而致，

① 叶嘉莹：《谈古典诗歌中兴发感动之特质与吟诵之传统》，《多面折射的光影——叶嘉莹自选集》，天津：南开大学出版社，2004年，第36页。

② 叶嘉莹：《谈古典诗歌中兴发感动之特质与吟诵之传统》，《多面折射的光影——叶嘉莹自选集》，第16页。

③ 2017年6月29日，叶嘉莹在“豆瓣时间”专栏开设“以乐语教国子——叶嘉莹古诗词吟诵课”，以系统完成对中国古典诗词的讲授和对吟诵之法的传承。

譬之音乐，曲度虽均，节奏同检，至于引气不齐，巧拙有素，虽在父兄，不能移其子弟。”在曹丕看来，诗文写作是以作者先天的“气”为主，“气”有清浊之分，非人力可致；就像音乐一样，曲谱相同，节奏有法度，可演唱者行腔运气不同，本来就有巧拙之别。即便是父兄，也不能传给子弟。刘勰认为曹丕的说法是有根据的。其后陆机《文赋》亦以乐喻文：

> 譬偏弦之独张，含清唱而靡应。
> 象下管之偏疾，故虽应而不和。
> 犹弦幺而徽急，故虽和而不悲。
> 寤《防露》与《桑间》，又虽悲而不雅。
> 虽一唱而三叹，固既雅而不艳。

陆机“运用音乐原理论文病”，“借乐理以发挥文理”，提出些诗文写作的“最高法则”，即“应”“和”“悲”“雅”“艳”。[①]“应”是指同声相应；“和”是指异音相从；“悲”是指以情感人[②]；“雅”是指雅正中和（与淫、俗相对）；“艳”是指音调美妙。[③]尽管刘勰在《序志》篇对曹丕、陆机二人的论著颇有微词，认为“魏典密而不周”，“陆赋巧而碎乱”，但在具体问题的阐述上他却承袭曹、陆的做法，以乐喻文。尤其是在讲到声律时，主要借用乐调、乐律、

---

① 饶宗颐：《澄心论萃》，上海：上海文艺出版社，1996 年，第 159—164 页。

② 刘亚男指出：“音乐审美上的‘悲’并非都指悲哀、悲伤，更多的是指其引申义，即以情感人。因此对‘悲’的肯定和提倡，其实就是对‘情’的肯定和提倡。”刘亚男：《应、和、悲、雅、艳——陆机〈文赋〉音乐美学思想刍议》，《黄钟（中国·武汉音乐学院学报）》2011 年第 2 期，第 93 页。

③ 其后刘勰的《文心雕龙》则进一步阐发了陆机的观点，《声律》篇的“韵”“和”“清切”与陆机的“应”“和”“雅”相呼应，《情采》篇的“情”“采”是陆机的“悲”“艳”的转换。

乐器来阐释：

一是以乐调之宫商喻诗文声调抑扬。《情采》篇有云："二曰声文，五音是也。……五音比而成《韶》《夏》……"在刘勰看来，"声文"是宫、商、角、徵、羽，五音相配则组成《韶》《夏》等音乐。在《文心雕龙》的其他篇里，刘勰常常用"宫商"来代指五音，并喻指诗文声调抑扬。如《定势》篇："宫商朱紫，随势各配。"《练字》篇："讽诵则绩在宫商，临文则能归字形矣。"《附会》篇："辞采为肌肤，宫商为声气。"《知音》篇："六观宫商"。刘勰在本篇也多次谈到"宫商"："声含宫商，肇自血气"，"若夫宫商大和，譬诸吹籥"，"割弃支离，宫商难隐"等①。宫商之喻，意在表明诗文声调调配要有抑扬顿挫的音乐之美。

二是以律吕之黄钟喻诗文声律雅正。律吕本来指校正乐律的器具。相传黄帝时伶伦截竹为管，以管的长短来确定音的不同。分阴阳各六，阳为"律"，即黄钟、太簇、姑洗、蕤宾、夷则、无射；阴为"吕"，即大吕、夹钟、仲吕、林钟、南吕、应钟。二者合称"律吕"。后亦用以指乐律或声律。刘勰在本篇中指出："吐纳律吕，唇吻而已。"本篇"赞曰"又说："吹律胸臆，调钟唇吻。"这两句都是讲用唇吻来调和声律。值得注意的是，后一句的"调钟"的"钟"是指六律中的黄钟，此处代指前面说的"律吕"。刘勰为什么用黄钟而不用其他的五律或六吕来代指？究其原因，如前所述："黄钟调起，五音以正。"黄钟为定乐律的起调，具有分别声音清浊高下的正音功能，是所有乐律的标准，是"正声"，是"音之本"。而刘勰论文的指导思想是宗法经书之正，主张"执正以驭奇"，"酌奇而不失其贞"，因此，他选用黄钟来代指"律吕"也就毫不奇怪了。再往深一层说，

① 《声律》篇："夫商徵响高，宫羽声下……古之佩玉，左宫右徵，以节其步，声不失序。"

黄钟还喻指诗文声律运用要以雅正为本。"赞曰"的上文推崇《诗经》作者用韵"清切"，批评《楚辞》"讹韵实繁"，指责陆机"衔灵均之余声，失黄钟之正响"，正是基于"雅正"来评骘的。如此看来，刘勰的黄钟之喻"盖有征矣"。

三是以乐器之籥、瑟等喻诗文声韵和谐。刘勰善于用乐器喻声韵和谐。譬如以金（以钟为代表的打击乐器）与石（石磬、玉磬等打击乐器）的配合喻"同声相应"。《原道》篇"和若球锽"，"必金声而玉振"；《附会》篇"然后品藻玄黄，摛振金玉"。又以丝（瑟、琴等弦乐器）与竹（竽、簧等管乐器）的协调喻"异音相从"。《原道》篇"至于林籁结响，调如竽瑟"，《乐府》篇"志感丝簧，气变金竹"，《总术》篇"视之则锦绘，听之则丝簧"。在本篇中则以籥、瑟分别比喻"和"的不同层次："若夫宫商大和，譬诸吹籥；翻回取均，颇似调瑟。瑟资移柱，故有时而乖贰；籥含定管，故无往而不壹。陈思、潘岳，吹籥之调也；陆机、左思，瑟柱之和也。"刘勰巧用"吹籥"与"调瑟"之别，区分自然之和与人工之和。

五、结语

声律是《情采》篇中"采"的内容之一。《声律》篇与《情采》篇关系密切。六朝时期的诗文写作，讲究辞采。辞采主要包括声律、辞藻、对偶、用典等。由于音韵学发展、骈文盛行以及审美自觉等原因，声律之采往往是写作者斟酌辞采时首先要考虑的。故《文心雕龙》下篇"剖情析采"之所析的第一个"采"是声律。《声律》篇自然列在《章句》《丽辞》《比兴》《夸饰》《事类》等诸篇之前。尽管今天的汉语写作与六朝时期相比，发生了很大的变化，但所用的写作媒介（书面语言）没有变——依然是汉字。既然用汉字写作，就要注意声律，讲求汉语的音韵美。从这个意义上说，《声律》篇具有重要的现代价值。当今汉语写作存在"粗鄙化""恶性西化"

等种种不良现象，笔者以为正末归本、提升汉语写作审美品位已刻不容缓。而刘勰在《声律》篇中提出的重和谐、尚吟咏、崇雅正的观点，无疑可为今天的汉语写作指点迷津。

值得注意的是，《声律》篇为日本僧人遍照金刚的《文镜秘府论·天卷》所借鉴，用以指导日本人的汉语诗文写作。如：他在《调四声谱》中谈到双声："亦当行下四字配上四字，即为双声。"在《七种韵》中又说到叠韵："二，叠韵者。诗云：'看河水漠沥，望野草苍黄。露停君子树，霜宿女姓姜。'（卢盛江注：此处的"姓"是"生"字之假借）此为美矣。"在《四声论》中他直接引用《声律》篇的文字："又吴人刘勰著《雕龙》篇云：'音有飞沉，响有双叠。双声隔字而每舛，叠韵离句其必睽；沈则响发如断，飞则声飏不还，并鹿庐交往，逆鳞相比。迕其际会，则往蹇来替，其为疾病，亦文家之吃也。'又云：'声画妍蚩，寄在吟咏，滋味流于字句，风力穷于和韵。异音相从谓之和，同声相应谓之韵。韵气一定，则余声易遣；和体抑扬，故遗响难契矣。'此论，理到优华，控引弘博，计其幽趣，无以间然。"[①] 足见《声律》篇在唐代时已走出国门，远播东瀛，不可轻忽也。

本文先于2017年7月在内蒙古师范大学主办的"中国《文心雕龙》学会第十四次年会"上宣读，后刊于《关东学刊》2017年第10期。

① 〔日〕遍照金刚撰，卢盛江校考：《文镜秘府论汇校汇考》，北京：中华书局，2006年，第64页、第188页、第256—257页。

独标兴体：《文心雕龙·比兴》篇释读

一、引言

《诗》文弘奥，包韫风、赋、比、兴、雅、颂之六义。刘勰视“赋”为“体”，故置“赋”于文体论（文笔论），曰《铨赋》；视“比兴”为“用”，故置“比”“兴”于文术论（情采论），曰《比兴》。[①]《比兴》篇是全面、系统阐述比兴的专论。该篇阐明了比、兴两种写作手法的区别与特点，并结合《诗经》《离骚》及两汉、魏晋的作品评析比、兴的运用，肯定“兴之托喻”“讽兼比兴”的《诗》《骚》写作，批评辞赋写作因“辞人夸毗，讽刺道丧”而导致“兴义销亡”，倡导“触物圆览”的“诗人比兴”。

二、独标兴体：风通而赋同，比显而兴隐

《比兴》篇第一段有云：“毛公述《传》，独标兴体。岂不以风通而赋同，比显而兴隐哉？”[②]这里说的“毛公述《传》，独标兴体”是指西汉毛亨作《毛诗诂训传》，只标出“兴”的体例。《毛传》“独标兴体”，是与孔子的诗兴观有内在联系的。孔子认为“兴于诗”“诗可以兴”，是从学（读）诗以修身的角度来谈的，其目的在于“用诗”。正是着眼于这一点，孔子告诫伯鱼“不学《诗》，无以言”；又对学生说：“诵《诗》三百，授之以政，不达；使之于四方，不能专对。虽多，亦奚以为？”孔子的诗兴观可一言以蔽之：学（读）《诗》修身，以致政事、外交之用。《毛传》则承袭孔子诗兴观而

---

① 参见拙文《〈文心雕龙·铨赋〉篇探微》，本书第71—74页。

② 黄维樑、万奇编撰：《爱读式文心雕龙精选读本》，第99页。

来，独标兴体，揭示草木鸟兽鱼虫等自然之物所隐含的伦理、政教寓意，[1]以达到“发注而后见”的阐释目标，也是着眼于阅读角度（或者说，秉持“阅读本位”观）。不过，就《比兴》全篇来看，刘勰论“比兴”是着眼于诗赋写作，与《毛传》读诗的角度并不相同，可他为什么开头就谈《毛传》呢？一则《毛传》是第一个以“兴”解《诗》的注本。刘勰在《序志》篇中批评桓谭、刘祯、应贞、陆云四人“并未能振叶以寻根，观澜而索源”，言外之意，其《文心雕龙》是要寻根索源的。因此，《文心》之文原论（枢纽论）本乎道，师乎圣，体乎经；文体论（文笔论）则“原始以表末”（以《铨赋》篇为例，首段引述《毛传》“登高能赋，可为大夫”之句，追溯赋之本原[2]）；文术论（情采论）采用探寻根源的写作策略。就本篇来说，因《毛传》标‘兴’是“认识《诗》‘兴’原初状态的唯一可靠的依据”，[3]故开篇点明“兴”之原始——“毛公述《传》，独标兴体”。其意在表明研讨《诗》“兴”是无法绕不开《毛传》的。二则不满意汉代辞赋“讽刺道丧”“兴义销亡”。[4]在刘勰看来，

---

① 《毛传》标“兴”计有一百一十六处。据有关学者研究，《秦风·无衣》《豳风·鸱鸮》《小雅·鹤鸣》《小雅·斯干》《小雅·车舝》五篇是《毛传》误判为“兴”，其中“《鸱鸮》《鹤鸣》是纯粹的比体诗，其它三首则为赋体”。因此，实际兴体诗是一百一十一篇。魏耕原：《毛公标兴分类普查与取义特征》，《文学遗产》2017年第5期，第15页。

② 笔者以为，刘勰误读了《毛传》的“登高能赋”。他将政事行为的“登高能赋”解释为赋体写作的“登高能够作赋”。参见拙文《〈文心雕龙·铨赋〉篇探微》，本书第74—76页。

③ 刘毓庆：《〈诗〉学之“兴”的还原与背离》，《诗骚论稿》，北京：商务印书馆，2017年，第54页。

④ 黄侃认为：“自汉以来，词人鲜用兴义，固缘诗道下衰，亦由文词之作，趣以喻人，苟览者恍惚难明，则感动之功不显。用比忘兴，势使之然，虽相如、子云，未如之何也。然自昔名篇，亦或兼存比兴，及时世迁贸，而解者只益纷纭，一卷之诗，不胜异说。……当其览古，知兴义之难明，及其自为，亦遂疏兴义而希用，此兴之所以浸微浸灭也。”黄侃：《文心雕龙札记》，第211页。

辞赋写作喜欢“夸毗”，背离了《毛传》所揭示的“称名也小，取类也大”的《诗》“兴”写作传统，结果导致“比体云构”“纷纭杂遝”。有感于此，他试图借《毛传》“独标兴体”来彰显《诗》“兴”之“旧章”，匡正汉赋“习小弃大”的写作风气。

接着刘勰指出《毛传》“独标兴体”的原因是“风通而赋同”与“比显而兴隐”。何谓“风通而赋同”？诸家说法不一。第一种观点认为：“按‘通’谓通于美刺；‘同’谓同为铺陈。”[①]第二种观点认为，“风通”指“《诗经》中的风诗”兼用赋、比、兴手法，即“风”与“赋、比、兴”相通；[②]“赋同”指“赋的表现手法处处相同”，或说“赋是铺叙直陈的手法，彼此都相同”。第三种观点认为，“‘风通’，说的是‘风’与‘比、兴有相通之处’”，“赋同”是“‘赋’与‘风’是相同的”。第四种观点认为，“风通”是“风异”之误，应改“通”为“异”，“风异而赋同”，正与下文“比显而兴隐”相对。第五种观点认为，“风通”是说风、雅、颂分类排列，贯通全书，一目了然，无须标注；“赋同”是说赋之铺陈是相同的，亦容易区分。[③]

第一种观点只说“风”通于美刺，“赋”同为铺陈，并没有指出“风通而赋同”与“独标兴体”的内在联系——为什么“风”通于美刺而“赋”同为铺陈，毛公就“独标兴体”呢？语焉不详。第二种观点说“风通”指兼用赋、比、兴手法，却漏掉了雅、颂二义，有违“《诗》文弘奥，包韫六义”的观点，也没有说清楚“风通而赋同”与“独标兴体”的关系。第三种观点说“风”与“比、兴有相通之处”，“赋”又与“风”相同，所以要“独标兴体”，那将“雅”“颂”置于何地？似乎难以自圆其说。第四种观点改“通”为“异”，以

---

① 杨明照：《文心雕龙校注拾遗补正》，南京：江苏古籍出版社，2001年，第330页。

② 一说“风通”是指“风通六情”（详见范注、《斠诠》）。

③ 万奇、李金秋主编：《〈文心雕龙〉探疑》，第211页。

“异”“同”对“显”“隐”，看似通而工，[①] 然缺少较早版本的依据，不宜采纳此说。[②] 由是观之，上述四种观点虽各有其理，可均与“独标兴体”隔了一层；相较而言，第五种观点圆融而通达。它指出正是因为风、雅、颂分类明晰，赋之铺陈相同而容易区分，毛公才“独标兴体”。这种解释符合本段的语境，颇具合理性。

至于“比显而兴隐”，就字面意思而言似乎不难理解，即比明显而兴隐晦。但对“比显”“兴隐”的具体所指尚需具体阐释。先说“比显”。从“比义”看，“比者，附也”，即“附理”，“切类以指事”，用贴切的类比来说明事物；从“比例（体）”看，比是“写物以附意，飏言以切事”，这两句互文足义，即借助“写物”“飏言”来“附意”“切事”，把“切类以指事”具体化；从“比用”看，比是“蓄愤以斥言”，即某种情志积满于心而指明了说。这里的“愤”，是充满的意思，[③]“乃胸中某种思想情感，欲求抒发而未得之意，并不限于愤怒、愤恨等”。[④]《情采》篇“志思蓄愤”的“愤”宜作此解。这里的“斥”亦非斥责之义，而是指明的意思。[⑤] 因比之所附义理（理、意、事）明确，叙写具体（写物），表达直接（飏言），故曰“比显”。以《诗·卫风·淇奥》为例：“如金如锡，如圭如璧。”其“比义”是喻卫武公美德，“比例（体）”是“如金如锡，如圭如璧”（写物，飏言）→卫武公美德（附意，切事），“比用”是指明卫武公美德像金、锡一样贵重，

① 立斋按：彦和体标比兴而不及风赋者，以风通而赋同也。通作常解当不误。梅本改作异者，以异同对显隐也。皆通。（张立斋：《文心雕龙考异》，北京：国家图书馆出版社，2010 年，第 174 页。）按：张立斋的观点模棱两可。

② 黄侃说：“风通，通字是也。”（黄侃：《文心雕龙札记》，第 212 页。）杨明照也认为：“天启梅本改‘通’为‘异’，非是。”（杨明照：《文心雕龙校注拾遗补正》，第 330 页。）

③《方言》：“愤，盈也。”《广雅》：“盈，满也。”

④ 杨明：《文心雕龙精读》，第 170 页。

⑤ 杨明：《文心雕龙精读》，第 171—172 页。

像圭、璧一样美丽（斥言，指事）。再看“兴隐”。从“兴义”看，“兴者，起也”，即“起情”（起兴引情），“依微以拟议”，用隐微的事物来寄托用意。从“兴体”看，“兴之托谕，婉而成章，称名也小，取类也大”，即兴的寄托讽谕（喻），是用委婉的文辞构成的篇章，所寄托的事物微小，但所蕴含的意义却非常深广。从“兴用”看，与比的“蓄愤以斥言”不同，兴是“环譬以托讽”，即以回环、委婉的比况来寄托讽谕（喻）。也就是说，尽管比与兴均有“喻”，但比喻之“斥言”直接明了，兴喻之“环譬”曲折委婉。因兴之托谕是隐含之情，所托之物隐微（隐），表达委婉（婉），故曰“兴隐”。以《诗·召南·鹊巢》为例：“维鸠居之，之子于归……维鸠方之，之子于归……维鸠盈之，之子于归……”其“兴义”是用尸鸠鸟的专一象征夫人品德。“兴体”是用“维鸠……于归”之婉辞构成篇章，以尸鸠鸟之“小”见夫人品德之“大”。“兴用”是“居之”“安之”“盈之”的“环譬”暗指夫人之德。正因为如此，“毛公述《传》，独标兴体”，也就不难理解了。

三、选例批评：《诗》《骚》讽谕，辞人夸毗

从《文心雕龙》全书来看，刘勰袭用了扬雄的观点，将“诗人”与“辞人”对举。[①]“诗人”是指《诗经》作者，“辞人”是指宋玉、两汉魏晋以来的辞赋作者[②]；而介于二者之间的“骚人”，是指《离骚》的作者屈原。[③]就比、兴的具体应用来说，刘勰把诗人、骚人归为一类，把辞人一分为二：一类是宋玉、枚乘、贾谊、王褒、马融、张衡，

---

① 扬雄《法言·吾子》：“诗人之赋丽以则，辞人之赋丽以淫。”刘勰《文心雕龙·情采》：“昔诗人什篇，为情而造文；辞人赋颂，为文而造情。”《文心雕龙·物色》：“所谓诗人丽则而约言，辞人丽淫而繁句也。”

② 参见拙文《〈文心雕龙·铨赋〉篇探微》，本书第78页。

③《文心雕龙·辨骚》：“奇文郁起，其《离骚》哉！固已轩翥诗人之后，奋飞辞家之前，岂去圣之未远，而楚人之多才乎！”

一类是扬雄、班固、曹植、刘祯至潘岳、张翰。

第一类是刘勰所推重的诗人、骚人之比兴。先看诗人之比[1]：

> 故“金锡”以喻明德，“珪璋”以譬秀民，“螟蛉”以类教诲，“蜩螗”以写号呼，“浣衣”以拟心忧，“卷席”以方志固：凡斯切象，皆“比”义也。至如“麻衣如雪”“两骖如舞”，若斯之类，皆“比”类者也。

从“‘金锡’以喻明德”至“‘卷席’以方志固”，分别出自《诗经》中的《卫风·淇奥》《大雅·卷阿》《小雅·小宛》《大雅·荡》《邶风·柏舟》五篇作品，诗人以金锡、珪璋、螟蛉、蜩螗、浣衣、席卷（写物），分喻明德、秀民、教诲、号呼、心忧、志固（附意），且兼有美、戒、刺之讽谕（喻）功能：《淇奥》赞美卫武公之德，《卷阿》戒周成王以求吉士，《小宛》刺周幽王，《荡》伤周室大坏，《邶风·柏舟》言仁而不遇。“麻衣如雪”出自《曹风·蜉蝣》，“两骖如舞”出自《郑风·大叔于田》，“麻衣”“两骖”皆为比兼讽：一刺奢，一刺庄公。再看骚人之比。屈原“忠烈”，“依《诗》制《骚》，讽兼比兴”，《辨骚》篇则有具体描述：

> 故其陈尧舜之耿介，称禹汤之祗敬，典诰之体也。讥桀纣之猖披，伤羿浇之颠陨，规讽之旨也。虬龙以喻君子，云霓以譬谗邪，比兴之义也。每一顾而掩涕，叹君门之九重，忠怨之词也。观兹四事，同乎《风》《雅》者也。

---

[1] 游志诚指出：“《比兴篇》因为只有‘兴’笔定义，缺乏兴笔例证补说，遂导致‘兴’的技巧晦昧不明。”游志诚：《〈文心雕龙〉五十篇细读》，第356页。

这里刘勰用四个排句（排对）说明《楚辞》与《诗经》的“四同”，其中“称”“讥”“伤”“忠怨”皆属于讽，亦即《明诗》篇所谓“逮楚国讽怨，则《离骚》为刺”；“虬龙以喻君子，云霓以譬谗邪”则为比兴，佐证了本篇“依《诗》制《骚》，讽兼比兴”的理论判断。在刘勰看来，诗人、骚人的比兴之所以用得好，是因为他们不是简单的类比，而是包含了美（称）、戒、刺、伤等讽谕（喻），即所谓“称名也小，取类也大”。遗憾的是，刘勰详于说比而略于论兴，是《比兴》篇的不足。[①]

第二类是“文谢于周人”的宋玉、枚乘、贾谊、王褒、马融、张衡六家之比。此六家辞赋“取类不常”：

> 宋玉《高唐》云：“纤条悲鸣，声似竽籁。”此比声之类也。枚乘《菟园》云：“焱焱纷纷，若尘埃之间白云。”此则比貌之类也。贾生《鹏赋》云：“祸之与福，何异纠纆？”此以物比理者也。王褒《洞箫》云：“优柔温润”，“如慈父之畜子也”。此以声比心者也。马融《长笛》云：“繁缛络绎，范、蔡之说也。”此以响比辩者也。张衡《南都》云：“起郑舞辩”，“茧抽绪”。此以容比物者也。

六家之比各有所喻，然“纷纭杂遝，倍旧章矣”。其弊在于“日用乎比，月忘乎兴”，“习小而弃大”，丧失了讽喻的《诗》《骚》传统，从而导致“兴义销亡”，故其“文谢于周人”也。刘勰虽认为辞赋“谢于周人”，但却并不否定辞赋本身。他在《铨赋》篇指出，经宋玉等人的努力，赋摆脱了“六义附庸”的地位，“蔚成大国”；枚乘《菟园赋》“举要以会新”；贾谊《鹏鸟赋》“致辨于情衷”；

① 李安民旁批：“彦和于兴字尚少理会，故其言甚略。”黄霖编著：《文心雕龙汇评》，第121页。

王褒《洞箫赋》“穷变于声貌”。在《才略》篇中又说：“马融鸿儒，思洽登高，吐纳经范，华实相扶……张衡通赡，蔡邕精雅；文史彬彬，隔世相望……”可见，刘勰是充分肯定辞赋的。而令他不满的是辞赋写作中的“过度修辞”。《铨赋》篇“宋发夸谈，实始淫丽”，指出宋玉是“淫丽”的始作俑者；《情采》篇“为文者淫丽而烦滥”和《夸饰》篇“相如凭风，诡滥愈盛”，批评辞赋文辞“烦滥”和夸饰“诡滥”；《通变》篇“楚汉侈而艳”和《宗经》篇“楚艳汉侈，流弊不还”，不满辞赋“艳”“侈”及其负面影响。更何况辞赋“非特兴义销亡，即比体亦与三百篇中之比有差别。大抵是赋中之比，循声逐影，拟诸形容而已，无如《鹤鸣》之陈诲，《鸱鸮》之讽谕也”[①]。如此看来，辞赋“兴义销亡”，比又“循声逐影，拟诸形容”，其“文谢于周人”也就毫不奇怪了。

第三类是“图状”“影写”的扬雄、班固、曹植、刘祯至潘岳、张翰之比。刘勰在本篇指出：

> 至于扬、班之伦，曹、刘以下，图状山川，影写云物，莫不织综“比”义，以敷其华：惊听回视，资此效绩。又安仁《萤赋》云“流金在沙”；季鹰《杂诗》云“青条若总翠”，皆其义者也。故“比”类虽繁，以切至为贵；若刻鹄类鹜，则无所取焉。

尽管刘勰指责辞人弃兴用比，但面对“喻于声”“方于貌”“拟于心”“譬于事”“以物比理”“以声比心”“以响比辩”“以容比物”等繁多的“比类”，并没有视而不见。他看到比具有“惊听回视”的审美效果，并结合潘岳《萤火赋》“流金在沙”、张翰《杂诗》“青条若总翠”二喻，说明“比类虽繁，以切至为贵”，即以贴切吻合

① 黄叔琳语。黄霖编著：《文心雕龙汇评》，第121—122页。

为最佳，力避“刻鹄类鹜”之“不切”。

从刘勰对诗人、骚人、辞人运用比兴的评析可以看出，他一方面祖述汉儒重讽喻的经学比兴观，一方面也能认识到辞赋用比的文学审美价值。刘勰这种亦此（经学）亦彼（文学）的比兴观是其“擘肌分理，唯务折衷”的具体应用，值得玩味。

“赞曰”说“诗人比兴”，旨在强调《诗经》作者运用比兴具有不可替代的典范意义。在刘勰眼里，“诗人”居首位，“骚人”次之，“辞人”居末。后代作者入门，欲取法乎上，非“诗人”莫属，故曰“诗人比兴”。“触物圆览”，是指“诗人”观察事物全面、周密。“圆览”是“诗人”巧用比、兴的前提和枢纽。这一点尤为重要。[①] 刘勰认为，无论是明体研术，还是披文入情，皆须做到“圆”。“《雅》《颂》圆备”（《明诗》）、“事圆而音泽”（《杂文》）、“辞贯圆通”（《封禅》）、“义贵圆通”（《论说》）、“思转自圆”（《体性》）、“势若转圆”（《声律》）、“理圆事密”（《丽辞》）、“首尾圆合”（《镕裁》）、“圆鉴区域”（《总术》）、“圆照之象”（《知音》），均表示正面肯定；而“鲜能通圆”（《明诗》）、“骨采未圆”（《风骨》）、“虑动难圆”（《指瑕》）、“人莫圆该”（《知音》）等则表示负面否定。就比、兴来说，唯有“圆览”，才能使“物虽胡越，合则肝胆”，进而“拟容取心”（物以貌求，心以理应）[②]“断辞必敢”（刻镂声律，萌芽比兴），进而在“攒杂歌咏”中呈现“如

① 研究者大多谈“拟容取心”，而忽略了“触物圆览”。唯钱锺书狂赏此句：“刘勰《文心雕龙·比兴篇》论诗人‘触物圆览’，那个‘圆’字，体会得精当无比。人化文评是‘圆览’……”钱锺书：《中国固有文学批评的一个特点》，《写在人生边上　人生边上的边上　石语》，北京：生活·读书·新知三联书店，2002年，第125页。

② 詹福瑞指出：“拟容取心”所讲的正是比、兴中心与物统一的问题。“容”指物象。“心”指作者的思想感情或用心。“拟容取心”就是描写物象来表现作者的思想感情或用心。“拟容取心”实即《神思》篇“物以貌求，心以理应”之意。詹福瑞：《中古文学理论范畴》，保定：河北大学出版社，1997年，第139页。

川之涣”的意象之美。

四、《比兴》篇的历史地位与现代意义：承汉启宋，义兼讽喻

自《周礼·春官》称“六诗”以来，“比兴”一直是学界的热议话题。在六朝之前，汉儒从经学角度诠释“比兴”：“比，见今之失，不敢斥言，取比类以言之；兴，见今之美，嫌于媚谀，取善事以喻劝之。”[①]在六朝时期，有挚虞、刘勰、锺嵘等文论家结合诗文写作讨论“比兴”。（挚、锺二人的比兴论见下文）在六朝之后，唐宋学者“参酌汉儒（经学的）与六朝人（文学的）的认识”[②]，从情与物之间的关系重释“比兴”：“索物以托情，谓之比；触物以起情，谓之兴。”[③]而六朝是比兴论发展的关键时期。就挚、刘、锺三家而言，挚虞《文章流别论》说“比者，喻类之言也。兴者，有感之辞也”，释义大体正确，然失之粗陋；锺嵘《诗品序》说“文已尽而意有余，兴也；因物喻志，比也……”，较之挚虞的概括具体，且对“兴”的界定颇具见识，但二者均不及《比兴》篇系统、完整。挚、锺仅就诗文写作释比兴，未及汉儒比兴观。刘勰则兼综经学比兴观和文学比兴论，上承汉儒，下启唐宋，其地位之重要是不言而喻的。

今有学者以明喻（simile）、暗（隐）喻（metaphor）分释《比兴》篇的比、兴，似值得商榷。就比而言，明、暗（隐）皆有，兴则绝非暗（隐）喻所能涵盖的。还有学人以象征（symbol）释兴，就形式而言，二者相似（相近）之处较多：称小而取大，事近而喻远。

---

① 见郑玄《周礼·春官·大师》注。

② 刘毓庆：《〈诗〉学之“兴”的还原与背离》，《诗骚论稿》，第45页。

③ 李仲蒙语。见胡寅《斐然集·与李叔易书》引。

但兴之托谕往往与伦理、政教的“讽”相关，这是与象征的不同。[①]

在现代写作中，比兴依然发挥其应有的作用。今人钱锺书是善用比兴的大家。其小说、散文随笔、学术论文多有“斥言”“托讽”的新奇妙语，令人叫绝。兹举三例：

> 1.学国文的人出洋“深造”，听来有些滑稽。事实上，惟有学中国文学的人非到外国留学不可。因为一切其他科目像数学、物理、哲学、心理、经济、法律等等都是从外国灌输进来的，早已洋气扑鼻；只有国文是国货土产，还需要外国招牌，方可维持地位，正好像中国官吏、商人在本国剥削来的钱要换外汇，才能保持国币的原来价值。[②]
>
> 2.说来也奇，偏是把文学当作职业的人，文盲的程度似乎愈加厉害。好多文学研究者，对于诗文的美丑高低，竟毫无欣赏和鉴别。但是，我们只要放大眼界，就知道不值得少见多怪。看文学书而不懂鉴赏，恰等于帝皇时代，看守后宫，成日价在女人堆里厮混的偏偏是个太监，虽有机会，确无能力！[③]
>
> 3.我是日语的文盲，面对着贵国“汉学”或“支那学”的丰富宝库，就像一个既不懂号码锁、又没有开撬工具的穷光棍，瞧着大保险箱，只好眼睁睁地发愣。[④]

---

① 游志诚指出：“其实，严格讲，西论并无完全合适‘兴’意的文学术语。按照朱自清《诗言志辨》对‘比兴’一词的详考，兴笔往往出现在一首诗的开头，确实有起端、发起之作用，但这不是兴笔的唯一技巧与内容。再者兴笔有‘明喻’，也有‘隐喻’，凡是譬喻技巧，都会有‘言外之意’，不只是文词表面字义的比喻而已，这种中土‘兴’笔的多方面因素，不能单纯地比附成西论的‘隐喻技巧’。”游志诚：《〈文心雕龙〉五十篇细读》，第355页。

② 钱锺书：《围城》，北京：人民文学出版社，1991年，第9页。

③ 钱锺书：《释文盲》，《写在人生边上　人生边上的边上　石语》，第48页。

④ 钱锺书：《诗可以怨》，《七缀集》，上海：上海古籍出版社，1994年，第119页。

例 1 指出“学国文的人出洋‘深造’，听起来有些滑稽”，实际上他们是为了靠“外国招牌”维持地位，并以中国官吏、商人“换外汇”来“保持国币的原来价值”做类比，一语中的，说明学国文的人留洋动机不纯以及崇洋的心理。风趣而幽默，耐人寻味。如今各高校招揽人才，“海归”是引进的重点，还有高校规定，欲晋升教授者，须有一年的留洋经历。再读这段比兼讽喻文字，不得不佩服钱先生睿智的目光。例 2 明言“把文学当作职业的人，文盲的程度似乎愈加厉害”，令人生疑。原来这里的“文盲”特指“对于诗文的美丑高低，竟毫无欣赏和鉴别”的“文学研究者”。钱锺书说，这些研究者就像“看守后宫”的太监，“成日价在女人堆里厮混”，有机会却无能力。此喻贵在“切至”，妙趣横生，且发人深思。就今天而言，这种不懂文学鉴赏的“文盲”还少吗？吴调公著《古典文论与审美鉴赏》，倡导文论研究要和文学的审美鉴赏结合起来，也是有感于此。例 3 以“不懂号码锁、又没有开撬工具”的穷光蛋自喻“我是日语的文盲”，幽默而自谦，表示对日本“汉学”或“支那学”的尊重。

从钱锺书的比兴运用可以看出，比与兴是很难分开的。三例之比含有兴义，亦多兼讽喻功能。然与“诗人比兴”兼伦理、政教讽喻不同，钱氏比兴多兼社会、生活讽喻，此当仔细辨析。如此说来，《比兴》篇仍具有不可忽视的现代意义。

五、余论

正如有学者所指出的那样，刘勰从修辞手法（或写作手法）论比兴是有局限的。也就是说，比兴不仅仅是一种“术”。这种观点有一定的道理。就拿“兴”来说，在作者与外物之间，它表现为“应物斯感”“睹物兴情”的“感兴”；在写作过程中，它表现为“依微以拟议”“环譬托讽”的“兴喻”；在本文呈现中，它表现为因兴取象，含蓄蕴藉的“兴象”，在读者与文本之间，它表现为“言有尽而意无穷”的“兴趣”。即：

> 物我之“感兴”——→写作之“兴喻”——→文本之“兴象”——→鉴赏之“兴趣”。

“兴”由写作之“术”发展为具有丰富内涵的本体性范畴，更切近诗歌的本质。不过，这已超出本文的论述范围。有关比兴的深入探讨，可参见童庆炳、刘毓庆、叶嘉莹、颜崑阳等名家的著述。[①]

本文刊于《语言文学》第一辑（凤凰出版社，2022 年）。

① 童庆炳：《〈文心雕龙〉“比显兴隐”说》，《陕西师范大学学报》2004 年第 6 期。刘毓庆：《〈诗〉学之“兴”的还原与背离》，《文学评论》2008 年第 4 期。叶嘉莹：《迦陵论诗丛稿》，北京：北京大学出版社，2008 年。颜崑阳：《诗比兴系论》，新北：联经出版事业股份有限公司，2017 年。

务先博观：《文心雕龙·知音》篇的启示

《知音》篇是《文心雕龙》的重要篇章之一。据有关学者统计，从1962年至2005年，研究《知音》篇的论文，中国大陆地区一百四十篇，港台地区十六篇。[①] 这些篇章虽不乏精辟的见解，但主要是把它作为“文学批评”或“文学鉴赏”专论来研究的，在某种程度上“游离”了《知音》篇“教人如何成为作者的知音”的篇旨。而论述《知音》篇与中学语文阅读教学关系的，笔者仅见到台湾学者王更生的《文心雕龙新论》第十二章《文心雕龙在国文教学上的适应性》谈到。[②] 因此，从“阅读”的本位视角来研讨《文心雕龙·知音》篇，将“澄明”被“文学批评”和“文学鉴赏”所“遮蔽”的阅读理论，使之服务于今天的中学语文阅读教学，以达到提高中学生阅读能力的目的。

一、《知音》篇的性质

《文心雕龙·知音》篇的性质，历来说法不一。归纳起来，大体有三种代表性的观点：一曰“鉴赏论”。周振甫指出：“《知音》是讲鉴赏的，是鉴赏论。”刘文忠也持同样的观点：“《知音》篇就其主导倾向来说，是偏重于鉴赏的，因此，我比较同意《知音》篇是鉴赏论的看法。”[③] 二曰“批评论”。缪俊杰认为：“整部《文心雕龙》都贯串着他对文学批评的见解和对作家作品的评论，但比

---

① 戚良德：《文心雕龙学分类索引》，上海：上海古籍出版社，2005年，第333—345页、第537—541页。

② 王更生：《文心雕龙新论》，台北：文史哲出版社，1991年，第275—277页。

③ 周振甫主编：《文心雕龙辞典》，第574页。

较集中谈到文学批评的专篇有《知音》。”[①] 三曰“鉴赏—批评论”。王运熙在《〈知音〉题解》中明确指出:“本篇论述文学鉴赏和批评。”[②] 詹锳也认为:“《知音》篇是专门讲文学鉴赏和批评的。”[③]

三种观点尽管不同，可思路是相同的：都是用今天的文学理论概念来“套”《知音》篇。要知道齐梁时代的刘勰是不可能想到今人所谓的“批评”“鉴赏”等各种专论。假如他脑子里有“××论”，恐怕也写不出“笼罩群言”的《文心雕龙》。由此观之，三种观点的不足是“以今律古”，把《知音》篇“现代化”。而这种“用自己的理论武器把《文心雕龙》这个有机整体肢解得七零八落，搞成几大块几大条”做法，“都是远离了《文心雕龙》的根柢”。[④] 事实上，正确的做法是：研究者对“古人之学说”“应具了解之同情”，[⑤] 进行古今之间的“对话”，考察他“说了什么”“怎么说的”和“为什么这样说”。即觇文见心的“居今探古”，不是张冠李戴的“以今律古”，更不是高高在上的“居今责古”。正是基于这样的思考，笔者试图重新研读《知音》篇，以探求刘勰的“为文之用心”。

《知音》篇是《文心雕龙》第四十八篇，从刘勰所用的题目看，是以俞伯牙和钟子期的故事作比，表明读者应当成为作者的“知音”。刘勰认为，读者和听者相似，后者是通过听乐曲来“解读”演奏者的“乐心”；前者是通过读文章来“追寻”作者的“文心”。而读者要读“懂”文章，才能称得上作者的“知音”。这种阅读是“譬目之照形”的“心之照理”，是“觇文辄见其心”的推己（读者）

① 周振甫主编：《文心雕龙辞典》，第 604—607 页。

② 王运熙，周锋：《文心雕龙注译》，第 438—447 页。

③ 詹锳：《文心雕龙义证》（下），第 1836 页。

④ 吴调公:《〈文心雕龙〉系统观序》，石家宜:《〈文心雕龙〉系统观》，第 1 页。

⑤ 陈寅恪:《冯友兰〈中国哲学史〉上册审查报告》，《金明馆丛稿二编》，北京：生活·读书·新知三联书店，第 279 页。

及人（作者），不是以个人爱好为中心的“主观鉴赏”，不是某种批评理念和批评方法的“演绎”。因之，《知音》不是“鉴赏论”，也不是“批评论”，更不是“鉴赏—批评论”，而是一篇“教人如何成为作者知音”的阅读指导。

《知音》篇的结构和内容也证明了这一点。全篇围绕“知音”展开：第一段指出由于人们“贵古贱今”“崇己抑人”“信伪迷真”，导致“知实难逢”；之后又以“楚人以雉为凤”“魏民以夜光为怪石”“宋客以燕砾为宝珠”说明形器容易验明，还发生这样的错误，何况“文情难鉴”，优劣就更不好辨别了。第二段批评“知多偏好”的主观鉴赏态度，认为这种做法是“各执一隅之解，欲拟万端之变”，“‘东向而望，不见西墙’也”。进而提出“务先博观”“无私于轻重，不偏于憎爱”的全面观点。第三段是全篇的重点，先阐述阅读的视点——六观（位体、置辞、通变、奇正、事义、宫商），后指出阅读的过程：披文⟶见异⟶玩绎。段尾指出，读者注意这些问题，就能成为真正的知音。不难看出，《知音》篇的要义在于教人如何读懂文章，做一个“深识鉴奥”的“知音君子”。它是一篇阅读指导，而不是今天文学理论意义上的“批评论”“鉴赏论”。

需要说明的是，刘勰讲的“文”是广义之文，包括有韵之文和无韵之笔，不是专指今天所谓的“文学”。或许如有的学者所指出的那样，他虽然主要着眼于诗赋等文学体裁立论，但毕竟还涉及了史传、诸子、论说、诏策、檄移、封禅、章表、奏启、议对等许多非文学体裁。故此，刘勰所“披”之“文”应该是包含文学和非文学的广义文章。此外，《知音》篇主张的“博观”“六观”是《序志》篇中“弥纶群言”之“唯务折衷”的延伸，是《论说》篇所推崇的“义贵圆通”的具体体现，符合刘勰提倡的“平理若衡，照辞如镜”理论主张。

二、《知音》篇对中学语文阅读教学的启示

刘勰以“知音”为核心的阅读理论，对中学语文阅读教学具有重要的意义。其要有四：

（一）确立“务先博观”的阅读原则

文章众多，有的偏于质朴，有的偏于华丽，而读者又有各自的偏爱，且都“各执一隅之解”，结果“人莫圆该”——没有人能全面完备地解读文章，在认识上产生“东向而望，不见西墙”的片面性。对此，刘勰提出“圆照之象，务先博观”的阅读原则。“博观”即广泛的阅读。在他看来，阅读与听乐、观剑的道理是相通的，“凡操千曲而后晓声，观千剑而后识器”。读者只有阅读面广，积累丰富的阅读经验，才能提高文章的鉴别力，进而“圆照”文章。反之，阅读面窄，对文章的认识就会受到局限，怎么可能“深识鉴奥”？接着刘勰指出了怎样“博观”：“阅乔岳以形培塿，酌沧波以喻畎浍。”这里的“乔岳”“沧波”是喻指优秀的文章，“培塿”“畎浍”是喻指平庸的文章。刘勰认为，读者应该先观“乔岳”“沧波”，培养较高的鉴别能力，然后再看“培塿”“畎浍”，就能区分妍蚩，辨别优劣。与之相反，如果读者仅仅博观“培塿”“畎浍”，鉴别力不但无法提高，反而下降。久而久之，心态也随之“低俗化”，遇到“乔岳”“沧波”，也不能见其美，甚至“发生拒斥的作用”。[①]刘勰指出“博观”的要点，具有重要的现实指导意义。中学生一般是12至19岁的“才童”，精力充沛，思维活跃，乐于接受新事物；但分辨力相对较弱，容易为世俗、流行的东西所迷惑。针对他们的特点，教师有意识地引导就显得非常重要。笔者认为，教师要指导“才童”“阅乔岳”“酌沧波”，而“乔岳”“沧波”就是享誉中外的

① 徐复观：《中国文学精神》，上海：上海书店出版社，2004年，第189—195页。

经典。因为这些文章经受了不同的时代、不同的国家、不同的地区、不同的民族的“阅读考验”，历久而弥新，具有典范作用。“才童”如能进入“经典世界”，无疑找到了“精神的家园”。在经典的熏陶、习染下，他们的鉴别能力则不断提升，就不会被“培塿”“畎浍”的东西所迷惑。

刘勰还指出，读者的阅读态度应该是“无私”“不偏”的。其实只要做到了“博观”——“阅乔岳”“酌沧波”，就会生成“无私于轻重，不偏于爱憎”的态度，“然后能平理若衡，照辞如镜”。刘勰“务先博观”的阅读原则是“扼要之论，探出知音之本”[①]。

（二）阐明“先标六观”的阅读视点

为了避免读者“各执一隅之解”的片面性，使之能对文章“圆照”，刘勰进一步从操作角度提出了“六观说”。他指出，考察文章的文辞和情志，先从六个方面入手：“一观位体，二观置辞，三观通变，四观奇正，五观事义，六观宫商。”

“观位体”指考察《镕裁》篇讲的“设情以位体”，看作者是不是明确所选体裁的体制规格要求。如《明诗》篇有云，四言诗“则雅润为本”，五言诗“则清丽居宗”。就是说，“雅润”“清丽”分别是四言诗、五言诗的体制规格要求。刘勰以“雅润”“清丽”为标准，指出“平子得其雅，叔夜含其润，茂先凝其清，景阳振其丽。兼善则子建、仲宣，偏美则太冲、公幹”。这就是“观位体”。

“观置辞”指考察《丽辞》《比兴》《夸饰》《练字》等篇讲的造句用字问题，看文章的语言运用如何。丽辞是否精巧、允当，有异采奇气；比兴是否“触物圆览”，“拟容取心”；夸饰是否“夸而有节，饰而不诬”；练字是否“参伍单复，磊落如珠”。

“观通变”指考察《通变》篇讲的“参古定法，望今制奇”，

① 纪昀语。黄霖编著：《文心雕龙汇评》，第158页。

看作者撰写的文章在前人的基础上能否有所变化、发展：是否遵循“参伍因革”的通变原则，摆脱“竞今疏古”的讹滥之风；是否“规略文统，宜宏大体”；是否“博览以精阅，总纲纪而摄契”；是否“拓衢路，置关键，长辔远驭，从容按节”；是否“凭情以会通，负气以适变”。

“观奇正”指考察《定势》篇讲的奇正，看作者怎样处理新奇和雅正的关系：是否“循体而成势，随变而立功”；是否能像“五色之锦”“以本采为地”；是否能避免“逐奇而失正”“失体成怪”；是否能“以意新得巧”“执正以驭奇”。

“观事义”指考察《事类》篇讲的“据事以类义”，看文章的用典是否恰当：是否“明理引乎成辞，征义举乎人事”；是否能“事得其要，虽小成绩”；是否存在“微言美事，置于闲散”的错位之弊或“引事乖谬”的“不精之患”；是否能“用旧合机，不啻自其口出”。

“观宫商”指考察《声律》篇讲的音律声气，看文章的声律调配得是否得当：飞与沉的运用是否如“辘轳交往，逆鳞相比”；双声是否不隔字，叠韵是否不离句；是否做到“异音相从”，“同声相应”；是否“左碍而右寻，末滞而讨前”；是否具有“玲玲如振玉”，“累累如贯珠”的审美效果。

由是观之，刘勰的“六观说”是指导读者如何成为“内行”，看出“门道”，对中学语文阅读教学至少有四点启示：第一，强调“观位体”，以培养学生的“文体感”。阅读对写作具有重要的促进作用。通过阅读来形成学生的文体感，将有助于他们写出“合格”的文章。因此，阅读教学应把“观位体”放在第一位。正是在这个意义上，刘勰指出“才童学文，宜正体制”，“童子雕琢，必先雅制”。第二，指导学生重视“观置辞”和“观声律”，以体会语言运用之妙。学生在写作中常感到“有话说不出来”或“说得不够漂亮”。有效的办法是指导他们阅读典范文章，看看人家是怎样遣词造句，调配声律，用心揣摩，然后借鉴、化用。第三，要求学生考察文章如何用典，学会“援古以证今”。用典与作者的学养深浅有关，恰当地用典能提高文章的表达效果。这是比较高的要求。第四，引导学生进行古今范文对比，识通变、辨奇正。这种比较，既可以提升学生的文章辨别能力，又可以使之学习古今作者是如何传承和创新的。后两点知易行难，教师要注意引之导之，循序渐进。

（三）揭示“披文”—“见异”—“玩绎”的阅读过程

在介绍“六观”之后，刘勰描述了读者成为“知音”的过程：

1.“披文”的感性阅读（感读）

“披文”是阅读的初级阶段，是“感性阅读”（感读），即感受文本形式，获得对文章的初步印象。刘勰认为，尽管“世远莫见其面”，“文情难鉴”，但观察文章还是能了解作者的内心世界。弹琴者志在山水，琴声能表其情，更何况作者将心思形之笔端，其中的情理怎么能隐藏？因而，与“缀文者情动而辞发”相反，“观文者披文以入情，沿波讨源”。宇文所安认为：“这是中国传统文论关于规范的阅读过程的一个最清晰的表述。按照这种说法，阅读文本的过程与生产文本的过程正好相反，它的最终目的是‘知’作家之心。”[①] 宇文所言可谓深得刘勰的“文心”。

2.“见异”的知性阅读（知读）

“见异”是阅读的中级阶段，它是“知性阅读”（知读），即读者在“披文”的基础上“读”出作者的与众不同之处（“照理”），“虽幽必显”。在刘勰看来，读者只要心思敏慧，用“心灵之眼”去洞照，

① 〔美〕宇文所安：《中国文论：英译与评论》，王柏华、陶庆梅译，上海：上海社会科学院出版社，2003年，第304页。

文章的情理就无不明白。而“俗鉴之迷者”不接受深刻的文章而赞赏浅薄之作，是因为他们“识见之自浅”，识见浅陋，就无法理解高雅文章的精妙之处，更无法理解才士的为文用心。“此庄周所以笑《折柳》，宋玉所以伤《白雪》也。”

3.“玩绎”的审美阅读（悦读）

“玩绎”是阅读的高级阶段，是在“见异”的基础上进一步品味、赏玩。对此刘勰作了生动的描绘：

> 夫唯深识鉴奥（即“知之”——引者注），必欢然内怿，譬春台之熙众人，乐饵之止过客。盖闻兰为国香，服媚弥芬；书亦国华，玩绎方美。

“必欢然内怿，譬春台之熙众人，乐饵之止过客”是说读者爱好它，对它产生感情，达到“好之”的地步；“盖闻兰为国香，服媚弥芬；书亦国华，玩绎方美”是指读者由“好之”上升为“乐之”——他已不是恋慕它，欣赏它，而是与文章融为一体（“服媚弥芬”），与作者的心灵相交融，真正做到了“知音”。

披文（知之）——→见异（知之）——→玩绎（好之——→乐之）

刘勰对阅读过程的描述，对中学语文阅读教学很有启发。其一，重视培养学生的“文本细读”能力。“文本细读”是指读者从“文本形式”入手去探寻意义。读一首近体诗，宜从诗的格律形式（五律或七律）入手；读一篇散文，宜从散文的文体样式（叙事、抒情或明理）研阅；读一篇小说，宜从小说的文体范型（故事情节型、心理分析型或象征寓意型）切入。即先看文章“怎么说的”（披文），后看它“说了什么”（入情）。长期以来，中学语文阅读教学偏重于从外部（时代背景、作者生平等）考察文章（这当然也是必要的），甚至对某些名作进行牵强附会地“泛政治化”解读，忽视了对它的内部（文本形式）的研究，这不能不说是一个缺憾。培养学生的“文本细读”能力刻不容缓。其二，提高学生的“见异”能力。提高“见异”能力，归根结底是“博观”。只有“操千曲”“观千剑”，“阅乔岳”“酌沧波”，学生才能“晓声”“识器”，“形培塿”“喻畎浍”，分辨出《白雪》的高雅与《折杨》的低俗，不为“时流”所迷惑；才能准确把握文章的特点——尤其是阅读题材（或文体）相同的文章，能同中见异，不为它们“题（或体）同”所遮蔽。其三，引导学生尽可能进入作者的内心世界。在西方解释学看来，任何一种解释都必然带有读者的“先入之见”（前理解或前见），客观地解读文章似乎是不可能的。余英时则指出：

> 正因为我们有主观，我们读书时才必须尽最大的可能来求“客观的了解”。事实证明：不同主观的人，只要“虚心”读书，则也未尝不能彼此印证而相悦以解。如果“虚心”是不可能的，读书的结果只不过各人加强已有的“主观”，那又何必读书呢？[①]

既然如此，学生通过文章是可以“观”作者的文心，从而成为作者的“知音”。

（四）批评“贵古”“崇己”“信伪”“会己”的阅读错误

刘勰指出，读者在阅读时应防止以下四种错误：一曰“贵古贱今”。指重视古人，轻视今人。“昔《储说》始出，《子虚》初成，

---

① 余英时：《现代儒学的回顾与展望》，北京：生活·读书·新知三联书店，2004年，第416页。

秦皇、汉武，恨不同时；既同时矣，则韩囚而马轻。”秦始皇、汉武帝轻视与他们同时代的文人韩非子、司马相如，没有给韩、马二人以应有的待遇。二曰“崇己抑人”。指抬高自己，贬低他人。班固与傅毅，“文在伯仲”，可班固却嘲笑傅毅：“下笔不能自休。”曹植则极力贬低陈琳，把刘修比作古代乱说话的田巴。“故魏文称‘文人相轻’，非虚谈也。”三曰“信伪迷真”。指把假的当作真的。楼护口才虽好，却荒谬地谈论文章，说什么“史迁著书，咨东方朔。”结果“轻言负诮”。四曰“会已嗟讽”。指合乎自己的爱好就称赏。“慷慨者逆声而击节，酝藉者见密而高蹈，浮慧者观绮而跃心，爱奇者闻诡而惊听。”他们所好不同，但在认知方式上却是惊人的一致：都是各执一隅之解，见树而不见林，违背了“务先博观”的阅读原则。刘勰列举的这些错误，至今仍然存在。像“崇己抑人”“会已嗟讽”是比较突出、普遍的。在阅读教学中，教师应有意识地提醒学生，告诉他们“不该这样做”，将有助于他们树立“无私于轻重，不偏于爱憎”的正确阅读观。

综上所述，《知音》篇对提升中学语文阅读教学水平具有积极的促进作用。本文视《知音》篇为阅读指导，意在恢复其本来面目，使之在中学语文阅读教学中能充分发挥作用，并不是排斥从“鉴赏论”“批评论”角度去研究。[1] 如果本文真能把笔者的想法表达出来，也算是“余心有寄”。

本文刊于《内蒙古师范大学学报》（教育科学版）2006年第12期。

---

① 其实从作品阅读实践看，读中有赏，读中有评；赏中有评，评中亦有赏。

龙人铨评

精雕“全龙”：论牟世金先生的“龙学”贡献

说起20世纪“龙学”，牟世金先生是绕不开的。牟世金先生是《文心雕龙》研究的集大成者。他在刘勰生平考证、文本注译、理论阐释、传播普及、“龙学”史研究等诸多方面均有创获。王元化称他为“《文心雕龙》的功臣”。季羡林认为，“回首百年《文心雕龙》研究……前五十年的代表人物是黄侃、范文澜、刘永济，后五十年的代表人物是詹锳、牟世金”。王、季的评价，肯定牟世金先生的“龙学”贡献及其不可替代的地位。戚良德、陶礼天、李平、范伟军等学者曾撰专文全面评析牟世金先生的“龙学”成就。笔者所学不深，只能谈一谈粗浅的心得，或许见笑于大方之家。然文陋心诚，以此纪念牟世金先生诞辰九十周年。

一、从文本译注到综合研究

经典译注是重要的基础性工作。译注的好坏将直接关系到经典的解读质量与传播效果。《文心雕龙》诞生于齐末，用骈文写成，译注难度之大，可想而知。牟世金先生与陆侃如先生合作，于20世纪60年代初推出了大陆的第一个译注本《文心雕龙选译》（以下简称《选译》本）。全书分上、下两册。上册由“引言”和“卷上”组成。引言由“作者的生平和思想”“文体论”“文学与现实的关系”“内容与形式的关系”“创作论”“有关现实主义的一些观点”“有关浪漫主义的一些观点”“批评论”“作家论”和“《文心雕龙》的成就和现实意义”等十个专题组成。卷上选译《序志》《原道》《征圣》《宗经》《辨骚》《明诗》《乐府》《诠赋》《谐隐》《诸子》十篇。下册（卷下）选译《神思》《体性》《风骨》《通变》《定势》《情采》《镕裁》《比兴》《夸饰》《附会》《总术》《时序》《物色》《知音》《程器》等十五篇。以现在的眼光来看，《选译》本的某些提法有当时的时代烙印，译注或有可商榷之处，但《文心雕龙》的重要篇目基本上都选了，其开创之功是不可磨灭的。到了80年代初，牟世金先生以《选译》本为基础，补齐余下的二十五篇，修订部分译注，在齐鲁书社出版了《文心雕龙译注》（以下简称《译注》本）。这是大陆第一个全注全译本。全书由“引论”和“译注”组成。引论由“产生《文心雕龙》的历史条件”“刘勰的生平和思想”“《文心雕龙》的总论及其理论体系”“论文叙笔——对前人创作经验的总结”“创作论”“批评论”等六个专题组成，较之《选译》的“引言”，删掉有时代痕迹的部分，并对保留的部分予以重新组合、改写，体现了牟世金先生认识的转变和深化。“译注”由题解、原文、译文、注释四部分组成。题解简明，译文流畅，注释详尽。《译注》本堪称兼具学术性与普及性的优秀读本。正因为如此，《译注》本分别于1995年、2009年、2014年三次再版，并为有关专家列为“案头书”。[①]

牟世金先生指出，校注译释“并不是研究《文心雕龙》的目的，它只是理论研究的基础。要使《文心雕龙》发挥作用于今日，只能是其理论中的民族精华”。[②] 为了全面研究《文心雕龙》的理论，吸取可用于今日之精华，他做了长期的准备。除译注《文心雕龙》

---

① 据笔者所见，香港黄维樑教授论文所引《文心雕龙》文句及译文，大多采自陆侃如、牟世金《文心雕龙译注》。

② 牟世金:《台湾文心雕龙研究鸟瞰》,济南: 山东大学出版社,1985年,第8—9页。

外，梳理龙学历史，汇考刘勰年谱，考察日本“龙学”现状，评介台、港“龙学”成果……正是有了这样厚实的研究积累，他在1988年抱病完成了《文心雕龙研究》（以下简称《研究》）的撰写。[①]全书约四十二万字，后为人民文学出版社列入“中国古典文学丛书”，于1995年印行。《研究》是牟世金先生的标志性成果。全书由八章组成：第一章“绪论”阐明《文心雕龙》的性质，回顾、展望《文心雕龙》研究，考察《文心雕龙》产生的时代思潮；第二章“刘勰”考证刘勰的家世、生平，分析刘勰的思想；第三章“《文心雕龙》的理论体系”辨析《文心雕龙》的篇次，视《原道》《征圣》《宗经》为《文心雕龙》的总论，指出《辨骚》篇的归属和双重性质，概括《文心雕龙》的理论体系为“以儒家思想为主导，以‘衔华佩实’为轴心，以论述物与情、情与言、言与物三种关系为纲领，把五十篇结成一个有机的整体”；第四章“文之枢纽”论分别阐述“原道”论的实质和意义、“征圣”“宗经”思想、《正纬》和《辨骚》的枢纽意义；第五章“论文叙笔”论阐明对文体论的认识以及文体论与创作论的关系，分论楚辞、诗、赋、民间文学；第六章“创作论”阐说创作论的体系，重点研讨艺术构思、风格、风骨、通变、情采等问题；第七章“批评论”评建安文学，谈批评和鉴赏，论作者的才能和品德；第八章“几个专题研究”即“刘勰对古代现实主义理论的贡献”“从《文心雕龙》看古代文论的民族特色”“从‘范注补正’看《文心雕龙》的注释问题”以及“台湾《文心雕龙》研究鸟瞰”。牟世金先生以圆照的慧眼，雕画“全龙”。其中对《文心雕龙》篇次，理论体系，

① 《研究》的最后一章是戚良德教授受牟世金先生之托，按照牟先生拟定的章节目录，根据牟先生已发表的有关论著整理而成。戚良德：《〈文心雕龙〉的功臣——牟世金先生与“龙学”》之“注①”，《〈文心雕龙〉与当代文艺学》，北京：中央编译出版社，2012年，第198页。

创作论之物、情、辞三者的关系等问题的认识，均有独到之见，给人以启发。当然，任何学者的观点都要受到他所处时代的局限。如：牟世金先生意识到《文心雕龙》与现代文学理论的不同，但囿于当时的主流观点，仍视《文心雕龙》为“中国古代的文学概论”。这未免令人有些遗憾。平心而论，《文心雕龙》笼罩群言，体大而虑周，绝不是“文学概论”所能范围的，故台湾学者王更生说它是“文评中的子书，子书中的文评”。然瑕不掩瑜，《研究》不仅是牟世金先生的晚年力作，也是20世纪“龙学”综合研究的代表作。

二、第一次评述台湾“龙学”

从1949年至1987年，海峡两岸处于对峙与隔绝时期。那时要了解台湾的《文心雕龙》研究情况，殊为不易。牟世金先生自一九七九年起，开始关注台湾“龙学”。他克服种种困难，通过国内借阅、国外购买等途径，获得台湾《文心雕龙》研究的重要著作，掌握相关研究信息。尽管还不是台湾的“全龙”，但已经十分可贵了。1985年，牟世金先生在山东大学出版社出版《台湾文心雕龙研究鸟瞰》（以下简称《鸟瞰》），第一次评述台湾《文心雕龙》研究成果，使大陆读者首次了解、认识台湾“龙学”，可谓嘉惠学林，功不可没。

《鸟瞰》由九个部分组成：“前言”交代了本书的写作缘起，期盼早得“中国的全龙”。“一、显学”简介台湾“龙学”的基本情况，指出台湾学者视《文心雕龙》为“显学”。“二、校勘”谈到张立斋、潘重规、王叔岷、蒙传铭、李曰刚五位学者的著作，重点考察张立斋、李曰刚二家校勘的得与失。“三、注译”论及李景濚、张立斋、王叔岷、李曰刚四家，指出李曰刚的《文心雕龙斠诠》“在台湾诸注中是成就较高、影响最大的一部”，并做重点评述。“四、理论研究”分“理论体系”“自然之道”“文之枢纽”“风格论”“风骨论”“三准论”六个专题详细介绍台湾学者的代表性观点，既肯定他们的独到见解，也指出可商榷、质疑之处。所占的篇幅最大。“五、主要论著”选评台湾七部“龙学”著作，即王更生的《文心雕龙研究》、黄春贵的《文心雕龙之创作论》、沈谦的《文心雕龙批评论发微》和《文心雕龙之文学理论与批评》、王金凌的《文心雕龙文论术语析论》、龚菱的《文心雕龙研究》、李曰刚的《文心雕龙斠诠》。在论述中，牟世金先生主要介绍每一本书的“基本面貌和主要特点”，同时也不回避“各书较突出的问题”，持论客观、公允。篇幅仅次于“理论研究”。“六、发展民族文学”分析了《文心雕龙》研究在台湾能成为“显学”的原因，概括台湾“龙学”的主要特点是“用传统的观念和传统的方法来研究传统的文论”，具体说明台湾“龙学”值得商榷的“某些做法”和值得注意的“某些教训”，进而从方法论角度反思古今、中西如何对接的问题。“七、赘语”是《鸟瞰》的结语、余论，分“知无不言”和“笔后之感”。“知无不言”指出台湾“龙学”“不应有的”“粗疏”，以及因其尊重师说而裹足不前等局限。“笔后之感”感叹未见台湾“全龙”之憾，希望两岸龙学家“能坐在一起共同研究”，最后对台湾“龙学”做出“在校注译论各方面都有一定成就，但其深入独到之处却是有限的”“很值得重视”的评价。“附录”收录台湾“龙学”专书三十部（1967—1982），台湾“龙学”论文一百八十七篇（1951—1981）。

《鸟瞰》“点”“面”“线”三位一体。“点”是台湾“龙学”的“理论研究”和“主要著作”，“面”是台湾“龙学”的“显学”“校勘”“注译”“发展民族文学”以及附录的“专书目录”和“论文目录”，“线”是台湾学者的中华文化情结与牟世金先生的同胞情谊。更令人叹服的是，牟世金先生在博观台湾“龙学”之后，能平理若衡，照辞如镜，以“诤友”的身份直言其缺憾与不足，做到无私于轻重，不偏于爱憎。

《鸟瞰》给笔者的《文心雕龙》教学与研究、硕士研究生学位论文指导起到重要的引导作用。笔者给本科生、研究生讲授《文心雕龙》，涉及台湾“龙学”，多以《鸟瞰》为据。做《文心雕龙》研究，也以《鸟瞰》提供的线索，查找台湾“龙学”著作和论文。指导研究生学位论文选题，亦得益于《鸟瞰》。①

《鸟瞰》虽然篇幅不大，但对大陆读者来说，无疑是一张台湾“龙学”的高级“导游图”。正如牟世金先生自己所说：“纵知一鳞半爪，全龙就宛然在目了。”②

三、齐鲁“龙学”有传人

禅宗传法谓之“传灯”，意思是“以法传人，如灯火相传，辗转不绝”。学科的建设与发展又何尝不是如此？牟世金先生早年师承陆侃如先生，与陆先生合作研治“龙学”；后自成一脉，成为“龙学”祭酒，推动“龙学”在齐鲁的发展，使山东大学成为大陆“龙学”的重镇。牟世金先生又开门受徒，传“龙学”于后人，而戚良德教授正是牟世金先生精心栽培的“龙学”传人。

戚良德教授潜心“龙学”，成绩斐然。先后出版《文心雕龙学分类索引》《文心雕龙校注通译》《文论巨典：〈文心雕龙〉与中国文化》《〈文心雕龙〉与当代文艺学》《〈文心雕龙〉与中国文论》《国学典藏·文心雕龙》等论著，主编《中国文论》（丛刊），主持并出色完成国家社会科学基金项目“百年‘龙学’探究”（2012—2015），去年年尾又喜获国家社会科学基金重大项目“《文心雕龙》汇释及百年‘龙学’学案”，可谓锦上添花。

① 笔者指导的2011届硕士研究生学位论文就是以沈谦、黄春贵为研究对象的：一篇是白文志的《沈谦〈文心雕龙之文学理论与批评〉探要》，一篇是赵改丽的《黄春贵〈文心雕龙之创作论〉辨要》。

② 牟世金：《台湾文心雕龙研究鸟瞰·前言》，第2页。

在笔者看来，戚良德教授的《文心雕龙》研究，主要有以下六个方面值得重视：

一是推出《文心雕龙》“新文本”（指《文心雕龙校注通译》，或曰“戚校本”），最大限度地接近刘勰之原文。此前，《文心雕龙》校注本已有多种面世，如黄叔琳《辑注》本（实际上是《文心雕龙》的通行本）、范文澜《注》本、王利器《校正》本、杨明照《校注》本、詹锳《义证》本，以及林其锬、陈凤金合著的《集校合编》本等。戚良德教授在吸收上述诸家校勘成果的基础上，全面吸收唐写本的校勘成果，整理出不同于通行本的“新文本”（戚校本），且校改均有“较早版本依据”，追求“最为符合刘勰的用语习惯”，[①] 可谓后出转精。如：改《诠赋》篇之“诠”为“铨”，依据的是唐写本；改《神思》篇的“虽云未费”之“费”为“贵”，依据的是杨升庵批点梅庆生《音注》本；改《序志》篇的“心哉美矣”之“矣”为“矣夫”，依据的是《梁书·刘勰传》和元至正本。这种校改必有据而无凭空推测的学风，增强了“新文本”（戚校本）的可信度和可靠性。也正因为如此，笔者近年撰写的“龙学”论文，[②] 与香港黄维樑先生合著的《爱读式文心雕龙精选读本》，均以“新文本”（戚校本）为据。

二是置《文心雕龙》于儒学视野中，重新诠释它的性质。戚良德教授意识到“文艺学视野中的《文心雕龙》或许有些变形”，“《文心雕龙》研究不仅需要文艺学的视野，更需要多维度、超文艺学的视角”。[③] 因此，他从儒学角度考察《文心雕龙》，而后指出：“《文

---

① 戚良德：《文心雕龙校注通译·前言》，第 2 页。

② 指《〈文心雕龙·铨赋〉篇探微》和《声得盐梅，寄在吟咏：〈文心雕龙·声律〉篇探析》。

③ 戚良德：《〈文心雕龙〉的文章观念与儒学视野》，《〈文心雕龙〉与中国文论》，北京：中国书籍出版社，2017 年，第 45 页。

心雕龙》不仅是一部文学理论，更是一部儒家人文修养和文章写作的教科书。”又说：“《文心雕龙》既是一部中国文章写作之实用宝典，又是一部中国人文精神培育的教科书；既是中国文艺学和美学之枢纽，也是中国文章宝库开启之锁钥。”[①] 其圆通的识见超越了视《文心雕龙》为“文艺学”“文学概论”“文学理论批评著作”等狭隘、片面的观点，对全面认识这条精美的“龙”，使之用于今天的人文修养、人文精神培育及文章写作等方面，大有裨益。

三是指出《周易》(主要是《易传》)是《文心雕龙》的思想之本。戚良德教授认为：“《周易》对《文心雕龙》的影响不是枝节性的，而是全方位的；尤其是《易传》哲学，乃是《文心雕龙》的思想之魂。可以说，离开《周易》，我们是很难准确认识和把握《文心雕龙》的。”[②] 笔者深以为然。长期以来，许多学者往往强调佛学对《文心雕龙》的影响，其理由是：刘勰撰写《文心雕龙》时，身居定林寺，精通佛学，其佛学背景一定会对他写《文心雕龙》有较大的影响。这种佛学影响的主张，不能说没有道理，然而将《文心雕龙》与《周易》对读，会发现真正对《文心雕龙》产生整体影响的是《周易》，而不是佛学。且《周易》的影响不单单是表现为《文心雕龙》引用《周易》的语句，更深的是刘勰对《周易》的思想借用、改造、化用。如：借用“通变”说，描述黄帝时代至南朝宋代的诗文演变；改造“言——意——象”理论，阐明文章写作中三者的转换关系；化用“黄中通理，正位居体”之易理为“擘肌分理，唯务折衷”之文理。[③] 由此观之，戚良德教授追本溯源，从《周易》中找到《文心雕龙》的思想本原，

① 戚良德：《〈文心雕龙〉的文章观念与儒学视野》，《〈文心雕龙〉与中国文论》，第49页、第55页。

② 戚良德：《〈文心雕龙〉的思想之本》，《〈文心雕龙〉与中国文论》，第57页。

③ 游志诚：《刘勰与〈易经〉再论》，《文心雕龙与刘子系统研究》，台北：文史哲出版社，2010年，第43—44页。

是颇有见识的。

四是阐明《情采》篇是《文心雕龙》创作论的“总纲”。王元化先生在《文心雕龙创作论》中首次提出“《神思》篇是《文心雕龙》创作论的总纲”的观点，影响较大。戚良德教授则认为：“‘神思’乃是创作过程之始，并不表明《神思》篇乃是创作论的‘总纲’。”[1]进而指出，《文心雕龙》创作论的“总纲”是《情采》篇。“刘勰以‘剖情析采’概括《文心雕龙》创作论，正表明他对文章写作基本问题的认识。”[2]而《文心雕龙》的创作论，“正是以感情之表现为根本和中心”，其体系是“‘以情为本，文辞尽情’的‘情本’论”。[3]戚良德教授的看法，不仅澄清对《神思》篇误读，而且阐明《情采》篇才是《文心雕龙》创作论的真正“总纲”。一些学者仅以内容和形式来解释“情采”，有较大的局限，是不符合刘勰“为文之用心”的。特别值得注意的是，《情采》篇在《文心雕龙》创作论中的位置：《情采》篇之前的《神思》篇至《定势》篇重在“剖情”；《情采》篇之后的《镕裁》篇至《养气》篇重在“析采”；《附会》篇与《总术》篇是“剖情析采”的总结。显然，《情采》篇是处于承上启下的枢纽位置，可谓“前注之，后顾之”。因之，对《情采》篇是不能孤立来看的，须置于《文心雕龙》创作论中来考察，方能得到清晰、完整的认识。

五是立足骈文论述格式解析众说纷纭的“风骨”。《风骨》篇是《文心雕龙》研究的重点、难点。何谓“风骨”，至今莫衷一是。戚良德教授分析了“风骨”难解的原因：一是“风”“骨”皆以物为

---

① 戚良德:《〈文心雕龙〉的“情采”论》,《〈文心雕龙〉与中国文论》, 第 163 页。

② 戚良德:《〈文心雕龙〉的“情采”论》,《〈文心雕龙〉与中国文论》, 第 164 页。

③ 戚良德:《〈文心雕龙〉的“情采”论》,《〈文心雕龙〉与中国文论》, 第 167 页、第 168 页。

喻，不是精确的理论范畴，容易产生歧义；二是刘勰在本篇的论述，确有不少较难理解之处。同时又指出："但仔细体察刘勰的用意，充分重视骈文论述的格式，并尽可能地进入刘勰的思维，则'风骨'的主旨及其含义还是可以准确把握的。"[①] 在他看来，《风骨》篇将"风"与"骨"二者对举，是骈文常用的"互文足义"的论述格式。"风"是指"作品能够充分表达作者的思想感情和突出鲜明的艺术个性，从而具有感人至深的艺术力量"，"骨"是指"文章挺拔、劲健而有力量"。[②]"'风骨'可以分而言之，更应合而观之。'风'和'骨'的含义确是各有侧重，但'风骨'更是作为一个整体概念而成为《文心雕龙》之重要的美学范畴。……'风骨'论可以说是刘勰的文章理想论，是刘勰提出的文章写作的一种美学理想，也是他对文章写作的总要求。"[③] 戚良德教授着眼于骈文论述格式解读"风骨"，颇具启发性。《文心雕龙》是用骈文写成的，"互文足义"是骈文的突出特点。研读《文心雕龙》时要充分考虑这一点，才能避免误读，接近刘勰之"文心"。左东岭教授在谈到几位著名学者对《文心雕龙·神思》字句解释讹误时也指出："出现此种失误的主要原因乃是忽视了骈体文的文体特征与刘勰本人的骈体文写作实践经验，乃至在时代隔阂中误读了文本。"[④] 看来，骈体文的文体特征及其表述方式是破解《文心雕龙》疑点、难点的锁钥。

六是发掘隐蔽的"龙学"大家刘咸炘，肯定其理论贡献及在"龙学"史上的地位。谈到近现代"龙学"，坊间所见的"龙学"史著

① 戚良德：《〈文心雕龙〉的"风骨"论》，《〈文心雕龙〉与中国文论》，第153页。

② 戚良德：《〈文心雕龙〉的"情采"论》，《〈文心雕龙〉与中国文论》，第157页。

③ 戚良德：《〈文心雕龙〉的"情采"论》，《〈文心雕龙〉与中国文论》，第158页。

④ 左东岭：《文体意识、创作经验与〈文心雕龙〉研究》，《文学遗产》2014年第2期，第43页。

作多讲黄侃及其“龙学”奠基之作《文心雕龙札记》(以下简称《札记》)。戚良德教授则发掘出另外一位“龙学”大家刘咸炘和他的“龙学”力作《文心雕龙阐说》(以下简称《阐说》)。他撰专文指出，刘咸炘几乎对《文心雕龙》五十篇逐一加以阐说，“可能更接近于刘勰的思想实际和理论本原”，“《札记》和《阐说》堪称近现代龙学开山之作的双璧”。[①]并翔实阐述刘咸炘的写作动机、对《文心雕龙》文体论研究的贡献、对《文心雕龙》创作论体系的卓识以及《阐说》的方法论意义。戚良德教授的发现，给“龙学”史添上了浓重的一笔。自明清以来，研究《文心雕龙》的学者越来越多，《文心雕龙》的影响亦与日俱增。林纾的《春觉斋论文》、姚永朴的《文学研究法》、吴曾祺的《涵芬楼文谈》等文章学论著无不闪现《文心雕龙》的形影精魂。“龙学”史的梳理，为今天重新考察《文心雕龙》提供了历史的维度和有益的借镜。

还有一点值得称道的是，戚良德教授编纂“龙学”分类索引，极大方便研究者检索。戚良德教授于2005年在上海古籍出版社推出《文心雕龙学分类索引》(1907—2005)，是较为全面的“龙学”索引。总条目达到6517条，涵盖中国大陆、台湾、香港及国外的“龙学”论文与专著，并按照“刘勰生平和著作”“《文心雕龙》综论”“《文心雕龙》枢纽论”“《文心雕龙》文体论”“《文心雕龙》创作论”“《文心雕龙》批评论”“理论专题”“学科综述”等八个方面的内容分门别类，最后置“作者索引”，检索非常便利。

山东大学和“龙学”有不解之缘。从陆侃如先生到牟世金先生，从牟世金先生到戚良德教授，文脉相传，代不乏人。正所谓“齐鲁

---

① 戚良德：《〈文心雕龙〉文本阐释的开山之作——评刘咸炘的〈文心雕龙阐说〉》，《〈文心雕龙〉与中国文论》，第176页。

有龙潭，龙学有传人”。[1]相信山东大学会引领齐鲁“龙学”再创佳绩，走向新的辉煌。

本文先于2018年3月在山东大学主办的“纪念牟世金先生诞辰九十周年暨国家社科基金‘龙学’重大项目开题研讨会”上宣读，后收录于戚良德主编《千古文心——牟世金先生诞辰九十周年纪念文集》（凤凰出版社，2018年）。

① 前山东大学徐显明校长语。戚良德：《“龙学”与山大》，http://www.rxgdyjy.sdu.edu.cn/info/1023/3478.htm。

居今探古：论王志彬对《文心雕龙》的研究与应用

一、引言

王志彬（笔名林杉，杉木）是内蒙古师范大学文学院教授，中国大陆著名的写作理论家，《文心雕龙》研究专家。他长期从事写作学、《文心雕龙》的教学与研究，有《写作简论》（合著）、《写作技法举要》（主编）、《修辞与写作》（合著）、《散文写作概说》（专著）、《中国写作理论辑评·近代部分》（主编）、《中国写作理论史》（副主编）、《新编公文语用词典》（主编）、《20 世纪中国写作理论史》（主编）、《文心雕龙创作论疏鉴》（专著）、《文心雕龙文体论今疏》（专著）、《文心雕龙新疏》（专著）、《文心雕龙批评论新诠》（专著）、《文心雕龙例文研究》（合著）、《21 世纪写作学习丛书》（总主编，已出七册）、[①]《中华经典名著全本全注全译·文心雕龙》（专著）、《传世经典　文白对照·文心雕龙》（专著）、《中华优秀传统文化百部经典读本·文心雕龙》（专著）等二十余部论著面世。

王志彬早年喜欢诗文创作。他研读《文心雕龙》，是因为觉得它"那么贴切地道出了我习作中的甘苦"，[②]由此产生了对《文心雕龙》的偏爱。为了开设写作课，编写写作教材时他自觉地"吸取、借鉴它的一些精辟论述"[③]。后至南京大学师从裴显生教授研习古代写

---

① 王志彬总主编《21 世纪写作学习丛书》包括《写作学指要》《法律文书写作指要》《科技写作指要》《行政公文写作指要》《礼仪文书写作指要》《常用应用文写作指要》《演讲词写作指要》等七个分册，由内蒙古大学出版社出版。除《写作学指要》外，余者均为应用文体写作指导书。

② 林杉：《文心雕龙创作论疏鉴》，呼和浩特：内蒙古教育出版社，1997 年，第 319 页。

③ 林杉：《文心雕龙创作论疏鉴》，第 319—320 页。

作理论，又经裴显生教授引见，跟著名学者、南京师范大学吴调公教授专修古代文论。吴调公教授讲授《文心雕龙》中的篇章，令他感到“既给我以教学的范式，又给我以深刻的学养启迪”[①]。吴调公教授“居今探古，见树见林”的治学方法给他以深刻的影响。“居今探古”强调古今结合，发掘古代文论的现代意义；“见树见林”注重宏微结合，将文本精读与文论史研究有机地结合起来。王志彬一直践行之，他对《文心雕龙》的研究与应用可谓渊源有自。

二、探寻《文心》之道

《文心雕龙》研究被称为“龙学”（文心学），现已成为“显学”。其研究者甚众，论著则如汗牛充栋，不胜枚举。王志彬置《文心雕龙》于写作学视野中来考察，其见解与一般龙学家的看法自然不同，做到了师心独见，锋颖精密。

王志彬的《文心雕龙》研究，主要体现在以下三个方面：

一是辨析《文心雕龙》的本体性质。《文心雕龙》是一部什么书？学界说法不一。或曰文学理论批评专著，或曰艺术哲学（美学）著作。或曰文体学著作，或曰修辞学著作，或曰阅读学著作，或曰写作指导（文章作法），或曰文章学著作，或曰子书等。其中“《文心雕龙》是文学理论批评专著”的看法是主流观点。对此，王志彬指出，“文学”一词，有广义、狭义之别。“就‘文学’的广义而言，说《文心雕龙》是一部‘文学理论批评专著’是不应有所非议的。”但就狭义“文学”来看，“如果说《文心雕龙》是这样的‘文学理论批评专著’，那显然是过于无视历史实际和《文心雕龙》的整体内容了”。[②]接下来王志彬分别从《文心雕龙》的写作宗旨、基本内容和结构来考察《文心雕龙》，得出“刘勰《文心雕龙》是一部具有中国作风

① 林杉：《文心雕龙创作论疏鉴》，第 320 页。

② 林杉：《文心雕龙创作论疏鉴》，第 14—15 页。

和中国气派的典型的写作理论专著”的结论。因为“这个判断和结论，没有古今之分，也没有广义、狭义之别，一切类型的文章的体制、规格和源流，一切文章的规律、原则和方法，一切文章的风格、鉴赏和批评，都包容于‘写作理论’之中，似乎不再有顾此失彼、捉襟见肘之瑕了。”[①]和主流看法相比较，王志彬的观点更为公允。《文心雕龙》的写作宗旨是“言为文之用心”，改变“辞人爱奇，言贵浮诡”的浮靡文风，使文章写作走上“为情而造文”的正路。其全篇的内容和结构也是紧扣这一宗旨的：“文之枢纽”探寻文章的本原，确立“依雅颂，驭楚篇”的写作总原则；“论文叙笔”考察每种文体的流变，解释其名称与内涵，选出有代表性的例文，陈述文体写作的原理与规则；“剖情析采”剖析写作的情理与辞采，并阐明写作与时代、自然的关系，历代文士的才能，诗文赏评的原则与方法，以及作者的品德修养。《文心雕龙》的书名也表明了以文章写作为中心：“作文的用心在于把文章写得像精雕细刻的龙纹一样精美。”即用心写出风清骨峻、情采兼备的优美文章。不难看出，王志彬的“写作理论专著”说较之“文学理论批评专著”说更符合《文心雕龙》的实际情况。可贵的是，王志彬没有把《文心雕龙》的本体性质问题绝对化，他指出：“任何一种与之相关的学科，都可以强调它们之间的联系，或即冠以什么什么著作之名称，但切不可据为己有，而加以垄断。在‘文场笔苑’中，既让它对文学创作起作用，又让它指导非文学性文章写作不是更好吗？更何况《文心雕龙》所论乃是广义之‘文’及其用心呢！”[②]其圆通的识见，化解了学界在《文心雕龙》本体性质认识上的歧义与纷争，令人心悦诚服。

二是发掘《文心雕龙》文体论的独特价值。《文心雕龙》的“论

① 林杉：《文心雕龙创作论疏鉴》，第 17 页。
② 林杉：《文心雕龙创作论疏鉴》，第 19 页。

文叙笔”，今谓之“文体论”，一向不为学界所重视。[①] 而《文心雕龙》文体论之所以没有受到应有的重视，是因为一些研究者囿于“纯文学”观念，对其抱有偏见：或曰“比较芜杂琐碎”，或曰“这一部分都属无关紧要之作，没有多少理论价值”，“也没有什么实用价值”。有感于此，王志彬先生认为“应该强化对刘勰‘论文叙笔’的发掘和提炼”。[②] 这是王志彬重视《文心雕龙》文体论研究的背景与缘起。在他看来，与魏晋文体论相比，《文心雕龙》文体论有三个鲜明的特点：首先，它从历史实际出发，梳理、总结了晋、宋以前使用的各种文体，使之有了较为完整的总体状貌。它所涉及的文体，“既有文学性文体，又有应用性文体。而后者约为其总数的四分之三”。“反映了他所处的时代特点和我国传统文体论的民族特色。”“应当分外珍视”。其次，它建构了一个相对完整的文体研究的论述模式，使之有了基本理论形态。即“原始以表末，释名以章义，选文以定篇，敷理以举统”。且以指导写作为旨归。第三，它具有明确的现实针对性，表现出了积极扶偏救弊的批判与变革精神。而《文心雕龙》文体论的贡献主要体现在四个方面：第一，阐明各种文体的性能和作用，使之能够分别地适应不同情况的需要，表现不同的实际内容；第二，确定各种文体的基本格调，强调作者在不同文体中应当表现出来的情感和态度。第三，提出各种文体对文采的不同要求，使各种文体都能做到情理与文采的完美结合。第四，强调各种文体的通变关系，规范各种文体，使之“确乎正式”。[③] 王志彬从史、论、

① 据戚良德《文心雕龙学分类索引》统计，近百年以来，《文心雕龙》研究论文有六千多篇，中西文专著也有三百多种，而有关文体论的论文与著作仅有六百余条。其数量与文体论在《文心雕龙》所占的比例极不相称。

② 林杉：《刘勰“论文叙笔”今辨》，《广播电视大学学报》（哲学社会科学版）1999 年第 4 期，第 54 页。

③ 林杉：《文心雕龙文体论今疏》，第 5—9 页。

评三个方面概括《文心雕龙》文体论的主要特点，又从用、调、采、变四个方面总结其主要贡献，对学界正确认识文体论在《文心雕龙》中的重要位置及其独特价值是有帮助的。从《文心雕龙》理论架构的设计来看，文体论介于文原论和文术论之间，它上承《原道》《宗经》等篇而来，下启《神思》《情采》诸篇，是全书的枢要。可以说，没有文体论，也就没有文术论，文术论是从文体论中归纳出来的。[①]刘勰的这种安排表明了他尚体的理念，与今人重术轻体迥然不同：他视文体论为文之“纲领”，视文术论为文之“毛目”。就文体论来看，也是编排有序的。先是有韵之文，后是无韵之笔。诗产生最早，故《明诗》篇居有韵之文第一；乐府入乐，故《乐府》篇居第二；赋不入乐，故《铨赋》篇居第三……显然，大到文体论的位置，小到每一篇的安排，刘勰都做了精心的设计，绝非“芜杂琐碎”。王志彬对《文心雕龙》文体论的“发掘与提炼”是符合刘勰之“文心”的。至于“那些早已不存在的文体，也并不是没有什么实用价值，关键在于能否见微知著，举一反三，得它的好处”。[②]因此，《文心雕龙》文体论的理论价值与实用价值应该予以重视，不能轻估。

需要指出的是，王志彬将《文心雕龙》文体论重新编排，分为上（以文学性文体为主）、中（以一般实用文体为主）、下（以宫廷专用文体为主）三编，是“着眼于原著内容之侧重点，从各体文章写作指导出发”的。[③]王志彬手写此处（古）而目注彼处（今），旨在提炼《文心雕龙》文体论对当今文章写作的借鉴价值。

三是阐释《文心雕龙》文术论的关键词。《文心雕龙》的“剖情析采”，今谓之“文术论”，是学界研究的热点。王志彬在尊重

---

① 周振甫：《文心雕龙今译》，第 49 页。

② 林杉：《文心雕龙文体论今疏》，第 13 页。

③ 林杉：《文心雕龙文体论今疏》，第 1 页。

前修时贤研究的基础上，不囿于成说，敢于提出自己的独到见解。这集中体现在对“术”“气（志气）”“势”“镕”等《文心雕龙》文术论中关键词的解释上。如：王志彬在阐释《总术》篇之“术”的内涵时，介绍了五种代表性的观点：一曰“文学创作的基本原理”，二曰“写作的原则”或“写作的法则”，三曰“写作方法”或“创作方法”，四曰“方法”和“写作要领”（尤其强调“术”指“整篇文章的体制”“特色和规格要求”），五曰“创作的规律和方法”。继而指出：“这五种意见，表面看来似有所不同，实质上却是相通或相近的。如果将它们‘万涂归一’，或许对‘总术’有一个更为完善而符合实际的解释。事实上，《文心雕龙》中所论之‘术’，本来就具有多方面的含义。它既有‘规律’‘法则’‘基本原理’的含义，又有体制、特色和规格要求的内容；既指在写作实践中总结出来的理论原则和‘写作要领’，又有指具体的‘写作方法’和‘创作方法’；既包括一般文章写作，又兼容文学作品的创作。总之，‘术’可以说是写作规律、原则、体制和方法的一个统称。”[①]王志彬弥纶群言，阐明“术”的多重内涵，远胜于“各执一隅”之解的上述五种观点。其实以今日眼光视之，《总术》篇之“术”不仅涵盖文术论之“术”，也包括文体论之“术”。篇中所言的“圆鉴区域”指《序志》篇的“囿别区分”，即文体论；“大判条例”指《序志》篇的“剖情析采”，即文术论。且《总术》篇起笔是从文笔之辨谈起，足见文体之术亦在“术”之中。然就当时的情况来看，王志彬能意识到“术”不单单指某一种具体的术，而应该“是创作论十九篇中所言之‘术’的总称”，[②]已经是难能可贵了。又如：王志彬在阐释《神思》篇与《养气》篇中的“气（志气）”时，分

① 林杉：《文心雕龙创作论疏鉴》，第 32 页。
② 林杉：《文心雕龙创作论疏鉴》，第 32 页。

别评述了“世界观”说、“思想感情”说、“意志力量”说、“精神状态”说等四种观点，而后指出，刘勰所谓的“气（志气）”是“以作者才学识力诸多方面的修养为基础的，在写作构思过程中由体力和精力、心境和情绪、欲望和激情、勇气和信心等多种因素所形成的一种精神状态”。[①] 王志彬逐一辨析对“气（志气）”的不同说法，并结合古今中外文论家（李渔、马白、遍照金刚等）的有关论述，肯定、补充、完善了“精神状态”说，与《神思》篇、《养气》篇所论相符合，也与古今写作实践相吻合，是信而不爽的。

王志彬对《文心雕龙》文评论（批评论）亦有独到之见。他是从《文心雕龙》的整体来界定文评论的范围的，而不仅仅局限《时序》至《程器》五篇。在他看来，《原道》至《辨骚》是《文心雕龙》文评论（批评论）的理论基础；《时序》至《程器》是《文心雕龙》文评论（批评论）的主体；由文体论、文术论中选择出来的代表性篇章，如《明诗》《乐府》《体性》《情采》等篇，可视之为《文心雕龙》文评论（批评论）的范例和参证。[②] 这种见解揭示了《文心雕龙》各篇之间的内在联系。他又用“六个结合”来总结《文心雕龙》文评论（批评论）的特点，即“批评论与创作论的结合”“鉴赏与批评的结合”“批评标准与批评方法的结合”“肯定与否定的结合”“分散与集中的结合”“批评与现实的结合”。他还关注《文心雕龙》文评论（批评论）的现代研究，着重阐发《文心雕龙》文评论（批评论）的应用价值。[③]

三、活用《雕龙》之术

近些年，《文心雕龙》的应用研究方兴未艾。香港学者黄维樑

---

① 林杉：《文心雕龙创作论疏鉴》，第 55 页。

② 林杉：《文心雕龙批评论新诠》，呼和浩特：内蒙古教育出版社，2002 年，第 3 页。

③ 林杉：《文心雕龙批评论新诠》，第 4—11 页。

教授先后用《文心雕龙》理论分析屈原《离骚》、范仲淹《渔家傲》、白先勇《骨灰》、余光中《听听那冷雨》、马丁·路德·金《我有一个梦想》、莎士比亚《铸情》和韩剧《大长今》等古今中外的作品，新见迭出，令人击节。台湾学者游志诚教授应用《文心雕龙》理论分析《周易》、《文选》、马一浮的诗及诗论，又在新作《〈文心雕龙〉五十篇细读》中的每一篇中专置“〈××篇〉文论与实际批评”一节，足见其对《文心雕龙》“实际批评”的重视。两位学者在《文心雕龙》的应用研究上均取得丰硕成果，为学林之楷式。而王志彬在从学理上研治“龙学”（文心学）的同时，亦注重《文心雕龙》的应用研究。与黄维樑、游志诚应用《文心雕龙》理论于文学批评不同，他有意识地将《文心雕龙》理论应用于写作学研究，突出了写作学科的民族特色。

首先，化用《物色》《神思》《通变》等篇的相关理论，描述写作基本规律。写作有无规律？如果有，写作规律又是什么？学界说法不一。在王志彬看来，写作学是一门独立的学科，写作当然有规律可以依循。而写作的基本规律有三条，即物我交融转化律、博而能一综合律、法而无法通变律。物我交融转化律，是指“物我交融之后，转化为文章的必然过程”。“所谓‘物我交融’，是指写作客体（即作为写作对象的客观事物）与写作主体（即有着自觉意识的写作者）的相互作用与有机融合。所谓‘转化’则是指经过物我交融，一个既非‘物’，又非‘我’的新的第三者的诞生，亦即‘物’与‘我’合二为一，构成了文章”。[①]如果将物我交融转化律和《文心雕龙》的有关篇章联系起来考察，会发现：“物我交融”化用的是刘勰“心物交融”说，即《物色》篇之“目既往还，心亦吐纳”“情

① 王志彬著，钱淑芳、岳筱宁点评：《回眸文心路》，呼和浩特：内蒙古人民出版社，2009 年，第 139 页。

往似赠，兴来如答”，《神思》篇之“神与物游”“物以貌求，心以理应”；“转化”则化用刘勰的“物——情——辞”说，即《物色》篇之“情以物迁，辞以情发”。在某种意义上说，王志彬的“物我交融转化律”是刘勰的“心物交融”说与“物——情——辞”说之“现代转换”。博而能一综合律，是指“写作主体在写作实践活动中，综合运用自身多方面的素质、修养和能力，去感知、运思、表达，最后构成文章的必然过程。”“所谓‘博而能一’，是指写作主体既要具有为写作所必需的多方面的素质、修养和能力，又能够把这多方面的素质、修养和能力融会贯通，使之在不同范围内，不同条件下，形成一个形神兼备的有机整体。所谓综合，则是指写作主体对自身所具有的多方面的素质、修养和能力的归纳和集中、调动和支配。它既是博而能一的表现形式，又是博而能一的手段和方法。”[①] 博而能一综合律是将《神思》篇的“博而能一”说化入其中。其中“博”是指“博见”“博练”，是对写作主体所具有的多方面的素质、修养、能力的高度概括；“一”是指“贯一”，它表现在形式上是文章的主干、线索和焦点，表现在内容上是文章的主旨。王志彬从写作实践出发，具体阐释了“博”与“一”，达成古今融合。法而无法通变律，是指“写作主体自觉或不自觉地学习、借鉴具有相对稳定性的写作之法，并加以革新、创造，灵活运用于写作实践活动的必然过程。”“所谓‘法而无法’，是指写作既有一定之法，又没有一成不变之法。……所谓‘通变’，则是指对写作之法的继承、借鉴与革新、创造，‘法’是通变的基础，‘无法’则是通变的结果。”[②] 法而无法通变律主要来自《通变》《总术》《时序》等篇。其中“法”《通变》篇“参古定法”之“法”，《总术》篇“文场笔苑，有术有门”

① 王志彬著，钱淑芳、岳筱宁点评：《回眸文心路》，第 147 页。

② 王志彬著，钱淑芳、岳筱宁点评：《回眸文心路》，第 154—155 页。

之“术”，包括文章体制、写作准则、写作技法。“无法”是《时序》篇谈的“文变”以及《总术》篇的“文体多术，共相弥纶”，指文章体制、写作准则的发展、变化，以及写作技法的灵活运用。“通变”则是《通变》篇“望今制奇，参古定法”理论的具体应用。王志彬融古于今，对写作基本规律做了富有民族特色的描述。

其次，借用《镕裁》篇的“三准”说，阐明写作构思步骤。《镕裁》篇的“三准”说，一向为学界所重。王元化视“三准”为“创作过程的三个步骤”，[①] 童庆炳视“三准”为“镕意的基本功夫”“写作的基本准则”，[②] 游志诚则视“三准”为“提示文章造句、谋篇，以及‘结构’上如何熔意裁词之工夫论”。[③] 王志彬因“三准”“有着明显的有序性”，将其借用到写作构思中，视之为写作构思的步骤。王志彬指出，“第一个步骤：‘设情以位体’，即写作主体按着自己的情志，去选择、确定适当的体裁”。其起点是物以貌求，而后进入虚静状态，展开联想和想象，寻找合适的表现形式。“第二个步骤：‘酌事以取类’，即写作主体对自己所掌握的各种材料、各种信息，进行加工处理”。先选义按部，继之芟繁剪秽，后综合概括，或因枝以振叶，或沿波而讨源。“第三个步骤：‘撮辞以举要’，即运用经过锤炼的语言，把文章的要点突出地表现出来”。这是文章写作的最后一道“工序”。写作主体要继续斟酌和推敲，以求做到“繁而不可删”“略而不可益”。[④] 王志彬翔实阐述“三准”说，精细入微，具有重要的启示意义。写作构思是一项内在的精神活动，复杂多变，说清楚实属不易。坊间所见的写作学书籍要么泛泛而论，

---

① 王元化：《文心雕龙讲疏》，上海：上海古籍出版社，1992 年，第 197 页。

② 童庆炳：《〈文心雕龙〉三十说》，北京：北京师范大学出版社，2016 年，第 246 页、第 249 页。

③ 游志诚：《〈文心雕龙〉五十篇细读》，第 325 页。

④ 王志彬著，钱淑芳、岳筱宁点评：《回眸文心路》，第 153—154 页。

要么语焉不详。究其原因，是因为写作构思奥秘的揭示还有待于脑科学、思维学和心理学等相关学科的新进展，不是单凭写作理论所能讲明白的。故此，在相关学科还没有获得新进展之前，借用具有程序性知识性质的“三准”说来阐明写作构思步骤，不失为一条有效的途径。

第三，引用《论说》篇的有关论述，概括学术论文的写作特点。《论说》篇是《文心雕龙》文体论中应用价值较高的篇章。尤其是“论”对今人的学术论文写作颇有启发。王志彬敏锐地意识到这一点，直接引用《论说》篇的有关论述，诠释学术论文创见性的写作特点。他认为，要使论文具有创见性，从方法论角度讲，可以从四个方面来努力：一曰弥纶群言，即把各种研究对象的看法，加以综合归纳和对照比较，形成自己对研究对象的总体看法，经过“弥纶群言”，才有可能融会各家之长，并在前人研究的基础上有所创见。二曰钩深取极，即在前人研究的基础上，进一步分析解剖，达到前人未曾达到的深处和细部，循序渐进，步步登高。三曰辨正然否，即对前人的研究成果，进行鉴别和验证，正确的肯定，错误的否定，或扶偏使正，或补缺使完，有理有据地分清是非。四曰独抒己见，即写出作者在研究中的新发现、新进展，表达出异乎前人的独到见解。这四个方面相互联系，又相对独立，采取其中任何一种方法，都会使自己的论文超出一般水平，达到新的高度。[①]这四个方面均援引《论说》篇：弥纶群言摘自“论也者，弥纶群言，研精一理者也”之句；钩深取极、辨正然否来自“原夫论之为体，所以辨正然否。穷于有数，究于无形，钻坚求通，钩深取极；乃百虑之筌蹄，万事之权衡也”一段；独抒己见是“师心独见”的另一种表述。从今天的论文写作实践来看，弥纶群言是文献综述，它是论文具有创见性的基础。

① 王志彬著，钱淑芳、岳筱宁点评：《回眸文心路》，第218页。

如果没有弥纶群言，也就无法研精一理。钩深取极是“接着讲”，它是论文具有创见性的保证。如果只是“照着讲”，也就了无新意。辨正然否是辨析有争议的论题，肯定一说，否定其余。它也是论文具有创见性的表现。独抒己见是敢于写出作者与众不同的独得之见，最具创见性。王志彬对学术论文创见性的深入剖析，彰显了《论说》篇的重要应用价值，对今人写出高质量的学术论文大有助益。

王志彬总结的写作技法亦源于《文心雕龙》，如夸饰、立骨、附会等。他十分注意突出写作技法的民族性。王志彬还遵循《序志》篇“原始以表末，释名以章义，选文以定篇，敷理以举统”之文体写作法则，确立《21世纪写作学习丛书》之应用文体编写体例。[①]

从上述可知，王志彬尤为注重《文心雕龙》的应用研究。他居今探古，打通“龙学”（文心学）与写作学，堪称跨学科研究的典范。

四、余论

王志彬的《文心雕龙》研究，特色鲜明，独树一帜，给人以有益的启示。由此想到关乎“龙学”（文心学）走向的几个问题，略陈如下：

一、拓展《文心雕龙》研究的新思路。有些学者指出，《文心雕龙》研究陈陈相因，创新不足，似乎到了瓶颈期，呼吁要开拓《文心雕龙》研究的新局。这种看法有一定道理，但是需要辨析。如果仅仅从文艺学角度研究《文心雕龙》，确实老话题居多，难见新意。反之，若能从写作学、文章学、修辞学、阅读学、文学史、文学地

---

① 《21世纪写作学习丛书·总序》：“各分册所论之各种具体文体，都从四个方面加以分述：一是‘释名以章义’，即阐明文体的名称和内涵；二是‘原始以表末’，即阐明文体的源流和发展过程；三是‘选文以定篇’，即列举范文与该文体相参证；四是‘敷理以举统’，即归纳、概括出该文体的写作要领和基本方法，并以此作为‘结穴’，突出该文体的操作性。”

理学、子学等多学科角度研究《文心雕龙》，则别有一番天地。其关键是研究者不能作茧自缚，裹足不前，而要勇于走出狭小的圈子，实现自我“突围”。

二、深化、细化《文心雕龙》文本研究。应该说，《文心雕龙》文本研究已取得不俗的成绩。范文澜、杨明照、王利器、詹锳、吴林伯等诸家贡献良多。然而仍存在一些悬而未决的问题。如:《附会》篇之“克终底绩”的后一句,诸本并不相同,“通行本作‘寄深写远’,元至正本作‘寄在写远送’,杨升庵批点曹学佺评《文心雕龙》作‘寄在写以远送’。[①] 杨明照认为：“按诸本皆误，疑当作‘寄在写送’。‘写送’，六朝常语。”[②] 杨明照的看法值得商榷。他似乎没有权威版本的依据，只是“疑当作”而已。看来，根据现有的早期版本，重新校勘《文心雕龙》，做出一个新校本，已刻不容缓。[③]

三、强化《文心雕龙》文体论研究。《文心雕龙》共五十篇，其中文体论有二十篇，所占篇目最多；而在文体论的二十篇中，讲文学文体仅有《明诗》《乐府》《铨赋》三篇，余者皆论应用文体。就文体论的单篇研究来看，研究者多关注《明诗》《乐府》《铨赋》等几篇,而对其他篇章研究不够。[④]这种不平衡的研究状况亟须改进。且不说论说、史传、哀吊、碑诔、书记等一些古老而年轻的应用文体，仍然具有生命力，就是那些已消亡的应用文体，也并非毫无价值，所谓“名亡而理存”。有鉴于此，强化《文心雕龙》文体论（尤其是应用文体理论）的研究，势在必行。

---

① 戚良德：《文心雕龙校注通译》，第 479 页。

② 杨明照：《文心雕龙校注拾遗补正》，第 386 页。

③ 戚良德根据早期版本，重新校勘《文心雕龙》，现已推出《文心雕龙校注通译》、《文心雕龙》辑校本。在此基础上，他试图做出更加完善的“新校本”。

④ 张少康、汪春弘、陈允锋、陶礼天：《文心雕龙研究史》，北京：北京大学出版社，2001 年，第 467 页。

四、推进《文心雕龙》的普及与应用。《文心雕龙》是中华文化三大国宝之一。[①]如何普及与应用《文心雕龙》是“龙学”（文心学）的重要研究课题。周振甫的《文心雕龙今译》、王志彬的全本全注全译《文心雕龙》、黄维樑与笔者合撰的《爱读式文心雕龙精选读本》等，皆为《文心雕龙》之普及本。普及的目的是使“龙的传人”能知之、好之、乐之，并将它应用于今天的文章写作、文学创作、文学鉴赏与批评等相关领域。今后要继续推进《文心雕龙》的普及与应用，让《文心雕龙》成为一条翱翔于中外文论天宇的“飞龙”。

本文先于2018年7月在澳门大学主办之“国际汉语应用文研究高端论坛”上宣读，后刊于《中国文论》第五辑（山东人民出版社，2019年），又收录于谭美玲主编《应用写作理论、实践与教学——2018国际汉语应用文研究高端论坛论文集》（台湾万卷楼图书股份有限公司，2020年）。

① 周汝昌指出：“中华文化有三大国宝，《兰亭序》《文心雕龙》《红楼梦》，皆属极品，后人永难企及，更不要说超过了。……所以特标三大国宝者，又因为三者皆有研究上的‘多谜性’，异说多，争议多，难解多，麻烦多，千百家下功夫多……唯三者称最，别的也难与之比并。”周汝昌：《兰亭秋夜录》，桂林：广西师范大学出版社，2011年，第177页。

中西比较·实际批评：
黄维樑《文心雕龙：体系与应用》评析

一、引言：黄维樑的港学、余学与龙学

《文心雕龙》是中华文论的元典，也是中华文化的宝典。雕“龙”者遍布海内外，龙学（文心学）著作与论文不胜枚举。尽管如此，也不能说对这部巨著的研究已经穷尽了。因为“往者虽旧，余味日新”，其恒久性与耐读性亦绝非寻常论著可比。问题的关键在于研究者能否另辟蹊径，推陈出新。有感于此，香港黄维樑教授推出“新龙学（新文心学）”著作《文心雕龙：体系与应用》，令学林跃心而击节。

黄维樑早年就读于香港中文大学新亚书院。正值“黄门侍郎”之一潘重规先生讲授《文心雕龙》，[①] 黄维樑选修此课，便对《文心雕龙》“读而爱之敬之”，撰文著述，经常引用其中的语句。中大毕业后，黄维樑赴美留学，师从俄亥俄州立大学陈颖先生研习中国古代诗话、词话，兼习英美与古希腊文学。同时与哥伦比亚大学夏志清先生过从甚密。俄大毕业后，黄维樑返回中大执鞭。在此期间，其与在中大任教的余光中、黄国彬、梁锡华志趣相投，文学观念相近，被戏谑地称为“沙田四人帮”。之后辗转台湾、大陆、澳门等多地高校任教授或客座教授。

黄维樑的学术研究、写作的重点有三：一是香港文学。有《香港文学初探》（香港华汉文化事业公司，1985年；中国友谊出版公

---

① “黄门侍郎”是指国学大师黄侃（季刚）的门下弟子。

司，1987年）、《香港文学再探》（香江出版有限公司，1996年）、《活泼纷繁的香港文学》（主编，香港中文大学出版社，2000年）、《期待文学强人——大陆台湾香港文学评论集》（当代文艺出版社，2004年）、《活泼纷繁：香港文学评论集》（汇智出版有限公司，2018年）等五部文集出版。二是余光中研究。有《火浴的凤凰——余光中作品评论集》（编著，纯文学出版社，1979年）、《璀璨的五彩笔：余光中作品评论集（1979—1993）》（主编，九歌出版社有限公司，1994年）、《文化英雄拜会记：钱锺书、夏志清、余光中的作品与生活》（九歌出版社有限公司，2004年；香港中文大学出版社，2018年；新版更名为《大师风雅》，2021年由北京九州出版社出版）、《壮丽：余光中论》（香港文思出版社，2014年）、《壮丽余光中》（与李元洛合著，九州出版社，2018年）等五部论著面世。三是《文心雕龙》与中国文论。有《中国诗学纵横论》（洪范书店有限公司，1977年）、《中国文学纵横论》（东大图书有限公司，1988年；三民书局股份有限公司，2005年）、（北京大学出版社，1996年）、《从〈文心雕龙〉到〈人间词话〉：中国古典文论新探（第二版）》（北京大学出版社，2013年）、《文心雕龙：体系与应用》（香港文思出版社，2016年）、《爱读式文心雕龙精选读本》（与笔者合著，北京师范大学出版社，2017年）等六部著作行世。他行走于港、余、龙三学之间，其独特的学术取向源于他有一颗中国心、一颗香港心：

我数十年来治学，用力较多的有三个方面：香港文学、余光中、《文心雕龙》。研究香港文学基于一颗香港心。研究《文心雕龙》，发扬1500年前中国这部经典的文学理论，让雕龙成为飞龙，则基于一颗中国心。研究余光中，似乎跟二心无关，细想不然。阐

> 释余光中的作品，指出其卓越的成就，此事或许蕴含我不自觉的动机：二十世纪的文学，不止有西方的叶慈、艾略特、乔艾斯、海明威、佛洛斯特、沙特、卡缪他们，还有咱们中华的杰出作家如余光中。这样说来，我的“余学”也藏有一颗中国心。[①]

而黄维樑的中国心、香港心是比一般中华大学更重视中国文化（包括香港文化）之新亚书院精神熏染的结果：“我认为自己的学术取向，与中国文化气息浓厚的新亚书院，有一种亲密的关系。我在‘薰浸刺提’中得到母校精神的感染。”[②]

《文心雕龙：体系与应用》主要由“有中国特色文论体系的建构”“《文心雕龙》理论的现代意义”和“《文心雕龙》理论应用于文学作品的实际批评”三个部分组成。“有中国特色文论体系的建构”考察20世纪西方文论在中国的接受史以及中国文论在西方受到的冷遇和忽视，提出比照西方文论，以《文心雕龙》为基础建构中西合璧的文学理论体系，“《文心雕龙》理论的现代意义”阐述《知音》“六观”说、《辨骚》《时序》《论说》及刘勰雅俗观之历久弥新的理论价值。“《文心雕龙》理论应用于文学作品的实际批评”将《文心雕龙》重要理论应用于古今中外的文艺作品上，对作品加以批评。另有余论三章，分别指出赵翼《论诗》、班·姜森莎士比亚颂与《文心雕龙》相同、相近之处，最后以《让“雕龙”成为飞龙：两岸学者黄维樑、徐志啸教授对话〈文心雕龙〉》收尾，卒章显其志。

二、中西比较：异中见同

中西比较诗学是近些年比较文学研究的热门话题。某些研究者

---

① 黄维樑：《新亚与我：中国心，香港心》，《迎接华年》，香港：香港文思出版社，2011年，第35页。

② 黄维樑：《新亚与我：中国心，香港心》，《迎接华年》，第36页。

常常发表似是而非的看法。如：西方文论重模仿，中国文论重抒情；西方文论观念清晰，术语准确，中国文论概念模糊，用语含糊；西方文论重分析，有体系，中国文论重感悟，无体系。由此得出中西文论迥然不同的结论。中西文论在概念范畴、理论表述等方面固然存在差异，但是如果对中西文论的认识，仅仅停留在二者差异上，甚至有意或无意夸大这种“异”，那就是舍本逐末的皮相之见了。正是看到这种认识的误区，黄维樑指出中西文论是大同而小异，在其相关论文中多次引述钱锺书“东海西海，心理攸同”的观点。在他看来，中西文论的大同性主要体现在以下两个方面：

一曰理论体系兼容。在参酌中西文论的基础上，黄维樑建构了两种文学理论体系：

一种是参照韦勒克等著《文学理论》体系建构的《文心雕龙》理论体系。该体系之纲领有三：甲“文学通论”、乙“实际批评及其方法论”、丙“文学史及分类文学史”。甲“文学通论”由“文学本体研究”和“文学外延研究”组成。“文学本体研究”的重心有四：作品构成的元素（《情采》）、文学的各种体裁（《明诗》至《书记》）、作品的修辞（《定势》《镕裁》《附会》《章句》《丽辞》《比兴》《夸饰》《事类》《声律》《练字》《隐秀》《指瑕》）、作品的各种不同风格（《体性》）。“文学外延研究”的重心亦有四：文学对读者的影响、文学功用、读者对作品的反应（《原道》《知音》有关论述），《原道》《物色》篇所论的文学与自然的关系，《时序》篇所论的文学与社会、时代的关系，文学与其他学科的关系（《宗经》等篇）。乙“实际批评及其方法论”由“对具体作家、作品的批评”和“实际批评方法论”组成。“对具体作家、作品的批评”指《文心雕龙》对作家、作品的评论，“实际批评方法论”指《知音》篇讨论的批评理论和方法。丙“文学史及分类文学史”由“分类文学史”

和“文学史”组成。“分类文学史”指《明诗》至《书记》二十篇，“文学史”指《时序》篇。三个纲领本于韦勒克等著《文学理论》之“文学理论”“文学批评”“文学史”三分法，“文学本体研究”和“文学外延研究”源于《文学理论》之“外延研究”和“内在研究”二分法。理论体系之组成则是《文心雕龙》各篇的内容。该体系是以中补西，或可谓之“西体中用”。

一种是以《文心雕龙》为基础的“情采通变”文论体系。该体系之纲领有五：“情采”（内容与形式“技巧”）、“情采、风格、文体”、“剖情析采”（实际批评）、“通变”（比较不同作家作品的表现）、“文之为德也大矣”（文学的功用）。“情采”由“情”“采”“情经辞纬，为情造文”（内容与形式的关系）组成，兼容西方悲剧（tragedy）理论与心理分析（psycho-analysis）等。“情采、风格、文体”由“物色时序、才气学习”（影响作品情采、风格的因素）、“风格的分类”、“文体的分类”组成，兼容西方基型论（archetypal criticism）和西方通俗剧理论。“剖情析采”由“文情难鉴，知音难逢”、“平理若衡，照辞如镜”（理想的批评态度）、“‘六观’中的四观”组成，兼容西方读者反应论（reader' sresponse）及接受美学（reception aesthetics）、阿里斯多德“结构”说、西方修辞学（rhetoric）及新批评（The New Criticism）等。“通变”由“‘六观’中的二观”、“通变·文学史·文学经典·比较文学”组成，兼容西方文学史理论。“文之为德也大矣”由“光采玄圣，炳耀仁孝”（文学对国家社会的贡献）、“腾声飞实，制作而已”（文学的个人价值）组成，兼容西方马克思主义（Marxism）等理论。五个纲领本于《文心雕龙》，以“情采通变”为主轴，其具体内容兼容西方各种相关理论，是以中容西，或可谓之“中体西用”。

黄维樑建构的两种理论体系尽管并不完全相同，但中西互补是它们共同的特点，彰显了“中西合璧”的“大同诗学”之普世价值。

二曰批评理念相通。在具体作品批评中，黄维樑亦重视中西互释互证。其表现有二：

一是发掘《文心雕龙》批评的现代意义。在谈到《辨骚》“故才高者苑其鸿裁，中巧者猎其艳辞，吟讽者衔其山川，童蒙者拾其香草”四句时，他指出：

> 不同气质不同程度的读者，受了《楚辞》不同的影响；换言之，读者之接受《楚辞》，各有不同。《辨骚》篇这几句话，正属于当代“接受美学”（reception aesthetics）的范围。一如艾萨（Wolfgang Iser）说的，“接受美学”强调读者反应作品所起的作用：“完全不同的读者，可以受到某一作品的不同影响。”……《辨骚》篇“才高者”那几句所论，是作品与读者之关系。[①]

黄维樑援引“接受美学”理论阐释《辨骚》篇“才高者”四句，揭示了其中的现代价值，新意独具。在说到《论说》篇“至于邹阳之说吴、梁，喻巧而理至，故虽危而无咎矣”时，他认为：“这使人联想到古希腊大学者阿里斯多德在《修辞学》（*Rhetoric*）一书中，教人演说时用具体生动的言辞、用比喻，以达到说服人的目的。阿氏《修辞学》专注的，正是说服人的艺术（the art of persuasion）。”[②]讲究比喻运用，重视演说艺术，是中西的共同性。“东海西海”，果然“心理攸同”。

二是发现西方文学批评的“中国特色”。本书第十六章《Ben Jonson 有中国特色的文学批评：班·姜森的莎士比亚颂和中西比较

① 黄维樑：《文心雕龙：体系与应用》，第 90 页。
② 黄维樑：《文心雕龙：体系与应用》，第 112 页。

诗学》简介班·姜森的莎士比亚颂，并从批评态度（公正公允）、批评原则（博观）、关注作家学问、批评尺度（自然、文采）、善用禽鸟之喻（天鹅与凤凰）等多方面将之与刘勰《文心雕龙》及其他中国诗文理论比较，发现前者与后者的相近或相通之处，从而得出班·姜森“写的确为有中国特色的文学批评”的结论。不过，黄维樑并不否认中西之异，但他认为“人类都是具有‘基本根性’的‘两足动物’”，且“国族、时代、社会的差异，并不影响文心、学理的大同。姜森的莎士比亚颂是有‘中国特色’的文学批评，同样道理，刘勰、元稹的屈原颂、杜甫颂也可说是有‘英国特色’的文学批评。刘勰、元稹、姜森所写的，都是有人类特色的文学批评”。[1]黄维樑剖析姜森的莎士比亚颂之“中国特色”，又说刘勰、元稹的屈原颂、杜甫颂有“英国特色”，进而推出中西文评之大同（人类特色），慧眼独具，见识宏通。

三、实际批评：活古化今

20世纪90年代，大陆学界热议“中国古代文论的现代转换”话题。该话题是针对中国文论的“失语症”开出的药方，赞成者有之，反对者亦有之。细察之，其中的问题较多：何为“失语症”？中国文论真的失语了吗？什么是中国古代文论的“现代转换”？能转换吗？如果能的话，又如何转换？……平心而论，放在当时的语境来看，“失语症”“现代转换”的提出有一定的合理性。同时这也折射出中国学者自身的文化自卑与文化焦虑，这种自卑与焦虑始于近代遭受的屈辱以及西学东渐，或可谓之“近代情结”。彼时的“现代转换”讨论不可谓不热烈，但似乎“述”多而“作”少，而黄维樑却“尝

① 黄维樑：《文心雕龙：体系与应用》，第257页。

试以古法证论新篇”的实际批评（practical criticism），[①]开拓了《文心雕龙》应用研究的新路，激活了中国古代文论，令学界耳目一新。

黄维樑所运用的“古法”主要是指《文心雕龙》的理论。在他看来，“刘勰的《文心雕龙》是我国古代文论著作的龙头。它‘体大而虑周’，理论高明而中庸，具有涵盖中外的普遍性、贯通古今的恒久性；1500多年前刘勰‘雕’出来的这条龙，到今天仍然精美耐看，‘灵动多姿’”。[②]从本书来看，他主要应用了《知音》篇“六观”法、《时序》篇“世情”论、《论说》篇“群言”论与“悦”论、《定势》等篇章的雅俗论、《镕裁》篇“本体·鳞次”论与“截词”论、《情采》篇“情采”论、《丽辞》篇对偶论等《文心雕龙》重要理论于古今中外作品的批评中。

在上述《文心雕龙》理论中，黄维樑使用最多的是“六观”法。为了使“六观”法更好地适用于批评实践，他调整了“六观”的次序，把“一观位体，二观置辞，三观通变，四观奇正，五观事义，六观宫商”更改为“一观位体，二观事义，三观置辞，四观宫商，五观奇正，六观通变”，并用现代词汇诠释“六观”，形成新“六观”法：

> 第一观位体，就是观作品的主题、体裁、形式、结构、整体风格。
>
> 第二观事义，就是观作品的题材，所写的人、事、物种种内容，包括用事、用典以及人、事、物种种内容所包含的思想、义理。
>
> 第三观置辞，就是观作品的用字修辞。
>
> 第四观宫商，就是观作品的音乐性，如声调、押韵、节奏等。

① 黄维樑：《文心雕龙：体系与应用》，第192页。

② 黄维樑、万奇：《爱读式文心雕龙精选读本·序言》，第1页。

第五观奇正，就是通过与同代其他作品的比较，以观该作品的整体表现，是正统的，还是新奇的。

第六观通变，就是通过与历来其他作品的比较，以观该作品的整体表现，如何继承与创新。[①]

黄维樑的现代阐释，保留刘勰“六观”法原有的内涵，在此基础上又有新的阐发，亦古亦今，为其“以古法证论新篇”的实际批评奠定了坚实的基础。

黄维樑所批评的“新篇”，不仅指中国现代作品，也兼及中国古代诗文，以至外国文艺。其批评的对象有屈原的诗《离骚》，有范仲淹的词《渔家傲》，有余光中的散文《听听那冷雨》，有白先勇的小说《骨灰》，还有莎士比亚的剧本《铸情》，以及韩国电视连续剧《大长今》……从古代诗词到现代散文、小说，从文学文本到戏剧艺术，这条精美、灵动的文龙穿行其间，异彩纷呈，令人惊艳。他对《骨灰》《大长今》的批评尤为精彩。

须知《文心雕龙》涉及的主要文类是诗与文。《文心雕龙》理论能否用于评论小说，这是一个颇具挑战性的问题。黄维樑大胆地用“六观”法解析白先勇的小说《骨灰》。他指出，《骨灰》的“位体”之主题是沉郁、沉痛的，《物色》篇的“阴沉”“矜肃”秋冬之气，也可用来说明《骨灰》的调子；《骨灰》的“位体”之体裁属于短篇小说；《骨灰》的“位体”之形式，就叙述观点而言，则属于第一身戏剧式手法。《骨灰》的“事义”非常丰富：就“事”而言，有抗战、解放战争、反右、“文革”，以至罗任重在台湾坐牢、在美国潦倒，龙鼎立的晚年去国，以及罗齐生那一辈的“保钓运动”等等；就义而言，有徒劳、荒谬、可哀、可笑等“重旨”“复义”。

① 黄维樑：《文心雕龙：体系与应用》，第54页。

《骨灰》的“置辞”称得上肌肤细腻（对罗任重和龙鼎立的描写是工笔细描），亦可见于对专有名词的安排（罗任重和龙鼎立两个名字，都具反讽意味），还包括对气氛的营造。《骨灰》的“宫商”主要表现在整篇的节奏上：故事发展的节奏非常舒缓，好比是一个众多乐器交响而速度缓慢的乐章。《骨灰》的“奇正”保留了白氏多数作品的特色：技巧是“正统”的，内容上一点不离经叛道。《骨灰》的“通变”主要表现为两个方面：一方面师法《红楼梦》工笔写法、亨利·詹姆士以降的小说叙述观点理论、佛洛依德心理分析学说、以至象征、反讽和中国古典诗词的凝练修辞等技巧；一方面是采摘、继承各家之长所形成的新综合体。其结论是：《骨灰》“白风”明显，是当代一篇沉郁耐读的上乘之作。[①] 黄维樑巧用“六观”法细读《骨灰》，做到了“以古法证论新篇”。这项实验表明，“六观”法不仅可以评论古代的诗文，也可以用来衡量现代小说，极具普遍性实用价值。

继用“六观”法成功析论《骨灰》之后，黄维樑又采用《文心雕龙》“情采”说来析评《大长今》。他首先阐述了《文心雕龙》的“仁孝”之儒家思想，并将之扩充发展为仁、义、礼、智、信、忠、孝、廉、耻、勇。其次从《文心雕龙》“仁孝”之“情”出发，评析《大长今》中徐天寿之“仁”、朴明伊和韩白英之“义”、各种宫廷之“礼”、宫女和医女诵读经典之“智”、闵政浩之“忠”与“信”、中宗之“孝”……再次重点剖析本剧女主角大长今的智、勇、耻、廉、义、孝、忠、信、礼、仁，指出她是“五美十德的圣者”。最后从《文心雕龙》“奇”“悦”“雅丽”之“采”出发，分析《大长今》剧情奇异与本体基调、“组群”结构与“辞浅”、用来“藻饰”的饮食与服装、

① 黄维樑：《文心雕龙：体系与应用》，第184—191页。

引起“悦笑”的姜德久夫妇、韩国晨朝的新鲜与美丽、大长今的温柔与雅丽……黄维樑活用《文心雕龙》理论，剖《大长今》之“仁孝”之“情”，析《大长今》之“奇”“丽”之“采”，彰显了本剧“炳耀仁孝，悦豫雅丽”的特色，是“东方人饶具意义的一个尝试”。[①]

黄维樑不仅用《文心雕龙》的理论来评析作品，也用之评人。他对德国“汉学家”顾彬的批评便是一例。顾彬多次贬抑中国当代文学，甚至说某些作品是垃圾；又批评中国作家不懂外文，连母语中文也不行。因此，他专门撰写《请刘勰来评顾彬》一文批驳顾说。文章第一部分介绍“顾彬炮轰中国当代文学”的有关情况，第二部分则戏用魔幻手法，把天上文心阁的刘勰请下来，评论顾彬。刘勰先批评顾彬“会己则嗟讽，异我则沮弃”，评价作品失之理性；次驳斥顾彬懂外语才是作家的偏颇之论，以及“中国当代诗歌是外国文学的一部分”的“信伪迷真”之说；最后提出做学问要“积学以储宝”，要观千剑，操千曲，要“平理若衡，照辞如镜”，并温馨提示顾彬：“顾彬先生，博学审问慎思明辨吧。我和钱锺书天天在文心阁、雕龙池相见，小心他用《围城》笔法把你写进这本讽刺小说的续篇。”文章融情入理，妙趣横生，读后令人拍案称奇，只是不知那位剑眉深锁的顾彬先生看后会有什么感想，或许更加维特了吧。

海通以来，西风熏得学人醉。黄维樑却逆风而行，以其实际批评的成果，证明了《文心雕龙》理论不但与西方文论相通，亦有阐释古今中外作品的有效性。为学界“活古化今”树立了典范。

四、余论：让雕龙成为飞龙

除实际批评外，黄维樑十分重视《文心雕龙》的普及与传播。

---

① 黄维樑：《文心雕龙：体系与应用》，第195—211页。

他与笔者合撰《爱读式文心雕龙精选读本》，就是面向广大青年学子的普及读本。该书精选《文心雕龙》十八篇，精简地注释之，精到地语译之。在这“三精”之外，他首创“爱读式”（简称 ADS；又称 ARF，即 A-Reader Format）排印之，使得每个篇章能有“三易”：容易阅读，容易理解，容易记忆。“爱读式”的主要特色为：“原文文字凸出醒目；原文的句、段、篇完整地清晰地呈现，兼显示对偶句、排比句的句式；注释、语译、评点都贴近原文，不劳读者前页后页地翻检。这样读起来主次分明，且一目了然，达到‘三易’的效果。”[①] 有此“三易”，读书成为乐事，故曰“爱读式”。

不仅如此，黄维樑认为，中国不能只有文化输入而没有文化输出。《文心雕龙》应该飞向西方文论界，这是“21 世纪中国龙学者的一个责任”。[②] 为了“中为洋用”，他发表了多篇龙学（文心学）英文论文，包括：（1）“The Carved Dragon and the Well Wrought Urn——Notes on the Concepts of Structure in Liu Hsien and the New Critics”；（2）“'Rediscovering the Use of Ancient Chinese Culture': A Look at Pai Hsien-yung's‘Ashes’through Liu Hsieh's Six Points Theory”；（3）Fenggu(Wind and bone; forceful and affective power in literature)；（4）“*Wenxindiaolong* and Western Critical Theories”；（5）“Hati-Colt: A Chinese-oriented Literary Theory”。黄维樑用英文发表龙学（文心学）论文，有助于把《文心雕龙》传播到西方文论界，让西方学者听听来自东方的龙吟。

综上所述，黄维樑无论是应用《文心雕龙》理论于实际批评，还是普及、传播《文心雕龙》，其目标只有一个——“让‘雕龙’

① 黄维樑、万奇编撰：《爱读式文心雕龙精选读本 · 序言》，第 3 页。

② 黄维樑：《自序：建构有中国特色的文学理论体系》，《文心雕龙体系与应用》，第 3 页。

成为飞龙”。笔者也热切期盼这条精美耐看、灵动多姿的文龙飞向广阔的中西文论天宇。

本文刊于《中外文化与文论》2022 年第 51 辑。

跨界细读：游志诚《刘勰〈刘子〉五十五篇细读》跋

四月五日接游志诚教授电邮，云《刘勰〈刘子〉五十五篇细读》下册（以下简称《刘子细读》）即将刊布，嘱我撰跋，我亦喜亦忧。喜的是《刘子细读》将以完璧呈现于学林；忧的是我识在瓶管，恐“东向而望，不见西墙”也。然游教授的殷殷之情是我无法拒绝的，乃操觚以率尔。

初识游教授于香港中文大学主办的“诠释·比较·建构——中国古代文学理论国际学术研讨会”，由香港黄维樑教授引见。黄教授文质彬彬，热情好客，请游教授和我品尝香浓、软滑的港式奶茶，三人相谈甚欢。游教授温润如玉，气度不凡。后来与游教授相逢于济南、昆明、呼和浩特、曲阜四次龙学年会，聆听游教授精彩而又不失风趣的学术发言，钦佩其“细读”文本的学术功力。

游教授早年从潘重规先生游。潘重规先生为国学大师、现代龙学（文心学）奠基者黄季刚的得意门生兼女婿，行走于台港之间，执教多所高等学府，有《敦煌诗经卷子研究论文集》《唐写文心雕龙残本合校》《红楼梦新解》等重要学术著作行世，向为学界所推重。游教授现任教于彰化师范大学国文系所，游于易学，志于选学，成于龙学（文心学）。其先后出版《易经原本原解》《周易卦爻辞文学主题解秘》《周易之文学观》《文选综合学》《文选学综观研究法》《文选斠诠》《文选学新探索》《文心雕龙与刘子跨界论述》《文心雕龙与刘子系统研究》《〈文心雕龙〉五十篇细读》等学术专著，发表期刊论文数十篇。游教授在易、选、龙三学中均有建树，实属难能可贵。其学力之深厚是不言自明的。近期更开拓中国风水五术的文化论述，仍然归本于《易经》本源。

香港饶公宗颐先生称《文心雕龙》研究为“显学”，诚哉斯言。海内外龙学（文心学）著述如汗牛充栋，不可胜数。然成果虽多，却也面临无法回避的困境：理念陈旧，循环相因；视野狭窄，识见肤浅；阐释单一，以今律古。如何走出研究困境是龙学（文心学）亟待解决的问题。一些深识鉴奥的学者开始了新的探索：黄维樑《文心雕龙：体系与应用》活用《文心》理论于“实际批评”（practical criticism）中，驰骋古今文囿，纵横中外艺苑；颜崑阳《诗比兴系论》从“比兴”观念入手，反思五四研究范式，强调经典释读宜“进入文本内在的意义中”；左东岭《文体意识、创作经验与〈文心雕龙〉研究》辨析黄侃、刘永济、王元化、詹锳、郭绍虞、宇文所安等名家对《神思》篇字句的误读，指出只有结合骈文文体特征、创作经验，才能正确诠释经典；李建中借鉴历史文化语义学理论诠释《文心》关键词（如“体”），返回语义现场，追问原初释义，重构理论谱系；陶礼天从文学地理学角度研析《文心》，由“江山之助”探讨《楚辞》景观美学，并发掘《文心》的文学地理批评思想；戚良德《文心雕龙校注通译》以《文心》早期版本为据，兼顾刘勰的用语习惯，旨在推出“最大限度接近刘勰之原文”的“新校本”；龚鹏程《文心雕龙讲记》考辨《文心》之经学脉络，敢于质疑“龙学”（文心学）通说，“文”“艺”互释……这些可贵的探索，昭示了《文心雕龙》研究的多元态势，或可谓之“新龙学”（新文心学）。如果这种说法成立的话，那么游教授《〈文心雕龙〉五十篇细读》（以下简称《文心细读》）则是“新龙学”（新文心学）的重要收获。

游教授著《文心细读》，意在写出自家的“云门之志”。在他看来，“只有细读此‘心’，始能雕出‘为文之龙’，遂用‘细读’一词，补写实际批评、易学影响、子学内涵这三项‘少人写’的文心学”。[1]“实际批评”是指“将理论与作品对观，印证如何根据理论分析作品，进行‘作品实例’操作”，[2]“分析刘勰对每一篇这些‘选文’如何评定褒贬”；[3]“易学影响”是指追溯《文心》理论观点及其理论架构于《周易》，“振叶以寻根，观澜而索源”；“子学内涵”是指剖析《文心》理论所隐含出的子学意旨，“擘肌分理，唯务折衷”。这三项“细读”找到了《文心》的“龙脉”：“实际批评”将《文心》理论与所评析作品相印证，避免了从理论到理论的空疏之弊，对正确诠释《文心》每一篇的理论内涵、全面解读刘勰的“为文之用心”大有助益。“易学影响”是由《文心》上溯至“群经之首，百学之源”的《周易》。须知《文心》的理论观点、篇数确定、篇章排序以及“六义”“八体”“三准”“六观”等说法无不闪现《周易》的形影精魂，或明引，或化用，或暗引、或衍义。《周易》对《文心》的影响是整体的而非局部的。因此，“离开《周易》，我们是很难准确认识和把握《文心雕龙》的。”“在一定程度上可以说，没有《周易》，便没有《文心雕龙》。”[4]《周易》是破解《文心》难点与疑点之锁钥。近些年来，学界对《周易》与《文心》的关系多有论及，然游教授的可贵之处在于：他把“易学影响”落实到《文心》的每一篇，精细而入微，令人击节。“子学内涵”则表明刘勰以子家自居，《文心》是不同于一般诗文评的子书，《文心》理论是子学之论。《诸子》篇有云：“诸子者，述道见志之书。”而《文心》以《原道》开篇，以《序志》收尾，一“道”一“志”即表明《文心》是“志共道申”，乃“述道见志之书”。刘勰的终极追求是做

---

① 游志诚：《〈文心雕龙〉五十篇细读·自序》，第 2 页。

② 游志诚：《〈文心雕龙〉五十篇细读》，第 3 页。

③ 游志诚：《〈文心雕龙〉五十篇细读》，第 15 页。

④ 戚良德：《文心雕龙与当代文艺学》，第 47 页、第 60 页。

"成一家之言"的"刘子"。《文心》聚焦于文场笔苑，呈现出"子集合一"的特点，或可谓"文评中的子书"。

继《文心细读》之后，游教授精研《刘子》五十五篇，于2019年推出《刘子细读》上册（含《清神》章细读至《命相》章细读，共二十五篇），今年又将推出该书下册（含《妄瑕》章细读至《九流》章细读，共三十篇）。其实在《刘子细读》之前，游教授已经将《文心》与《刘子》合而观之。前面提到的《文心雕龙与刘子跨界论述》《文心雕龙与刘子系统研究》两部著作便是游教授"跨界"研究之明证。然《跨界论述》《系统研究》是以《文心》为主，旁及《刘子》；《刘子细读》则以《刘子》为主，兼及《文心》。且是书书名中已明确标出"刘勰"，说明游教授对《刘子》作者问题的研究已有明确的结论。

长期以来，《刘子》的作者是谁，学界说法不一，分歧较大。大体来说，可分为"刘勰作"与"非刘勰作"两类看法。[1] 双方各有其理据，僵持不下。游教授认为《刘子》为刘勰所作是确定无疑的。他在《刘子细读·导论》中提供了新证：一是计算机数据检索《文心》与《刘子》的关键词二书均有，且出现频率大致相等。这六个关键词是"文""心""道""情""神""性"。二是南宋高似孙编订的《子略》采录《汉书·艺文志》、《隋书·经籍志》、新旧《唐书·经籍志》、郑樵《通志·艺文略》等四种子书目录，几乎是"照抄"前志。"而与高似孙约略同时代的子书书目，则录了郑樵《通志·艺文略》。高似孙《子略》则仍然照抄之，著录《刘子》刘勰著。"[2]"这

---

① 关于《刘子》的作者问题，学界主要有七说：汉刘歆、东晋时人、梁刘勰、梁刘孝标、北齐刘昼、贞观以后人、唐袁孝正等。然见之于《刘子》版本的题署，仅梁刘勰和北齐刘昼二人。

② 游志诚：《刘勰〈刘子〉五十五篇细读》（上册），台北：文津出版社有限公司，2019年，第4页。

其中已反映了高似孙的想法，就是最终高似孙仍然相信《刘子》刘勰著。证明与同时代郑樵看法一致。表明南宋以前，《刘子》刘勰著的说法早已是铁证定案，郑樵的著录因高似孙《子略》又得到一项有力旁证。可惜，《子略》这样重要的文献信息，一直被《刘子》研究学者忽略漠视了。"[①]三是《刘子》全书用骈文写成，句法与《文心》一致。此处游教授引《刘子·明权》章对道权、经义四字的概念为例，用"移花接木"法释之，"最足以说明对《文心雕龙》句法的认知已很大影响对《刘子》文义的理解"。[②]四是刘勰论文尚简恶繁，《刘子》恰恰是"文小易周"之文章，与《文心》共同的写作风格是"精约"文体。显然，《刘子》辞尚体要之"精约"与其他子书鸿篇巨制之"繁富"是迥然不同的，"可见知晓'精约'的写作技巧，大大有助于刘勰是《刘子》作者的说法。"[③]游教授从关键词计算机检索、《子略》对前四志子书目录的采录、骈文句法和"精简"写作风格四个方面论证了《刘子》作者是刘勰的观点，颇具说服力。

《刘子细读》依循"解题大义""易学渊源""子学比较""文心互证"四项深度解读《刘子》五十五篇。其中"易学渊源""子学比较"与《文心细读》"易学影响""子学内涵"相近，而"文心互证"则独具特色："分析每一篇采用的四例写作，所谓'四例'，就是《文心雕龙》'上篇以上，纲领明矣'这一段话讲的体例大纲，意指文心每一篇都有'释名以章义、原始以表末、选文以定篇、敷理以举统'等四项，组成文心每一篇的篇章结构。这是刘勰最典范的文章章法技巧，不但文心此书如此写法，在《刘子》的每一篇同样采用这个四例组成篇章结构。这一项《刘子》文章特色，千年来

① 游志诚：《刘勰〈刘子〉五十五篇细读》（上册），第5页。
② 游志诚：《刘勰〈刘子〉五十五篇细读》（上册），第45页。
③ 游志诚：《刘勰〈刘子〉五十五篇细读》（上册），第48页。

始终未被发现，经由本书‘文心互证’这一节的归纳分析，得以证实。同时，也可视作文心与《刘子》二书同出刘勰一人之作的最有力旁证。”[①] 这种将《文心》与《刘子》对读，突破《刘子》研究长期以来重校注而轻“义理”和“辞章”的局限，更为圆通地诠释《刘子》的义理内涵，也有力佐证了《刘子》是刘勰所作的观点。试以《诫盈》章细读为例。“《诫盈》章解题大义”说明本章主旨是“在一‘戒’字，有警戒、预防、自省之涵义”，[②] 并引用《说文解字》的《廾部》《言部》《皿部》分释“诫”与“盈”。接着点明本章“近取远喻”的特点和考证典故之本事。“《诫盈》章易学渊源”阐明本章是源于《周易》谦卦，有直引易理易辞，亦有转化暗用易理。“《诫盈》章子学比较”则把本章与贾谊《新书·退让》篇比较异同，指出它胜过《退让》篇很多。“《诫盈》章文心互证”将本篇四例一一拈出：“四时之序”至“此理之恒情也”是“释名章义”，“昔仲尼观欹器而革容”至“骄盈而不毙者也”是“原始表末”，“故楚庄功立而心惧”至“德处于谦光也”是“选例定篇”，“《易》曰：‘以贵下贱，大得民也。’”至“是谓损而不穷也”是“敷理举统”。[③] 同时游教授又在四例下分别加按语释之，提示四例要点。

《刘子细读》的新贡献不仅体现在对《刘子》的理论要义阐释上，更体现在研究方法上。游教授的“跨界细读”法尤为值得称道。这种“跨界细读”又分为“内部细读”和“外部细读”。

“内部细读”是类似“本经自证”的“互通”细读，“进行一个单独篇章与其他篇章的综合细读”。[④] 就拿《贵言》章细读来看，

① 游志诚：《刘勰〈刘子〉五十五篇细读》（上册），第81—82页。
② 游志诚：《刘勰〈刘子〉五十五篇细读》（下册），第65页。
③ 游志诚：《刘勰〈刘子〉五十五篇细读》（下册），第68—69页。
④ 游志诚：《刘勰〈刘子〉五十五篇细读》（上册），第79页。

其“解题大义”首段明确指出：“自此篇以下与《伤谗》《慎隟》等三篇都涉及‘言行’课题。贵言是以善言为贵，树立‘善’作为言行唯一之标准，与《慎言》章配合专论‘言’，而《伤谗》章与《慎隟》章则专述‘行’之课题。”又说：“可见《慎言》《贵言》二篇述君子之‘言’极为重要，而《伤谗》《慎隟》二篇则分析君子之‘行’如何防微杜渐，以及禁止谗言的恶行。合此四篇立可看到《刘子》此书注重君子‘言行’修养，阐述谨言慎行的道理，是《刘子》此书的理论焦点。”[①]游教授先说明《贵言》章与《伤谗》章、《慎隟》章均涉及“言行”课题，次叙《贵言》章、《慎言》章与《伤谗》章、《慎隟》章各有侧重，后指出由此四篇看到《刘子》“注重君子‘言行’修养，阐述谨言慎行”的理论焦点。这种“互通”的综合细读，能使读者于同中见异，异中见同，准确把握《刘子》的内在义脉与理论要义。

“外部细读”是“参取其它的古书加以比较论述”[②]，辨析《刘子》与其他子书的异同。例如《风俗》章细读，其“子学比较”辨析《风俗》章与《淮南子·齐俗》篇同与异。游教授认为：“《淮南子》与《刘子》都看到了‘风俗’反映的‘同异奇正’之现象，二家子学都注意到了应该治理‘风俗’这项课题。”[③]这是二者之同。二者之异是：

> 《淮南子》主张用“齐一”之道，看待风俗，故有“齐俗”之语。……但刘子更加注意到这个“异”也有“伤风败俗”之举，这就不能放任恣行，也不能视而不见，乃提出“正俗”之论，力倡“移风易俗”之作法……试比较两家的不同，《淮南子·齐俗》篇始

① 游志诚：《刘勰〈刘子〉五十五篇细读》（下册），第40页。
② 游志诚：《刘勰〈刘子〉五十五篇细读》（上册），第79页。
③ 游志诚：《刘勰〈刘子〉五十五篇细读》（下册），第160页。

> 终维持“无为”且“任其自然”之作法，此悉属道家思想。而《刘子·风俗》章移风易俗之说，乃为了天下之治，完成中和之世的理想，故有“正俗”之根本，刘子坚持风俗不可以像《淮南子》的放任无为，是《周易》“尚正”贞元易理的发挥，也是儒家“政者，正也”理论的落实，用正俗之说取代齐俗之论，则知《刘子》必归儒家“治世”思想。[①]

从“《淮南子》主张用‘齐一’之道”至“力倡‘移风易俗’之作法”是说二者“言治”方法不同；从“试比较两家的不同”至“则知《刘子》必归儒家‘治世’思想”是讲二者思想不同。这种比较细读，彰显了《刘子》不同于《淮南子》的独特性，亦有助于读者全面认识刘勰的子家之志。

从这个意义上说，《刘子细读》为中华古籍今释提供了新思路、新方法，值得学人借镜。

读罢此书下册校稿，我忽然想到游教授、黄教授与我的“青城相聚”。那是2017年8月初，龙学年会后，我与内子邀游教授与徐华中女史、黄教授在“一期一会”日式餐馆小酌。游教授、黄教授和我把酒吟唱，徐女史与内子静观我们三人的“即兴表演”。彼时情景，历历在目。据说，“一期一会”（いちごいちえ）是日本茶道用语，意思是茶道表演者宜怀“难得一面，世当珍惜”的心情来礼遇每一位来品茶的客人。此语深意，与我心有戚戚焉。游教授居宝岛，黄教授住南粤，我在塞北，三人因《文心》而结下“龙缘”，皆倍感珍惜这份难得的情谊……

以上是我读后的片段思考和点滴感悟，权且充跋，以不负游教

① 游志诚：《刘勰〈刘子〉五十五篇细读》（下册），第160页。

授的热切期望。

本文收录于游志诚《刘勰〈刘子〉五十五篇细读》（台湾文津出版社有限公司，2021 年）。

大体·辨正·互释：龚鹏程《文心雕龙讲记》读后

1914年，身着蓝缎团花长衫的黄季刚先生主讲《文心》于北大，并撰写《札记》，开启了现代"龙学"（文心学）之路。时隔近百年（2010年），又一位"长衫先生"宣讲《雕龙》于燕园，课后笔录为《讲记》，再传文评雅音。这位"长衫先生"就是从宝岛来的龚云起（"云起"是龚鹏程的字）教授。

龚云起是当代著名的学者，淹贯六艺，旁通诸史，讲学于世界各地，已出版一百五十余种著作。其不仅著述甚富，且知行合一，办大学、做出版、编杂志、规划城建与主题园区，在北京、上海、杭州、台北、巴黎、日本、澳门等地举办书法展。龚云起阅历独特而丰富，其识见自然不凡。

《文心雕龙》研究是显学，已有《札记》《注》《校释》《校注》《校证》《义证》《义疏》《斠诠》《讲疏》《释义》《解说》《手记》《汇评》《疏鉴》《今疏》《新诠》等重要研究成果面世。可是在相当长的一段时间里，"龙学"（文心学）也面临无法回避的困境：学术理念陈旧，循环相因；研究视野偏狭，识见肤浅；阐释方法单一，以今律古……有鉴于此，学界有识之士开始了新的探索：黄维樑教授应用《文心雕龙》理论（尤其是"六观"法）于作品的"实际批评"（practical criticism）中，纵横今古，旁通中外，剖情而析采；颜崑阳教授从"比兴"观念入手，反思五四以来的研究范式，倡导经典释读宜"先不做任何理论预设，而进入文本内在的意义脉络中"；游志诚教授采用"原典细读"法解析《文心雕龙》，注重"选例"与"比喻"，追溯"易学影响"，析论"子学内涵"；左东岭教授辨析黄侃、刘永济、王元化、詹锳、郭绍虞、宇文所安等名家对《文心雕龙·神思》中相关字句解读的讹误，指出只有结合文体特征、当时的创作经验，才能准确地诠释经典；李建中教授借鉴历史文化语义学理论诠释《文心雕龙》元关键词（如“体”），返回语义现场，追问原初释义，重构理论谱系；陶礼天教授从文学地理学角度研析《文心雕龙》，由“江山之助”探讨《楚辞》景观美学，并发掘《文心》的文学地理批评思想；戚良德教授则以《文心雕龙》较早的版本为依据，兼顾刘勰的用语习惯，校改通行本，为读者提供“最大限度地接近刘勰之原文”的“新文本”……上述学人的可贵探索，使“龙学”（文心学）走出了的困境，展示了《文心雕龙》研究的多元路径和光明的前景。

正是在这样的背景下，龚云起推出《讲记》，给“龙学”（文心学）这张绚丽的织锦再添新花，令人可喜。

与著述体不同，《讲记》是“与课堂结合之物”的讲录（讲疏）体，保留了课堂讲授口语化和“趁兴而谈”的特点，由《文心雕龙》导读、刘勰其人、刘勰生存之时代、经学礼法社会中的文论、文论中的经学、文学解经的传统、《文心雕龙》的文、刘勰的文学史观、文学史与文学史观、文字—文学—文化、《文心雕龙》文体论、《文心雕龙》文势论、《文心雕龙》与《文选》、《文心雕龙》与《诗品》、文心余论等十五讲组成。[①] 十五讲彰显了龚云起“讲《文心雕龙》”的教学理念：“目标不在书上，不为谁做功臣孝子，只是以这本书做个例子，教人如何读书、读人、读世、读理。”[②] 细察之，“《文心雕龙》导读”是“教人如何读书”，“刘勰其人”是“教人如何

① 《讲记》书末另附论文《对当前文学理论研究的反省》《〈文心雕龙·通变〉旁征》两篇。

② 龚鹏程：《文心雕龙讲记》，桂林：广西师范大学出版社，2021 年，第 2 页。

读人”，“刘勰生存之时代”是“教人如何读世”，“经学礼法社会中的文论”以下至“文心余论”是“教人如何读理”。龚云起志存高远，手写此处而目注彼处，“教人如何读书、读人、读世、读理”，旨在以金针度人。

通读《讲记》，给笔者印象较深的有以下三点：

一是点明《文心雕龙》以经学为本，务先大体。《文心雕龙》的“根本”是什么？学界说法不一。龚云起明确指出：

> 我们读《文心雕龙》或是其他很多书都是这样的：大纲大本不能搞错了。凡事都有它自己的脉络，弄明白了，才怡然理顺；搞不清楚，就会制造出很多假问题。刘勰的根底在经学，写这本书的目的也是要阐发经义，因此他将所有的文体推源于经典。这就是全书的大纲维、大脉络。[①]

在龚云起看来，经学是《文心雕龙》的“大纲维、大脉络”。可以说是一语破的。不论是刘勰论文叙笔，还是剖情析采，皆本于此。如果抓住了这个根本，《文心雕龙》中的很多问题就比较容易找到答案了，研究者也就不会犯“以今律古”的错误。不但如此，龚云起特别指出，《文心雕龙》产生的时代是“经学非常昌盛”[②]“最讲礼法”[③]的时代，“经学是一切学术之根本。”[④]《隋书·经籍志》所收“经部高达七二九〇卷，其中礼学最盛，春秋学次之。”[⑤]刘勰文论的“经学传统”正是当时时代风气的反映。而《文心雕龙》“经

① 龚鹏程：《文心雕龙讲记》，第126页。
② 龚鹏程：《文心雕龙讲记》，第101页。
③ 龚鹏程：《文心雕龙讲记》，第109页。
④ 龚鹏程：《文心雕龙讲记》，第139页。
⑤ 龚鹏程：《文心雕龙讲记》，第94页。

学传统”主要体现为两个方面：一方面把所有文体都推源于五经。在第五讲“文论中的经学”中，龚云起用较大的篇幅翔实阐述了《文心雕龙》与《诗经》《易经》《尚书》《礼记》《春秋》“五经”的关系，指出刘勰的理论是经学传统下的文论；一方面阐释经典的文学性。在第六讲“文学解经的传统”中，龚云起认为，刘勰是以文学观点或文学性来处理经典的。刘勰承袭汉代经学传统，不仅“把文章之源头推到五经，也把五经奉为文章的典范，后来的文学愈来愈差，所以我们写文章均要追源溯本，回到经典。每一种文体都是从经典出来的，故写作时也要回到原来的文体。”[①] 刘勰不同意颜延年文、笔、言三分法，也正是基于经典文学性的立场。龚云起敏锐把握了《文心雕龙》“经学”之大纲维、大脉络，务先大体，显示了其深厚的经学、史学功底。

二是质疑《文心雕龙》研究中的通说，辨正然否。龚云起不囿于通说，敢于提出自己的观点。例如谈到《文心雕龙》与佛教的关系，某些权威专家认为，《文心雕龙》是受到了佛教的影响——“文心”一词与《阿毗昙心》有关，《文心雕龙》中的由“圆”组成的字词也是从佛教借来的语汇，《文心雕龙》的结构是受了佛教因明学的影响。这些似是而非的看法已成为通说。对此，龚云起指出：“研究《文心雕龙》的人，对佛教不了解，可是却充满想象，老想让《文心》跟佛教扯上关系。”[②]“其实这些都是误解。”[③]“早在造字之初，属心的字就很多了。所有的思维活动，中国人都是从心上讲的，把心当成人的主体，而不是脑。”[④]“圆”在《易经》《庄子》

① 龚鹏程：《文心雕龙讲记》，第 170 页。
② 龚鹏程：《文心雕龙讲记》，第 56 页。
③ 龚鹏程：《文心雕龙讲记》，第 57 页。
④ 龚鹏程：《文心雕龙讲记》，第 60 页。

《淮南子》中已经出现，翻译佛典时从古籍借来，岂能倒过来说用这个词乃是受了佛教的影响？[①]至于因明学，“相关经论译出甚少，南北朝期间仅《方便心论》《回诤论》《如实论》三部而已，当时僧徒皆不习此业。且后两种译于刘勰写书之后四五十年，不可能影响到刘勰；第一种译于北魏文成帝或孝文帝，早于刘书三十年左右，但书仅一卷，又译于平城，能对南朝的刘勰产生多大影响呢？”[②]龚云起逐一辨正，有理有据，其佛学修养之高由是可见。再如《文心雕龙》与《文选》的关系，学界的主流看法是：萧统编的《文选》受刘勰影响很大。因此，《文选》和《文心》是可以相互印证的。龚云起却认为二者“差异极大，应仔细分辨”。[③]他在第十三讲“《文心雕龙》与《文选》”中专门辨析了这个问题。其中“《文选》与《文心雕龙》对比”一节，从结构、编次、特征、物色、论体、文体、作家、选文、论赋、郊庙与乐府、文学史观、言说与文笔、辞采等十三个方面“仔细分辨”了二者的不同，言之凿凿，令人信服，澄清了学界的误解，对重新认识《文选》与《文心雕龙》的关系，大有助益。这表明龚云起不仅精于“龙学”（文心学），亦长于文选学。

此外，龚云起对魏晋六朝经学时代的认定，对“纯文学”与“杂文学”之分的否定，对《文心雕龙》与《诗品》辨异，都能扩前人所未发，给人以新的启示。这种异乎前论的师心独见，“非苟异也，理自不可同也”。

三是打通《文心》与书法的界限，“文”“艺”互释。龚云起自觉创作“文人书法”，且精研书艺。[④]因此，他在研读《文心》时，

---

① 龚鹏程：《文心雕龙讲记》，第 59 页。

② 龚鹏程：《文心雕龙讲记》，第 59 页。

③ 龚鹏程：《文心雕龙讲记》，第 375 页。

④ 龚云起曾著有《书艺丛谈》（济南：山东画报出版社，2007 年；北京：东方出版社，2015 年）和《墨海微澜》（东方出版社，2015 年）。

能跨越文学与书法两界，以书法理论诠释《文心》，以《文心》理论阐析书法，“文”“艺”互释，别具慧眼。以文势论为例，“势”是《文心雕龙》研究中仅次于“风骨”的又一个难点，众说纷纭。龚云起考镜源流，指出汉魏晋之间的书论著作“大谈‘势’与‘体势’”，从崔瑗《草书势》到杨泉《草书赋》等，是“绵亘不衰之话题，也是书法艺术的核心理论”。[①] 刘勰所论之“势”，既不同于老子、管子的道势，也不同于孙子的心势、战势和造势，更不同于韩非子的得势和失势，而是从书法之以势论艺而来——由体讲势，强调文章写作要“即体成势”“循体成势”。龚云起的这个观点很有见地。无论是书家以势论艺，还是刘勰以势论文，讲的都是“体势”；正是因为这一点，刘勰的文势论有别于先秦诸家的“势”论，我们也就明白刘勰为什么批评“失体成怪”“逐奇而失正”的“讹势”，主张“执正以驭奇”，找到《定势》篇基本命意之所在。当然，刘勰的文势论相较书法势论又有发展，主张在“循体成势”的前提下“并总群势”（兼通）。在谈到书法创新时，龚云起援引《文心》通变论来阐释。他认为，书法通变要做到三点：一是“应认识到‘设文之体有常’，不能乱来。想变，也要明白‘名理有常，体必资于故实’，依着本体来变。不能只顾着变而忘了常或刻意反常”。[②] 二是“要想创新，得有创新的本领。……想推倒万古之豪杰，须有胜过古代豪杰的学问器识：‘规略文统，宜宏大体，先博览以精阅，总纲纪而摄契，然后拓衢路、置关键，长辔远驭，从容按节。凭情以会通，负气以适变’”。三是“具体创作时，须‘参古定法’。因为一味‘竞今疏古，风味气衰’，故‘矫讹翻浅，还宗经诰’”。[③]

① 龚鹏程：《文心雕龙讲记》，第358—359页。

② 龚鹏程：《文心雕龙讲记》，第479页。

③ 龚鹏程：《文心雕龙讲记》，第479页。

这三点均来自《文心雕龙·通变》篇，说明书法与文学在通变上是相通的。评论鲍贤伦的书法展，龚云起则以“参古定法”为标尺，肯定鲍贤伦“梦想秦汉”“我襟怀古”的“好古”创作追求，认为艺术创作的本质是反流俗、批判流俗、反省流俗的，“真正的艺术，必须入古”。[①] 因为“对古的追求，又恰好是雄健积极的”“它本身就显示了批判流俗的力量”。[②] 指出鲍贤伦的做法符合《文心》的“参古”说。龚云起应用《文心》通变理论于书法批评实践中，为“实际批评”（practical criticism）提供了新的范例。

或许是因为课堂讲录的缘故，《讲记》有的立论欠周严，似可商榷。如：《刘子》的作者是一个有争议的问题，但《讲记》却说：“然而《刘子》是另一本书，乃北齐刘昼所写。从新旧《唐书·艺文志》起就弄错了，以为是刘勰写的。……八十年代，大陆文心雕龙学会第一任会长张光年及一些研究《文心雕龙》的朋友说《刘子》亦为刘勰所作，实是误会。王叔岷先生《刘子集证》考证精详，不必再辩。”又说：“所留下的著作，《刘子》已确定不是他写的……”[③] 据笔者所见，学界对这个问题仍存异议：朱文民、林其锬两位先生长期研究《刘子》，用力甚勤，他们在其论文、著作中对《刘子》作者的争议点逐一考辨，认为《刘子》的作者是刘勰；[④] 游志诚教授多年从事《文心雕龙》与《刘子》的比较研究，先后推出《文心雕龙与刘子系统研究》（台北：文史哲出版社，2010 年）、《文心雕龙与刘子跨界研究》（台北：华正书局，2013 年）、《刘勰〈刘子〉

---

① 龚鹏程：《文心雕龙讲记》，第 485 页。

② 龚鹏程：《文心雕龙讲记》，第 484 页。

③ 龚鹏程：《文心雕龙讲记》，第 38—39 页、第 47 页。

④ 朱文民：《再论〈刘子〉的著作者是刘勰》，《鲁东大学学报》（哲学社会科学版）2009 年第 1 期；林其锬：《刘子集校合编·前言》，《刘子集校》，上海：华东师范大学出版社，2012 年。

五十五篇细读》（上册，台北：文津出版社有限公司，2019 年）三部力作，也持与朱、林相同的观点。尤其值得注意的是，游教授在《细读》开篇的“导读”中全面论证了《刘子》的作者是刘勰的观点。这样看来，似乎就不能说“不必再辩”，“《刘子》已确定不是他写的”了。

笔者还认为，在“观衢路”的前提下，《文心雕龙》研究亦须下专精的功夫，细读五十篇，旁通互见，方能得刘勰的“为文之用心”。进而将之置于现代学术视野加以阐释，活用于今天的写作与批评中，让这条精美耐看、灵动多姿的“文龙”行走天下。

总之，《讲记》探《文心》大体，辨研究正误，通书、文两界，反省“龙学”（文心学）以及当今文学理论研究，无疑是有益后生之虑的。书中所确立“古今异谊”“中外异理”“观其要”“知其弊”的“了解《文心雕龙》的原则”尤为重要，值得学人借镜。

本文刊于《关东学刊》2021 年第 2 期。

龙学鸟瞰

塞外胡笳：《文心雕龙》研究在内蒙古（1978—2008）

一、文心雕龙学在内蒙古的演进

内蒙古的《文心雕龙》研究始于20世纪70年代末80年代初。马白首次在内蒙古大学汉语系开设“《文心雕龙》专题”，标志《文心雕龙》研究在内蒙古起步。马白先后发表《评刘勰的“六义说”》（《学术月刊》1980年第8期）、《〈文心雕龙〉在世界美学史上的地位》（《文心雕龙学刊》第一辑，齐鲁书社，1983年）、《从方法论看〈周易〉对〈文心雕龙〉的影响》（《中国文艺思想史论丛》，北京大学出版社，1984年）、《论〈文心雕龙〉在中国美学史上的地位》（《美学与艺术评论》第三辑，复旦大学出版社，1986年）、《论〈文心雕龙〉的系统观念和系统方法》（《文心雕龙学刊》第四辑，齐鲁书社，1986年）等论文多篇，分别从文艺批评、美学史和方法论角度阐发《文心雕龙》的理论价值，既有微观研究，又有宏观考察，在龙学界产生了广泛的学术影响。

马白于20世纪80年代后期调至汕头大学，张广信（张辰）继之讲授“《文心雕龙》专题”课，并发表论文《论刘勰美学思想的哲学基础》（《文心雕龙学刊》第七辑，广东人民出版社，1992年）、《刘勰美学思想发微》（与马白合写，《内蒙古大学学报》1995年第4期）、《文心雕龙学综览·美学思想》（与马白合写，《文心雕龙学综览》，上海书店，1995年）、《刘勰〈文心雕龙〉与亚里斯多德〈诗学〉相异论》（《内蒙古大学学报》1998年第1期）和《刘勰〈文心雕龙〉与亚里士多德〈诗学〉相通论》（《广播电视大学学报》1999年第1期）。张辰将《文心雕龙》置于“比较诗学”的视野进行研究，注意发掘刘勰的美学思想。

内蒙古师范大学的《文心雕龙》研究始于80年代初期。陶格图慕在蒙古语言文学系用蒙古语讲授“《文心雕龙》专题”，用蒙古文译注《文心雕龙》，并撰写《〈文心雕龙〉理论体系研究》（内部印行）。该书是第一部蒙文龙学研究专著，观点鲜明，分析精辟。[①]王志彬（林杉）在汉语言文学系授诸生“《文心雕龙》创作论”，开辟从写作实践角度探索《文心雕龙》理论价值的新路。此后又多次在“文学创作研究班”“语言写作助教班”讲授。在“创作论”的教学基础上，王志彬给文艺学专业硕士研究生开设“《文心雕龙》专题”。舌耕之余，王志彬研治《文心雕龙》，发表《〈文心雕龙〉性质问题述评》（《内蒙古师范大学学报》1991年第1期）、《〈文心雕龙〉总术探疑》（《内蒙古社联学刊》1991年第5期）、《刘勰“养气”说今探》（《内蒙古师范大学学》1995年第4期）、《刘勰“论文叙笔”今辨》（《广播电视大学学报》1999年第4期）和《〈文心雕龙〉文术论今说》（《内蒙古师范大学学报》2004年第5期）等十余篇论文，对龙学研究中疑点、难点进行实事求是的辨析，力求客观、公允。其中数篇，或为摘引，或为全文转载，有较好的学术反响。1997年至2002年，王志彬推出龙学研究系列著作——《文心雕龙创作论疏鉴》《文心雕龙文体论今疏》和《文心雕龙批评论新诠》（三部论著均由内蒙古教育出版社出版）。“三论”均立足

① 陈中永主修，刘成法主纂：《内蒙古师范大学志1993—2004》，呼和浩特：内蒙古教育出版社，2005年，第791页。

写作实践，集词语注释、古文今译、内容提要和疑点辨析于一体，对《文心雕龙》的主体部分进行系统的研究，体例完备，特色鲜明。“三论”的面世，奠定了内蒙古师范大学在自治区龙学研究中主导地位，标志内蒙古龙学研究达到新的高度。山东大学戚良德编《文心雕龙学分类索引》（上海古籍出版社，2005年），专置“学科综述”，列举十二位龙学专家，冠以“某某与龙学”之名：纪昀与龙学、鲁迅与龙学、黄侃与龙学、范文澜与龙学、杨明照与龙学、周振甫与龙学、张光年与龙学、詹锳与龙学、王元化与龙学、王运熙与龙学、牟世金与龙学、林杉与龙学，[①]其中第十二位即王志彬，表明王志彬的龙学研究已经得到国内主流学界的认可。

经过二十多年的不懈努力，王志彬组建了一支由中青年教师和研究生为主的《文心雕龙》研究梯队，实现了研究“团队化”。

王志彬的学生万奇继续教授本科生“《文心雕龙》创作论”，后为研究生开设“《文心雕龙》讲读”课，发表《〈文心雕龙·明诗〉辨疑》(《语文学刊》2006年第5期)、《〈文心雕龙·诠赋〉辨疑》(《语文学刊》2006年第9期)、《〈文心雕龙·知音〉与中学语文阅读教学》（《内蒙古师范大学学报》2006年第12期）等论文，与徐新民共同主编《文海双舟——20世纪中国写作理论暨文心雕龙研讨会论文集》（内蒙古教育出版社，2001年），目前正主持全国高校古籍整理研究工作委员会资助项目——“《文心雕龙》悬疑研究”。

从2002年至2008年，王志彬指导四届研究生所作的硕士论文，主要是对明清及现当代龙学名家成果进行研究，如李金秋《〈文心雕龙〉曹评中的创作论研究》（其中的《〈文心雕龙〉曹评中的贯文总术之风论》，后刊发于《内蒙古师范大学学报》2004年第5期）、孔祥丽《〈文心雕龙札记〉中的“为文之术”研究》、白建忠《〈文

① 戚良德：《文心雕龙学分类索引》，第434—454页。

心雕龙〉杨批中的创作论研究》、何颖《〈文心雕龙〉纪评中的创作论研究》、王凤英《〈文心雕龙〉刘释中的创作论辨要》、运丽君《〈文心雕龙〉范注中的文术论辨要》、张昶《周振甫〈文心雕龙注释〉辨要》、孙玮志《牟世金〈文心雕龙研究〉辨要》、孙俊秀《王运熙〈文心雕龙探索〉辨要》、杜娟《〈文心雕龙〉"才童学文"论要》、朱吉勒《郭晋稀〈文心雕龙注译〉辨要》、周春来《〈文心雕龙讲疏〉创作论辨要》、王学敏《王更生〈文心雕龙研究〉辨要》和张慧磊《张少康〈文心雕龙新探〉辨要》等。这些论文具有鲜明的"创作论"色彩，构成一个独具特色的"龙学名家"研究系列，为《文心雕龙》研究的纵深发展奠定了坚实的基础。

在王志彬策划下，李金秋在其主持的《语文学刊》开辟"龙学研究"专栏，由此开始连载龙学研究系列论文。这种"集束式"成果发表，引起学界的广泛关注。撰稿者除王志彬、万奇外，主要是在读和已经毕业的研究生：王凤英、运丽君、夏惠绩、黄伯铧、兰培、孙俊秀、肖营、庞瑞东、孙玮志、张昶、杜娟、安安、周春来、朱吉勒、张慧磊、褚亚申、何颖、白建忠、孔祥丽等。文章内容主要是辨正《文心雕龙》五十篇中的疑点，师心独见，惟务折衷。截止到今年十一月，已刊发四十二篇，完成五十篇"辨疑"研究，指日可待。

在此期间，王志民、王志彬、杨效春、高林广等研究《文心雕龙》例文，他们合著的《文心雕龙例文研究》（内蒙古人民出版社，2005年）是一部具有开创性的著作。该著从《文心雕龙》征引的作品中选一百七十余篇加以注释、评介，对理解《文心雕龙》的理论观点，认识六朝的文章观念，具有不可低估的重要价值。孔祥丽、李金秋、何颖合著的《文心雕龙全译典藏图文本》（中国社会科学出版社，2005年），按照"原文—注释—译文—点评"的体例，全面解读《文心雕龙》，在普及方面作出可贵的尝试。高林广的《取熔经义，联藻日月——论〈文心雕龙〉的〈楚辞〉批评及其文学史意义》(《内蒙古师范大学学报》2004 年第 3 期)、《〈文心雕龙〉的〈周易〉批评》(《内蒙古社会科学》2004 年第 4 期)、《〈文心雕龙〉学术视野下的曹魏文学批评》(《广播电视大学学报》2005 年第 3 期)、《〈文心雕龙〉学术视野下的晋宋文学批评》(《内蒙古师范大学学报》2005 年第 3 期)和《〈文心雕龙〉对古诗的批评》(《内蒙古师范大学学报》2007 年第 2 期)等系列论文，解析刘勰对楚辞、《周易》、曹魏文学批评、晋宋文学批评和古诗的评论，从中考察其文学史观，对中国古代文学史研究具有借鉴意义。还有一些龙学论文亦值得重视，如王志民《略谈〈文心雕龙〉"史记论"之失》(《内蒙古师范大学学报》2004 年第 5 期)、石海光《从〈文心雕龙·辨骚〉看文论家的世界观》(《语文学刊》2002 年第 4 期)、彭笑远《从〈文心雕龙·原道〉看中国神话对刘勰的影响》(《集宁师专学报》2003 年第 1 期)等。

从《文心雕龙》研究在内蒙古的发展情况看，内蒙古师范大学后来居上，现已成为自治区龙学研究的重镇。

二、林杉"三论"点评

与其他龙学论著相比，林杉"三论"最突出的特点是将《文心雕龙》置于写作学视野来考察。长期以来，《文心雕龙》被主流学者当作"文学理论批评著作"，这种观点折射中国学者的"理论自卑"和"理论焦虑"。因为中国文论重直觉、悟性，其理论形态大多是诗话、词话、文话、曲话、评点以及序跋等感悟性文体，鲜有"体大思精"之作。独有《文心雕龙》近似西方的《诗学》，满足他们对中国文论"系统性"的诉求，从而把《文心雕龙》塑造成"东方诗学"的"幻象"，以与西方抗衡。鲁迅的著名论断——"东有刘彦和之《文心》，西有亚理士多德之《诗学》"肯定《文心雕龙》在世界文论的地位，然又何尝不是自卑与焦虑的潜意识流露？其实《文心雕龙》与《诗学》“形似神异”，其讨论的问题是“如何用心把文章写好”。黄侃视之为“文章作法”，范文澜曰“作文法则”，王运熙称“写作指导或文章作法”，正是看到了这一点。林杉合黄、范、王三说而为一，作了重新概括：“刘勰的《文心雕龙》是一部具有中国作风和中国气派的典型的写作理论专著。”[①] 林杉对龙学研究中的诸多问题的看法，皆本于此。

《文心雕龙创作论疏鉴》把“创作论”（后称“文术论”）分为“三块”：上编（作者的素质和学养）包括《神思》《养气》《体性》《风骨》《情采》，侧重谋篇的内在因素；中编（篇章构成）包括《通变》《定势》《镕裁》《附会》《章句》，侧重谋篇的原则、要领和方法；下编（技法运用）包括《事类》《比兴》《夸饰》《隐秀》《丽辞》《练字》《声律》《指瑕》，侧重谋篇过程中的语言运用和修辞手段。“三编”之前，以《序志》《总术》为“导论”。这种编排立足写作实践，突出文章写作的发展过程，“形成一种新的框架体系，这就开了这部名著按专题选编诠释的新路”（可永雪语，见该书《序一》）。《疏鉴》对一些争议较大的理论范畴，做了“写作学阐释”。论“总术”，林杉指出：

> 《文心雕龙》中所论之“术”，本来就具有多方面的含义。它既有“规律”、“法则”、“基本原理”的含义，又有体制、特色和规格要求的内容；既指在写作实践总结出来的理论原则和“写作要领”，又指具体的“写作方法”和“创作方法”；既包括一般文章的写作，又兼容文学作品的创作。总之，“术”可以说是写作规律、原则、体制和方法的一个统称。……由此可见，《总

① 林杉：《文心雕龙创作论疏鉴》，第 17 页。

> 术》中所言之“术”，并非某一特定的、具体的“术”，而是《文心雕龙》所有篇章中，特别是创作论十九篇中所言之“术”的总称。……所谓“总术”，就是要求写作者全面掌握写作规律、原则、体制和方法。[1]

这种解读，阐明了总术的丰富内涵，肯定《总术》篇在创作论中“备总情变”的“车毂”地位。论“养气”，林杉认为：

> 刘勰所谓的“养气”，实质上即是培养、孕育“志气”；而这种对文思开塞起着“关键”作用的“志气”，则是以作者才学识力诸多方面的修养为基础的，在写作构思过程中由体力和精力、心境和情绪、欲望和激情、勇气和信心等多种因素所形成的一种精神状态。[2]

这个观点是对黄侃“此篇之作，所以补《神思》篇之未备”的发挥，具体阐释了“气”的内涵。然黄说似乎忽略《养气》篇的独立性，仅把它看作《神思》篇的“附庸”，这一点应该辨明。论“定势”，林杉对“势”的各种解释逐一辨析，阐明“势”是“各种不同类型的文体的基本格调”，并引“是以囊括杂体，功在铨别”一节证之。林杉对重要范畴的“写作学”阐释，独到、新颖，亦有合理性。若能有文字训诂的佐证，则更为圆满。

《文心雕龙文体论今疏》是《文心雕龙创作论疏鉴》的“姊妹篇”，主要研究长期不被学界重视的“论文叙笔”部分（今人谓之“文体论”）。受王运熙的启发，林杉视“论文叙笔”以写作指导为旨归，

---

① 林杉：《文心雕龙创作论疏鉴》，第 32 页。

② 林杉：《文心雕龙创作论疏鉴》，第 76 页。

而不把它当作一般意义上的文体论。故而从“各体文章写作指导角度出发”，将其分为三编：上编包括《辨骚》《明诗》《乐府》《诠赋》《谐隐》《杂文》，以文学性文体为主；中编包括《颂赞》《祝盟》《铭箴》《诔碑》《哀吊》《史传》《论说》《诸子》《书记》，以一般实用文体为主；下编包括《诏策》《檄移》《封禅》《章表》《奏启》《议对》，以宫廷专用文体为主。这种“居今探古”的编排，彰显了“论文叙笔”的“今用”价值。林杉在《今疏》的《代前言》中，解说刘勰“原始以表末，释名以彰义，选文以定篇，敷理以举统”的文体论建构“模式”。林杉认为，这不是“对前人所论的简单组合，而是一个以写作为旨归的有机整体”，尤其是“敷理以举统”，“所占的篇幅虽不大，但它是全篇内容的‘结穴所在’，前面的三项内容，都是从不同角度为突出它来服务的。刘勰往往把这一项内容称为‘枢要’、‘大要’、‘纲领之要’或‘大体’、‘本体’、‘体制’，可见其地位之显重”。[①] 后来，林杉在任总主编的“21 世纪写作学习丛书”之《总序》中再次强调这二十个字，把它们作为论述具体文体的写作要求，实现“活古化今”。《今疏》的学术价值和现实意义是不言而喻的。其中“疑点辨析”较之《疏鉴》似有些简略。

《文心雕龙批评论新诠》是林杉继《文心雕龙创作论疏鉴》和《文心雕龙文体论今疏》之后推出的第三部龙学专著。林杉视野开阔，注重从整体上把握《文心雕龙》批评论。《新诠》的体例编排，已表明这一点：上编包括《原道》《征圣》《宗经》《正纬》《辨骚》，以“文之枢纽”作为批评论的理论基础，统领全书；中编包括《时序》《物色》《才略》《知音》《程器》，以“杂论”（余论）作为批评论的主体；下编包括《明诗》《乐府》《诠赋》《体性》《通变》《情采》《指瑕》，以文体论和创作论的有关篇章作为批评论的范例和参证。

① 林杉：《文心雕龙文体论今疏》，第 3 页。

林杉对批评论范围的界定，会通“道”“评”“体”“术”，更切近《文心雕龙》的实际。林杉还用“六结合”概括《文心雕龙》批评论的特点，即“批评论与创作论的结合”“鉴赏与批评的结合”“批评标准与批评方法的结合”“肯定与否定的结合”“分散与集中的结合”“批评与现实的结合”。[①]“六结合”多方面阐明刘勰批评观的丰富内涵，反映《文心雕龙》各个部分、各个篇章之间的内在联系。林杉强调：“所谓批评论，则是依附、从属于创作论，为创作论服务的。”[②]其“写作本位”观一以贯之，说明《文心雕龙》的批评是“写作之批评”，而非“批评之批评”。由于批评论是“附论”“补论”内容不及创作论和文体论丰厚，因此，《新诠》较之《疏鉴》《今疏》似乎单薄一些。

林杉“三论”各有特色。《疏鉴》重“辨”，即辨正创作论的诸多疑点；《今疏》重“今”，即阐述文体论的现代意义；《新诠》重“新”，即重新界定批评论的范围。今人治龙学，各有所重，或在创作论，或在文体论，或在批评论，鲜有“三论”皆治者。林杉在“文化边缘”地区，能贯通“三论”，自成一家，尤为可贵。

《文心雕龙》研究在内蒙古的三十年，成绩斐然。今后的发展趋势是多元化、专题化、系列化。“文心雕龙悬疑研究”正在进行，“文心雕龙评点研究”业已启动，“文心雕龙序跋研究”和“文心雕龙典故研究”即将展开……《文心雕龙》研究在内蒙古的发展前景，值得期待。

本文刊于《内蒙古师范大学学报》（哲学社会科学版）2008 年第 6 期。

① 林杉：《文心雕龙批评论新诠》，第 4—8 页。
② 林杉：《文心雕龙批评论新诠》，第 4 页。

大漠龙吟：内蒙古《文心雕龙》研究述略（1978—2013）

刘勰在谈到《文心雕龙》文体论时指出："若乃论文叙笔，则囿别区分，原始以表末，释名以章义，选文以定篇，敷理以举统。"从"原始"至"举统"，兼综史（原始以表末）、评（选文以定篇）、论（释名以章义、敷理以举统），是"论文叙笔"的司南，也可以应用于学术史研究。有鉴于此，笔者以"原始以表末"和"选文以定篇"为重点，考察内蒙古《文心雕龙》的研究情况。

一、内蒙古《文心雕龙》研究之演进

内蒙古《文心雕龙》研究始于20世纪70年代末80年代初。马白首次在内蒙古大学汉语系开设"《文心雕龙》专题"，标志《文心雕龙》研究在内蒙古的起步。马白先后发表《评刘勰的"六义说"》（《学术月刊》1980年第8期）、《〈文心雕龙〉在世界美学史上的地位》（《文心雕龙学刊》第一辑，齐鲁书社，1983年）、《从方法论看〈周易〉对〈文心雕龙〉的影响》（《中国文艺思想史论丛》，北京大学出版社，1984年）、《论〈文心雕龙〉在中国美学史上的地位》（《美学与艺术评论》第三辑，复旦大学出版社，1986年）、《论〈文心雕龙〉的系统观念和系统方法》（《文心雕龙学刊》第四辑，齐鲁书社，1986年）等论文多篇，分别从文艺批评、美学史和方法论角度阐发《文心雕龙》的理论价值，既有微观研究，又有宏观考察，在龙学界产生了广泛的学术影响。

马白于20世纪80年代后期调至汕头大学，张广信（张辰）继之讲授"《文心雕龙》专题"课，并发表论文《论刘勰美学思想的哲学基础》（《文心雕龙学刊》第七辑，广东人民出版社，1992年）、

《刘勰美学思想发微》（与马白合写，《内蒙古大学学报》，1994年第4期）、《文心雕龙学综览·美学思想》（与马白合写，《文心雕龙学综览》，上海书店，1995年）、《刘勰〈文心雕龙〉与亚里斯多德〈诗学〉相异论》（《内蒙古大学学报》，1998年第1期）和《刘勰〈文心雕龙〉与亚里士多德〈诗学〉相通论》（《广播电视大学学报》1999年第1期）。张辰将《文心雕龙》置于“比较诗学”的视野进行研究，注意发掘刘勰的美学思想。

内蒙古师范大学的《文心雕龙》研究始于80年代初期。陶格图慕在蒙古语言文系用蒙古语讲授“《文心雕龙》专题”，用蒙古文译注《文心雕龙》，并撰写《〈文心雕龙〉理论体系研究》（内部印行）。该书是第一部蒙古文《文心雕龙》研究专著，观点鲜明，分析精辟。[①] 王志彬（林杉）在汉语言文学系授诸生“《文心雕龙》创作论”，开辟从写作实践角度探索《文心雕龙》理论价值的新路。此后又多次在“文学创作研究班”“语言写作助教班”讲授。在“创作论”的教学基础上，王志彬给文艺学专业硕士研究生开设“《文心雕龙》专题”。舌耕之余，王志彬研治《文心雕龙》，发表《〈文心雕龙〉性质问题述评》（《内蒙古师范大学学报》1991年第1期）、《〈文心雕龙〉总术探疑》（《内蒙古社联学刊》1991年第5期）、《刘勰“养气”说今探》（《内蒙古师范大学学》1995年第4期）、《刘勰“论文叙笔”今辨》（《广播电视大学学报》1999年第4期）和《〈文心雕龙〉文术论今说》（《内蒙古师范大学学报》2004年第5期）等十余篇论文，对龙学研究中疑点、难点进行实事求是的辨析，力求客观、公允。其中数篇，或为摘引，或为全文转载，有较好的学术反响。1997年至2002年，王志彬推出龙学研究系列著作——《文心雕龙创作论疏鉴》《文心雕龙文体论今疏》和《文心雕龙批评论

① 陈中永主修，刘成法主纂：《内蒙古师范大学志1993—2004》，第791页。

新诠》（三部论著均由内蒙古教育出版社出版）。“三论”均立足写作实践，集词语注释、古文今译、内容提要和疑点辨析于一体，对《文心雕龙》的主体部分进行系统的研究，体例完备，特色鲜明。“三论”的面世，奠定了内蒙古师范大学在自治区《文心雕龙》研究中主导地位，标志内蒙古的《文心雕龙》研究达到新的高度。在“三论”基础上，王志彬于2012年推出了全注全译本《文心雕龙》（中华书局），该书以黄叔琳辑注本（养素堂本）为底本，注意吸收历代龙学家之研究整理成果，进行题解、注释和翻译。该书的出版对《文心雕龙》的普及起到了有力的推动作用。值得注意的是，山东大学戚良德编《文心雕龙学分类索引》（上海古籍出版社，2005年）专置“学科综述”，列举了十二位龙学专家，王志彬位列其中，表明其《文心雕龙》研究已经得到国内有关学者的关注。[①]

经过二十多年的不懈努力，王志彬组建了一支由中青年教师和研究生为主的《文心雕龙》研究梯队，实现研究“团队化”。

王志彬的学生万奇继续教授本科生“《文心雕龙》创作论”，后为研究生开设“《文心雕龙》讲读”课，发表《〈文心雕龙·明诗〉辨疑》（《语文学刊》2006年第5期）、《〈文心雕龙·诠赋〉辨疑》（《语文学刊》2006年第9期）、《〈文心雕龙·知音〉与中学语文阅读教学》（《内蒙古师范大学学报》2006年第12期）、《〈文心雕龙〉之书名、框架和性质今辨》（《内蒙古师范大学学报》2009年第2期）等文章，与徐新民共同主编了《文海双舟—20世纪中国写作理论暨文心雕龙研讨会论文集》。2007年，万奇主持了“全国高校古籍整理研究工作委员会资助项目”——《文心雕龙》悬疑研究。在项目研究期间，李金秋主持的《语文学刊》开辟“龙学研究”专栏，连载该项目的阶段性成果。撰稿者除王志彬、万奇、李金秋外，

① 戚良德：《文心雕龙学分类索引》，第434—454页。

主要是在读和已经毕业的研究生。文章内容主要是辨正《文心雕龙》五十篇中的重要疑点。这种"集束式"成果发表，引起龙学界的关注。现在该项目研究业已完成，结集为两本论著《文心雕龙文体论新探》和《文心雕龙探疑》，分别由中央民族大学出版社和中华书局出版。

从2002年至2008年，王志彬指导的四届硕士研究生所作的学位论文，多与《文心雕龙》有关——主要是对明清及现当代龙学名家成果进行系统研究。如李金秋《〈文心雕龙〉曹评中的创作论研究》（其中的《〈文心雕龙〉曹评中的贯文总术之风论》，后刊发于《内蒙古师范大学学报》2004年第5期）、孔祥丽《〈文心雕龙札记〉中的"为文之术"研究》、白建忠《〈文心雕龙〉杨批中的创作论研究》、何颖《〈文心雕龙〉纪评中的创作论研究》、王凤英《〈文心雕龙〉刘释中的创作论辨要》、运丽君《〈文心雕龙〉范注中的文术论辨要》、张昶《周振甫〈文心雕龙注释〉辨要》、孙玮志《牟世金〈文心雕龙研究〉辨要》、孙俊秀《王运熙〈文心雕龙探索〉辨要》、朱吉勒《郭晋稀〈文心雕龙注译〉辨要》、周春来《〈文心雕龙讲疏〉创作论辨要》、王学敏《王更生〈文心雕龙研究〉辨要》和张慧磊《张少康〈文心雕龙新探〉辨要》等。此后，万奇指导的三届研究生继续研究龙学名家成果：包剑锐《黄维樑与〈文心雕龙〉之"六观说"》、孙慧莲《徐复观〈文心雕龙〉研究辨要》、赵改丽《黄春贵〈文心雕龙〉之创作论辨要》、白文志《沈谦〈文心雕龙〉之文学理论与批评探要》、王红霞《石家宜〈文心雕龙系统观〉辨要》、孙玉娟《林杉〈文心雕龙创作论疏鉴〉探要》等。上述论文都注意突出每位龙学家研究特点和理论贡献，同时也指出其不足，已构成独具特色的"龙学名家"研究系列。

在此期间，王志民、王志彬、杨效春、高林广等研究《文心雕龙》例文，他们合著的《文心雕龙例文研究》（内蒙古人民出版社，

2005 年）是此类研究的首出之作。是书从《文心雕龙》征引的作品中选一百七十余篇加以注释、评介，对理解《文心雕龙》的理论观点，认识六朝的文章观念，具有不可低估的重要价值。孔祥丽、李金秋、何颖合著的《文心雕龙全译典藏图文本》（中国社会科学出版社，2005 年），按照“原文—注释—译文—点评”的体例，全面解读《文心雕龙》，在普及方面做出了可贵的尝试。高林广的《取熔经义，联藻日月——论〈文心雕龙〉的〈楚辞〉批评及其文学史意义》（《内蒙古师范大学学报》2004 年第 3 期）、《〈文心雕龙〉的〈周易〉批评》（《内蒙古社会科学》2004 年第 4 期）、《〈文心雕龙〉学术视野下的曹魏文学批评》（《广播电视大学学报》2005 年第 3 期）、《〈文心雕龙〉学术视野下的晋宋文学批评》（《内蒙古师范大学学报》2005 年第 3 期）、《〈文心雕龙〉对古诗的批评》（《内蒙古师范大学学报》2007 年第 2 期）、《〈文心雕龙〉视域下的〈诗经〉艺术》（《广播电视大学学报》2009 年第 3 期）、《〈文心雕龙〉的〈尚书〉批评》（《山西师范大学学报》2011 年第 4 期）《〈文心雕龙〉的司马相如辞赋批评》（《内蒙古师范大学学报》2012 年第 3 期）等《文心雕龙》研究系列论文，解析刘勰对楚辞、《周易》、曹魏文学批评、晋宋文学批评、古诗、《诗经》、《尚书》、司马相如辞赋的评论，从中考察其文学史观，对中国古代文学史研究具有借鉴意义。还有一些《文心雕龙》研究论文亦值得重视，如王志民《略谈〈文心雕龙〉“史记论”之失》（《内蒙古师范大学学报》2004 年第 5 期）、石海光《从〈文心雕龙·辨骚〉看文论家的世界观》（《语文学刊》2002 年第 4 期）、彭笑远《从〈文心雕龙·原道〉看中国神话对刘勰的影响》（《集宁师专学报》2003 年第 1 期）等。

从内蒙古《文心雕龙》研究的发展情况看，内蒙古师范大学虽起步稍晚，然后来居上，特点鲜明，渐成规模，现已成为自治区《文心雕龙》研究的重镇。

二、内蒙古《文心雕龙》研究论著选评

上面笔者原始以表末，考察了内蒙古《文心雕龙》研究的演进；下面则选文以定篇，择内蒙古有代表性的《文心雕龙》研究论著进行点评。

（一）“文心三论”：《文心雕龙创作论疏鉴》《文心雕龙文体论今疏》《文心雕龙批评论新诠》（林杉著）

“文心三论”先后由内蒙古教育出版社出版。与其他龙学论著相比，“三论”最突出的特点是将《文心雕龙》置于写作学视野来考察。长期以来，《文心雕龙》被主流学者当作“文学理论批评著作”，这种观点折射出中国学者的“理论自卑”和“理论焦虑”。因为中国文论重直觉、悟性，其理论形态大多是诗话、词话、文话、曲话、评点以及序跋等感悟性文体，鲜有“体大思精”之作。独有《文心雕龙》近似西方的《诗学》，满足他们对中国文论“系统性”的诉求，从而把《文心雕龙》塑造成“东方诗学”的“幻象”，以与西方抗衡。鲁迅的著名论断——“东有刘彦和之《文心》，西有亚理士多德之《诗学》”肯定《文心雕龙》在世界文论的地位，然又何尝不是自卑与焦虑的潜意识流露？其实《文心雕龙》与《诗学》“形似神异”，其讨论的问题是“如何用心把文章写好”。黄侃视之为“文章作法”，范文澜曰“作文法则”，王运熙称“写作指导或文章作法”，正是看到了这一点。林杉合黄、范、王三说而为一，作了重新概括：“刘勰的《文心雕龙》是一部具有中国作风和中国气派的典型的写作理论专著。”林杉对《文心雕龙》中许多问题的看法，皆本于此。[①]

《文心雕龙创作论疏鉴》把“创作论”（后称“文术论”）分为“三

① 林杉：《文心雕龙创作论疏鉴》，第17页。

块”：上编（作者的素质和学养）包括《神思》《养气》《体性》《风骨》《情采》，侧重谋篇的内在因素；中编（篇章构成）包括《通变》《定势》《镕裁》《附会》《章句》，侧重谋篇的原则、要领和方法；下编（技法运用）包括《事类》《比兴》《夸饰》《隐秀》《丽辞》《练字》《声律》《指瑕》，侧重谋篇过程中的语言运用和修辞手段。“三编”之前，以《序志》《总术》为“导论”。这种编排立足写作实践，突出文章写作的发展过程，“形成一种新的框架体系，这就开了这部名著按专题选编诠释的新路”（可永雪语，见该书《序一》）。《疏鉴》对一些争议较大的理论范畴，做了“写作学阐释”。

《文心雕龙文体论今疏》是《文心雕龙创作论疏鉴》的“姊妹篇”，主要研究长期不被学界重视的“论文叙笔”部分（今人谓之“文体论”）。受王运熙的启发，林杉视“论文叙笔”以写作指导为旨归，而不把它当作一般意义上的文体论。故而从“各体文章写作指导角度出发”，将其分为三编：上编包括《辨骚》《明诗》《乐府》《诠赋》《谐隐》《杂文》，以文学性文体为主；中编包括《颂赞》《祝盟》《铭箴》《诔碑》《哀吊》《史传》《论说》《诸子》《书记》，以一般实用文体为主；下编包括《诏策》《檄移》《封禅》《章表》《奏启》《议对》，以宫廷专用文体为主。这种“居今探古”的编排，彰显了“论文叙笔”的“今用”价值。林杉在《今疏》的《代前言》中，解说刘勰“原始以表末，释名以彰义，选文以定篇，敷理以举统”的文体论建构“模式”。林杉认为，这不是“对前人所论的简单组合，而是一个以写作为旨归的有机整体”。尤其是“敷理以举统”，“所占的篇幅虽不大，但它是全篇内容的‘结穴所在’，前面的三项内容，都是从不同角度为突出它来服务的。刘勰往往把这一项内容称为‘枢要’‘大要’‘纲领之要’或‘大体’‘本体’‘体制’，可见其地位之显重”。[①] 后来，林杉在任总主编的“21 世纪写作学习丛书”之《总序》中再次强调这二十个字，把它们作为论述具体文体的写作要求，实现了“活古化今”。《今疏》的学术价值和现实意义是不言而喻的。其中“疑点辨析”较之《疏鉴》似有些简略。

《文心雕龙批评论新诠》是林杉继《文心雕龙创作论疏鉴》和《文心雕龙文体论今疏》之后推出的第三部《文心雕龙》研究专著。林杉视野开阔，注重从整体上把握《文心雕龙》批评论。《新诠》的体例编排，表明了这一点：上编包括《原道》《征圣》《宗经》《正纬》《辨骚》，以“文之枢纽”作为批评论的理论基础，统领全书；中编包括《时序》《物色》《才略》《知音》《程器》，以“杂论”（余论）作为批评论的主体；下编包括《明诗》《乐府》《诠赋》《体性》《通变》《情采》《指瑕》，以文体论和创作论的有关篇章作为批评论的范例和参证。林杉对批评论范围的界定，会通“道”“评”“体”“术”，更切近《文心雕龙》的实际。林杉还用“六结合”概括《文心雕龙》批评论的特点，即“批评论与创作论的结合”“鉴赏与批评的结合”“批评标准与批评方法的结合”“肯定与否定的结合”“分散与集中的结合”“批评与现实的结合”。[②] “六结合”多方面阐明刘勰批评观的丰富内涵，反映《文心雕龙》各个部分、各个篇章之间的内在联系。林杉强调：“所谓批评论，则是依附、从属于创作论，为创作论服务的。”[③] 其“写作本位”观一以贯之，说明《文心雕龙》的批评是“写作之批评”，而非“批评之批评”。由于批评论是“附论”“补论”，内容不及创作论和文体论丰厚，因此，《新诠》较之《疏鉴》《今疏》似乎单薄一些。

---

① 林杉：《文心雕龙文体论今疏》，第 3 页。

② 林杉：《文心雕龙批评论新诠》，第 4—8 页。

③ 林杉：《文心雕龙批评论新诠》，第 4 页。

“文心三论”各有特色。《疏鉴》重“辨”，即辨正创作论的诸多疑点；《今疏》重“今”，即阐述文体论的现代意义；《新诠》重“新”，即重新界定批评论的范围。今人治龙学，各有所重，或在创作论，或在文体论，或在批评论，鲜有“三论”皆治者。林杉在“文化边缘”地区，能贯通“三论”，自成一家，尤为可贵。

（二）《文心雕龙例文研究》（王志民、林杉、杨效春、高林广编著）

《文心雕龙例文研究》由内蒙古人民出版社出版。其突出特点是集注释、解读与研究于一编。《例文研究》的编著者认为，《文心雕龙》所征引、涉及到的例文，散见于历代典籍之中，查阅极为不便。学界虽有一些著作收录《文心雕龙》征引的例文，但数量不大，且没有必要的注释和解读。“在这种情况下，对《文心雕龙》所征引、涉及的例文，进行综合性、专门化的整理和研究，就有了重要的学术价值和现实意义”。[①]《例文研究》由例文选篇、例文注释和例文简评组成。例文选篇按照《文心雕龙》原篇章顺序，根据各篇所涉及的例文来选文定篇，选文均据学术界所公认的可靠版本，尽量避免使用二手材料。对于一些较长的篇目，如《易》《离骚》《上林赋》等，则酌取其主要部分，并以“节选”字样标出；对每一篇例文都标注了作者、版本、出版年月等。例文注释依例对所有例文都进行了注释，注释力求准确、简明，雅俗共赏。例文简评包括四个方面的内容：首先对例文内容做概括和说明；其次阐述《文心雕龙》对它的认识和评介，以及编者对这种认识和评介的再认识；再次解析各篇例文对《文心雕龙》所论观点的价值和意义，探究刘勰文论思想的形成根据；最后以各篇例文为据，辨析《文心雕龙》研究中

① 王志民、林杉、杨效春、高林广编著：《文心雕龙例文研究·前言》，呼和浩特：内蒙古人民出版社，2005年，第2页。

的歧疑问题，力求解决前人尚未能解决的问题。

《例文研究》是一本可与《文心雕龙》配套的学习和研究资料。它的面世，避免了读者翻检之劳，可以加深对《文心雕龙》的认识和理解。其学术意义和实用价值是不言而喻的。

（三）《文心雕龙》（王志彬译注）

王志彬译注的《文心雕龙》系中华书局出版的《中华经典名著全本全注全译丛书》之一。该书的主要特点是着眼于《文心雕龙》的本体性质，把它作为一部面向“童子”和“后生”的文章写作理论著作来解读，重在居今探古，古为今用，汲取其各篇所论之精华，以之指导写作实践，使“童子”和“后生”能执术驭篇、确乎正式，提高各体文章的写作能力。是书以黄叔琳辑注本即养素堂本为底本，并吸收杨明照《文心雕龙校注拾遗》、刘永济《文心雕龙校释》、姜书阁《文心雕龙绎旨》等著作的校勘成果，参考范文澜《文心雕龙注》、王利器《文心雕龙校证》、詹锳《文心雕龙义证》、王运熙与周锋合著《文心雕龙译注》、周振甫《文心雕龙今译》等现代研究、整理成果，进行综合比较，辗转互证，献可替否，择善而从。着意于“根柢无易其固，裁断必出于己”，而不涉及各家欲调整《文心雕龙》篇目顺序的各种假说，保持了元明以来《文心雕龙》固有版本的本来面目。全书由题解、注释和译文组成。题解在每篇之前，概括此篇的主要内容和重要歧疑，浓缩“三论”疑点辨析之优长，学术含量高，篇幅较长，旨在使读者明确其学术价值、实践意义和存在的问题。注释、译文均在每段之后。注释注重吸收、借鉴各家的考证和研究成果，力求简洁准确，并验之以写作实践，避免孤立的以词解词和生硬的旁征博引。译文则忠实于原文，以直译为主，辅以意译，重在贯通前后文意。显然，提高与普及相结合，力求雅俗共赏，是该书的又一特色。

王志彬译注《文心雕龙》是继其“三论”之后的会通之作。该书化分为总，笼圈条贯，是不可多得的龙学佳制。

（四）《文心雕龙文体论新探》（万奇、李金秋主编）

《文心雕龙文体论新探》由中央民族大学出版社出版，系内蒙古师范大学六十周年校庆学术著作出版资金资助项目。“论文叙笔”（文体论）是《文心雕龙》的重要组成部分。它上承“文之枢纽”（文原论）而来，下启“剖情析采”（文术论）。凡二十篇，所占篇幅较大。鉴于文体论在《文心雕龙》中的重要地位，故著者把对文体论的悬疑研究，勒成一书，这便是《新探》的由来。《新探》依刘勰《序志》篇所述，将文体论分为“有韵之文”和“无韵之笔”，结合文体论原文和古今写作实践，逐篇辨析文体论的重要疑点，力求得出符合实际的结论。值得注意的是，《新探》还附录了四篇具有较高学术价值的论文——《〈文心雕龙〉之书名、框架和性质辨析》《元明清三代之〈文心雕龙〉序跋文论略》《明清两代〈文心雕龙〉评点综述》和《“五色圈点”考论——以杨慎批点〈文心雕龙〉中的“五色圈点”为例》。第一篇诠释“文心雕龙”的含义，梳理《文心雕龙》的组成和理论框架，在弥纶群言的基础上阐明《文心雕龙》“文章写作思想论著”的性质。余下三篇分别就元明清三代之《文心雕龙》序跋文、明清两代《文心雕龙》的评点和杨慎对《文心雕龙》的“五色圈点”作了较为深入、细致地阐述和考辨。这些龙学论文拓展《文心雕龙》研究的视野，在某种意义上深化了龙学研究。

（五）《〈文心雕龙〉探疑》（万奇、李金秋主编）

《〈文心雕龙〉探疑》由中华书局出版。《探疑》与其他龙学论著的不同，主要有三点：一是从写作学本体角度研究《文心雕龙》，不是把它看作一般的文学理论与文学批评论著。从刘勰的立意和《文心雕龙》的内容、框架来看，这本书探讨的核心问题是“如何用心写文章”，其中自然也涉及文学理论与文学批评。换句话说，研究文章写作是“主”，探讨文学理论与文学批评是“宾”。《探疑》从写作学本体角度切入，是要明确“宾主之位”，避免“喧宾夺主”。二是辨析龙学研究中的重要一点，探幽索隐，不是泛泛地介绍《文心雕龙》的理论观点。《探疑》试图把分歧较大的疑点提出来，结合《文心雕龙》原文和写作实践，进行审慎地辨析。三是注重“弥纶群言”“辨正然否”“钩深取极”和“唯务折衷”。对于任何一个疑点，尽可能找到与之相关的各种看法，辨析是非，把问题说深讲透。《探疑》由“提示”“辨疑”和“原文”组成。“提示”扼要指出各篇中需辨析的疑点。“辨疑”主要是辨析各篇的主要歧义和内容的实践意义，注意疑点与其相关段落的联系，与每一篇主旨的关系，使“根柢无易其固”。同时也重视它与写作实践的关系，把疑点置于实践中来辨别、检验，做到“裁断必出于己”。“原文”附在各篇之后，以便读者阅读、理解和鉴用。《探疑》十分注意历史语境，居今探古，既不以今责古，又不囿于陈说。在诸多方面提出了新颖的观点。

内蒙古《文心雕龙》研究经过三十多年的发展，取得了长足的进步。在王志彬的指导下，形成了研究团队，出版了系列研究成果。可目前面临的问题依然严峻：一是研究团队需要补充青年学术骨干，以保证《文心雕龙》研究的永续发展；二是对“《文心雕龙》评点”“《文心雕龙》典故”等一些新课题的研究有待展开；三是研究视野尚需开拓，亟需吸纳欧美、日韩等异域之新声，进行中外会通；四是继续发掘《文心雕龙》的现代意义，使之用于今天的理论建构、写作、批评和鉴赏实践；五是要建立与海内外龙学家和《文心雕龙》研究团体的学术联系，以获得有效的指导和切实的帮助，提升内蒙古《文心雕龙》研究的学术水平。

本文先于2013年9月在山东大学主办的“纪念中国《文心雕龙》学会成立三十周年国际学术研讨会暨中国《文心雕龙》学会第十二次年会”上宣读，后收录于戚良德主编《儒学视野中的〈文心雕龙〉》（上海古籍出版社，2014年）。

结语　千年绝响，泽被后世

汤因比指出，文明的河流不只西方这一条。[①] 事实也是如此。照季羡林的说法，世界上历史悠久、地域广阔、自成体系、影响深远的文化只有四种：中国文化、印度文化、伊斯兰阿拉伯文化、希腊文化。[②] 前三者分别是东亚文化、南亚文化、西亚文化的典型代表，但皆归东方文化；后者属于欧洲文化，又延伸至美洲，皆归西方文化。不同的文化模式孕育了不同的文论著作，呈现出各自的文化色彩。《文心雕龙》是中国文论巨著，展示了中华文化“天人合一”的诗性智慧；《舞论》(*Natyasatra*) 是古印度戏剧理论的名著，体现了印度文化“梵我合一”的神秘智慧；《诗学》(*Poetics*) 是古希腊文艺理论与美学的杰作，彰显了西方文化“条分缕析”的科学智慧。这三部论著是世界文论的三座高峰。[③]

---

① 汤因比的原话是：“所谓‘历史统一’的错误观念——包括那样一种推论，认为文明的河流只有我们西方一条，其余所有的文明不是它的支流，便是消失在沙漠里的死河——还有三个来源：自我中心的错觉，‘东方不变论’的错觉，以及说进步是沿着一根直线发展的错觉。”汤因比：《历史研究》上册，上海：上海人民出版社，1997 年，第 46 页。

② 蔡德贵：《季羡林的多元文化观和文化交流论》，《齐鲁学刊》2003 年第 1 期，第 112 页。

③ 曹顺庆指出：“如果说，世界古代文学批评史由西方、印度及中国三大源头组成，那么这三大源汇成的漫漫长河中耸立着三座巍巍高峰。它们是亚里士多德的《诗学》、婆罗多牟尼的《舞论》和刘勰的《文心雕龙》。这三部专著，成为整个古代文学批评史上几乎不可企及的典范。”曹顺庆：《从总体文学角度认识〈文心雕龙〉的民族特色和理论价值》，《文学评论》1989 年第 2 期，第 104 页。

就《文心雕龙》本身来看，其价值主要体现在以下四个方面：

一是构建结构绵密的理论体系。《文心雕龙》之五十篇，编排有序。刘勰依据《周易》的道器观，置《原道》为上篇之首，置《程器》为下篇之末；置文体论于上篇，置文术论于下篇。这种首“道”尾“器”、先“体”后“术”的布局，体现了刘勰上“纲”下“目”的结构观。不但如此，《文心雕龙》篇与篇之间前后相衔，状如贯珠。如：列于《原道》篇之后的是《征圣》篇，是因为“道沿圣以垂文，圣因文而明道”，“圣”是“道”与“文”之间的中介。承接《征圣》篇的是《宗经》篇，是由于“论文必征于圣，窥圣必宗于经”，“经”是落脚点。三篇前呼后应，一脉牵引而下。又如：《风骨》篇说“曲昭文体，洞晓情变”，其中“洞晓”句暗示下一篇是《通变》，“曲昭”句预伏《通变》篇后的《定势》篇，这两篇均承《风骨》篇而来，从“变”与“不变”两个方面阐明了如何树立“风骨”。而《定势》篇之“赞曰”有“情采自凝”一句，又自然而然地导引出下一篇《情采》……篇与篇衔接如此细密，故有学者指出，《文心雕龙》“体系之严谨、结构之靡密”，“堪称千年绝响”，[①] 诚哉斯言。

二是提出“情采”“虚静”“镕裁”“附会”“比兴”“隐秀”等一系列重要的文论范畴。范畴是理论的高度浓缩。就拿“情采”来说，它上承《神思》至《定势》篇之“情”而来，下启《镕裁》至《总术》之“采”，是《文心雕龙》文术论之锁钥，并凸显了中国诗文的特质，对今人建构文论体系大有助益。“虚静”是《文心雕龙》另一重要范畴。它旨在说明作者如何从生理和心理两个方面培养最佳的写作状态。不独在当时有指导作用，就是放到今天来看，

① 吴调公：《〈文心雕龙〉系统观·序》，石家宜：《〈文心雕龙〉系统观》，第1页。

仍然给写作者以有益的启示。再如：“镕裁”“附会”讲的是诗文剪裁与谋篇，“比兴”“隐秀”说的是诗文写作方法，此四者所包含的具体内容不仅给当时的“才颖之士”以切实的写作指导，也对后世的文论与写作实践产生了深远的影响。

三是开出“矫讹翻浅”的救弊药方。刘勰撰《文心雕龙》，其动因之一是欲纠文坛之弊。在他看来，自魏晋以来，文章写作“言贵浮诡”，或浅而绮，或讹而新，竞今逐奇，日趋“讹滥”，背离了写作的根本；而欲纠此弊，只有正末归本，宗法经书。因为文章源于五经：“论说辞序，则《易》统其首；诏策章奏，则《书》发其源；赋颂歌赞，则《诗》立其本；铭诔箴祝，则《礼》总其端；记传盟檄，则《春秋》为根……所以百家腾跃，终入环内”。不但如此，五经是文章写作的范本。写作者若能宗经，文章就具有“情深”“风清”“事信”“义贞”“体约”“文丽”的“六义”之美。进而刘勰将《周易》的尚正（贞）理念用于“救弊”中，倡“正情”“正理”“正体”“正势”“正采”，批“情诡”“义回”“邪体”“讹势”“繁采”，给作者指明了文章写作的正确方向。

四是采用史、论、评三位一体写作模式。正如王元化所说，《文心雕龙》兼综史、论、评。所谓“史”（history），包括文体演变史（history of genre）和诗文通史（history of literature）。从《明诗》到《书记》，均有“原始以表末”的部分，是文体演变史；《时序》与《通变》的“九代咏歌”构成了诗文通史（至少也是“诗文史纲”）。所谓“论”（theory），是由文原论（theory of essence）、文体论 (theory of genre）、文术论 (theory of creation) 和文评论 (theory of criticism) 组成。所谓“评”（criticism），是指“实际批评”（practical criticism），不是指批评理论（theory of criticism）。即指刘勰对先秦至南朝宋之作家、作品的铨评。这种史、论、评三位一体的写作模式，展示了刘勰广博的史识、精深的义理和非凡的批评功力，使《文心雕龙》呈现出与今天的“文学概论”迥异的面貌。其涉及的范围远远广于后者，与后者的“概论”性质是有较大差异的。

《文心雕龙》的语体是优美的骈文。刘勰反对辞采过滥，但不反对辞采本身。在他看来，“古来文章”都是靠精雕细刻写成的，讲究文采美是写作的应有之义，故其书名有“雕龙”二字，行文时重辞藻、尚对偶、讲声律、贵用事，汉语之美尽显无遗。不过，毋庸讳言，刘勰用骈文说理亦有局限。有的篇章语义含混，模棱两可，造成理解上的歧义。如《风骨》篇，至今学界众说纷纭，莫衷一是。之所以分歧这么大，固然有每位研究者不同的学术背景、研究角度等方面的原因，也有刘勰自身的问题——他没有把“风骨”说清楚。借用香港黄维樑教授的话说，《风骨》篇是“瑕疵文本”（flawed text），即“有问题的文本”。[①] 尽管如此，白玉之瑕并不能遮蔽这部文论巨著如宛虹之奋鬐、若长离之振翼的光采。[②]

---

① 黄维樑：《符号学“瑕疵文本”说：从〈文心雕龙〉的诠释讲起》，第1页。

② 有学者指出，《文心雕龙》有其自身的局限，研究者不应“过度拔高”。这种善意的提醒是值得重视的。不错，任何经典的产生都有其特定的时代和语境。《文心雕龙》自然不能例外。因此，在肯定其理论价值时，不应回避其不足。又有学者说，《文心雕龙》的一些观点已为其后的文论所超过。这也毫不奇怪。需要注意的是，刘勰并没有把它写成纯粹的“诗文评”，而是“文评中的子书，子书中的文评”（王更生语）。这一点为目录学著作所证实。《国史经籍志》《四库全书总目提要》《皕宋楼藏书志》等置其于集部（类）诗文评，而《宝文堂书目》《鸣野山房书目》《脉望馆书目》等置其于子（类）部，《日本国见在书目》则先将其置于子部杂家，后又列入总集，采用子集兼录。这表明《文心雕龙》与后世的诗话、词话评点等是不同的，其特点是“子集合一”，不能仅仅以“诗文评”或今天的“文学概论”“文学理论与文学批评”来视之。

钱锺书在《古典文学研究在现代中国》一文中指出："古典诚然是过去的东西，但是我们的兴趣和研究是现代的，不但承认过去东西的存在并且认识到过去东西里的现实意义。"[1]钱锺书强调研究"古典"宜"居今探古"，着力发掘它的"现实意义"。笔者撰写《〈文心雕龙〉论析》，也抱着同样的愿望与目标，即"活古化今"。希望本书能唤起读者（尤其是青年学子）关注这条精美灵动的"文龙"，读之爱之用之。愿"文龙"行走天下。

① 钱锺书：《写在人生边上　人生边上的边上　石语》，第178页。

附　录

起承转合结构论：从诗学到文章学

古人写作讲究起承转合，一般视之为中国诗文结构的基本型。对此，有的学者却颇有微辞："这种很可能出自三家村学究、为书贾伪托的机械结构论极浅陋可笑，可后来却被八股文理论所吸收（参看刘熙载《艺概·经义概》），又为一些诗论家引申发挥，遂泛滥于教人作试帖诗的蒙学诗法及一般诗法著作中。"[1] 问题由此而生：起承转合是不是"机械结构论"？是不是"极浅陋可笑"？笔者试图原起承转合之始末，以求教于大方之家。

一、"首—尾"说：起承转合结构论之滥觞

在起承转合结构论被明确提出以前，起承转合结构早已在写作实践中存在。饶宗颐在谈到甲骨卜辞时指出，完整的卜辞，大抵包括四个部分：一是前辞，即记卜日及贞卜者名字；二是命辞，即命龟之辞，为贞卜之事项；三是占辞，即因兆定吉凶；四是断辞，即书贞卜之结果。[2] 卜辞的这四个部分正是"起承转合"："前辞"交代贞卜的时间和贞卜人，是起；"命辞"说明贞卜的事项，是承；

---

① 蒋寅：《至法无法——古典诗学对技巧的终极观念》，《古典诗学的现代诠释》，北京：中华书局，2003 年，第 128 页。

② 施议对：《文学与神明——饶宗颐访谈录》，北京：生活·读书·新知三联书店，2011 年，第 140 页。

“占辞”指根据龟兆确定吉凶，是转；“断辞”指记录贞卜的结果，是合。这表明起承转合结构是先人思维程序的自然呈现。启功在讲文言文中句与句之间的关系时，也谈到起承转合：“凡可分为四截的文字，“常常第一截是‘起’；第二截接住上句，或发挥，或补充，即具‘承’的作用；第三截转下，或反问，或另提问题，即具‘转’的作用；第四截收束，或作出答案，或给上边作出结论，即具‘合’的作用。这种四截的，可称之为起承转合。”并逐一分析了《易经》《尚书》《左传》《论语》《孟子》《心经》等典范著述中案例，而后特别强调，起承转合“并不是谁给硬定的，而是若干人、若干代相沿相袭而成的习惯。这种已成的习惯，只有惯不惯，没有该不该。”又说，不仅文言文如此，白话文“也仍在那种规律笼罩中”。[①]启功肯定了起承转合结构，视之为不可更易的规律。

而起承转合作为一种理论被提出是有一个漫长过程。首先受到文士关注的是“起”和“合”，即“首”与“尾”。南朝刘勰的《文心雕龙》首次提出了“首—尾”说。《章表》篇的“赞曰”指出要“条理首尾”，《镕裁》篇中又讲“首尾圆合，条贯始序”，《章句》篇倡导“首尾一体”，《附会》篇则更为集中阐述“首—尾”问题：“统首尾”“首尾周密”“或制首以通尾”“惟首尾相援，则附会之体，固亦无以加于此矣”，批评了“首唱荣华”而“媵句憔悴”的写法。归纳起来，刘勰的“首—尾”说有三个要点：一是提出“首尾圆合（一体、周密、相援）的审美要求。刘勰强调首尾呼应，追求的是结构对称之美，体现他重大体、学具美之绩的整体结构观。二是阐明“统首尾”的方法。先要“制首以通尾”，贯通文脉（内义脉注），使文章首尾相衔。后则“条贯始序”，使文章有条有理，层次分明。

① 启功：《有关文言文中的一些现象、困难和设想》，《汉语现象论丛》，北京：中华书局，1997年，第44—50页。

把贯通性与层次性相统一，附会的作用就充分发挥出来了。三是指出不统首尾的后果。不统首尾，“辞味必乱，义脉不流”，文章则半身不遂（偏枯文体）；结尾毫无生气，文章气势受阻。刘勰的《文心雕龙》写作实践了他主张的“首—尾”说，每一篇篇末都有“赞曰”，大多为全篇的总结，且与开头相呼应。以《定势》篇为例，开篇提出：“夫情致异区，文变殊术，莫不因情立体，即体成势也。势者，乘利而为制也。如机发矢直，涧曲湍回，自然之趣也。圆者规体，其势也自转；方者矩形，其势也自安：文章体势，如斯而已。”“赞曰”的前四句则与开篇遥相呼应：“形生势成，始末相承。湍回似规，矢激如绳。”其中“形生势成，始末相承”照应“夫情致异区，文变殊术，莫不因情立体，即体成势也。势者，乘利而为制也”，“湍回似规，矢激如绳”对应“如机发矢直，涧曲湍回，自然之趣也。圆者规体，其势也自转：方者矩形，其势也自安：文章体势，如斯而已”。全篇以“循体而成势”“执正以驭奇”的主旨“制首以通尾”，阐明了情、体、势三者的关系，主张“并总群势”“各以本采为地”，评论前人对“势”的意见，批评近代（指刘宋与南齐前期）作者追求“讹势”。做到了首尾相援。

刘勰的“首—尾”说开启了起承转合结构论的先河，对汉语文章写作产生了深远的影响。“首尾圆合”或者说“首尾相援”已成为汉语文章结构的重要审美特征。①

此外，刘勰在《章句》篇中又指出：“启行之辞，逆萌中篇之意；绝笔之言，追媵前句之旨。”这里的“启行之辞”指文首，“中篇之意”指文中，“绝笔之言”指文尾。刘勰的说法可视为宋元“首—腰腹—尾”（凤头—猪肚—豹尾）说之肇始。

---

① 万奇：《汉语文学结构论》，《文心之道：汉语写作论说》，第167—168页。

二、“首—腰腹—尾”（凤头—猪肚—豹尾）说：起承转合结构论之初步形成

到了宋元时代，起承转合结构论发展到第二阶段，即由“首—尾”说扩展为“首—腰腹—尾”（凤头—猪肚—豹尾）说。其论的代表人物是南宋的姜夔和元代的乔吉。

姜夔在其所著的《白石道人诗说》中指出：“作大篇尤当布置，首尾匀停，腰腹肥满。多见人前面有余，后面不足；前面极工，后面草草。不可不知也。”姜夔把“大篇”[①]诗歌分为三个部分：首、腰腹和尾，即开头、主体和结尾。并对这三个部分分别提出了具体要求：“首尾匀停”是说开头结尾要大体相当，避免前重后轻。“腰腹肥满”是指诗歌的主体要写得充分、饱满。姜夔所论，明确了诗歌（不仅仅是“大篇”）的结构审美要求，尤其是强调诗歌要“腰腹肥满”这一点，较之“首—尾”说有了显著的进步。

“大篇”诗歌《春江花月夜》就做到了“首尾匀停，腰腹肥满”：

春江潮水连海平，海上明月共潮生。
滟滟随波千万里，何处春江无月明？
江流宛转绕芳甸，月照花林皆似霰。
空里流霜不觉飞，汀上白沙看不见。
江天一色无纤尘，皎皎空中孤月轮。
江畔何人初见月？江月何年初照人？
人生代代无穷已，江月年年只相似。
不知江月待何人，但见长江送流水。
白云一片去悠悠，青枫浦上不胜愁。

---

① “大篇”指篇幅长的诗歌。

谁家今夜扁舟子？何处相思明月楼？
可怜楼上月徘徊，应照离人妆镜台。
玉户帘中卷不去，捣衣砧上拂还来。
此时相望不相闻，愿逐月华流照君。
鸿雁长飞光不度，鱼龙潜跃水成文。
昨夜闲潭梦落花，可怜春半不还家。
江水流春去欲尽，江潭落月复西斜。
斜月沉沉藏海雾，碣石潇湘无限路。
不知乘月几人归？落花摇情满江树。

这首七言歌行被闻一多誉为“诗中的诗，顶峰上的顶峰”[①]。全诗共九组，每四句一组。其中“首”是前两组：以春江引出潮水，由潮水连海而带出明月，江流绕芳甸，明月照花林。“春江花月”，渐渐吐出，而“夜”在其中，自然导出诗题。“腰腹”是中间五组：承“首”而来，由江天孤月及江畔之人，进而引发诗人对人生、宇宙的感叹；又由悠悠白云及青枫浦之愁，点出扁舟子（游子）思楼上人（闺妇）；而后视角切换到楼上，以楼上月、妆镜台、玉户帘、捣衣砧四个意象映衬出其可怜；离人望月，想到与游子虽不相闻，但愿月光能照到他的身上，奈何鸿雁“光不度”，鱼龙也只能“水成文”。“尾”是后两组：诗人笔墨又转到了游子，梦落花，春半不还家，江水流，落月复西斜；最后斜月沉海雾，潇湘无限路，人无归，花又落，只有情思荡漾。诗人把春江花月渐渐收束，与前两组遥相呼应。该诗首尾之匀停，腰腹之肥满，堪称大篇的典范。

乔吉的“凤头—猪肚—豹尾”说，见于陶宗仪的《南村辍耕录》

① 闻一多：《宫体诗的自赎》，《唐诗杂论》，上海：上海古籍出版社，1998 年，第 18 页。

卷八《作今乐府法》：

> 乔孟符（吉），博学多能，以乐府称。尝云："作乐府亦有法，曰凤头、猪肚、豹尾六字是也。大概起要美丽，中要浩荡，结要响亮。尤贵在首尾贯穿，意思清新。苟能若是，斯可以言乐府矣。"此所谓乐府，乃今乐府，如《折桂令》《水仙子》之类。①

这里的"今乐府""乐府"指散曲，是元代的称法。"凤头、猪肚、豹尾"六字是对散曲结构的要求，即所谓"起要美丽，中要浩荡，结要响亮"。此论与姜夔的"首——腰腹——尾"说是一脉相承的，与后者不同的是，乔吉讲的是散曲，且对首、身、尾三个部分的诠释比姜夔更具体、形象：开头美丽似凤头，主体部分浩荡像猪肚，结尾响亮如豹尾。也就是说，散曲的结构应该是"两头（凤头、豹尾）小，中间（猪肚）大"。请看乔吉的《折桂令·客窗清明》：

> 风风雨雨梨花，窄索帘栊，巧小窗纱。甚情绪灯前，客怀枕畔，心事天涯。三千丈清愁鬓发，五十年春梦繁华。蓦见人家，杨柳分烟，扶上檐牙。

这支小令开头写作者目中所见之景物，以"巧小窗纱"呼应标题中的"客窗"，共十四个字，符合"折桂令"六——四——四之定格。主体部分用"甚"字领起，写客居之愁苦和"春梦繁华"的感慨，共二十七个字，采用的是五（比定格多了一个字）——四——四——七——七格；结尾以人家杨柳之春景反衬作者的漂泊之苦，共十二

① 〔元〕陶宗仪：《南村辍耕录》，顺治十二年汲古阁刻本。

个字，用四——四——四格（比定格多了一个四字句）[①]。《客窗清明》的结构基本符合“凤头—猪肚—豹尾”的要求。

“首——腰腹——尾”（凤头——猪肚——豹尾）说依然为今天的汉语文章写作教学所鉴用。令人称奇的是，先锋作家莫言的长篇小说《檀香刑》居然自觉地运用了“凤头——猪肚——豹尾”的传统结构，并在目次中注明：

> 凤头部：第一章媚娘浪语、第二章赵甲狂言、第三章小甲傻话、第四章钱丁恨声
>
> 猪肚部：第五章斗须、第六章比脚、第七章悲歌、第八章神坛、第九章杰作、第十章践约、第十一章金枪、第十二章夹缝、第十三章破城
>
> 豹尾部：第十四章赵甲道白、第十五章媚娘诉说、第十六章孙丙说戏、第十七章小甲放歌、第十八章知县绝唱

其中“凤头部”四章，“猪肚部”九章，“豹尾部”五章。莫言用古于今，在《檀香刑》的创作中成功实践了“凤头——猪肚——豹尾”的结构理论。这表明“首——腰腹——尾”（凤头—猪肚—豹尾）说不仅可以指导诗歌、散曲的创作，对一般文章写作，甚至小说创作也有借鉴价值。

三、“起—承—转—合”说：起承转合结构论之成立

在元代诗论中，杨载、范梈明确提出了“起——承——转——合”说，标志起承转合结构论的正式成立，进入了起承转合结构论发展的第三阶段。

---

① 据《九宫大成南北词宫谱》载，“折桂令”的字数定格是六、四、四、四、四、四、七、七、四、四（十句），但是第五句之后可酌增四字句。

杨载在《诗法家数》中明确指出，“律诗要法”是“起承转合”，并且具体解释了怎样起承转合：

> 破题或对景兴起，或比起，或引事起，或就题起。要突兀高远，如狂风卷浪，势欲滔天。颔联或写意，或写景，或书事，用事引证。此联要接破题，要如骊龙之珠，抱而不脱。颈联或写意、写景、书事，用事引证，与前联之意相应相避。要变化，如疾雷破山，观者惊愕。结句或就题结，或开一步，或缴前联之意，或用事，必放一句作散场，如剡溪之棹，自去自回，言有尽而意无穷。

破题是起，故曰“要突兀高远，如狂风卷浪，势欲滔天”；颔联是承，故曰“此联要接破题，要如骊龙之珠，抱而不脱”；颈联是转，故曰“要变化，如疾雷破山，观者惊愕”；结句是合，故曰“必放一句作散场，如剡溪之棹，自去自回，言有尽而意无穷”。以七言律诗为例，第一、二句是起，第三、四句是承，第五、六句是转，第七、八句是合。请看杜甫的《登高》：

> 风急天高猿啸哀，渚清沙白鸟飞回。
> 无边落木萧萧下，不尽长江滚滚来。
> 万里悲秋常作客，百年多病独登台。
> 艰难苦恨繁霜鬓，潦倒新停浊酒杯。

起以“风急”“渚清”句勾勒了一幅萧瑟的秋景图，为全诗奠定了悲秋的情感基调；承以“无边”“不尽”句描绘、渲染了肃杀的秋色：落木萧萧而下，长江滚滚而来；转以“万里”“百年”句由景及人，写到了诗人的多重之悲——地远之悲、秋时之悲、久旅之悲、暮年之悲、多病之悲和孤独之悲；合以“艰难”“潦倒”句感叹时世多艰，潦倒不堪，意味深长。

据傅若金《诗法正论》所载，范梈对起承转合做了较为具体的概括：

> 大抵起处要平直，承处要从容，转处要变化，结处要渊永。起处戒陡顿，承处戒迫促，转处戒落魄，合处戒断送。①

范梈的诠释从“平直”“从容”“变化”“渊永”正面说明起承转合，又从反面指出“陡顿”“迫促”“落魄”“断送”四戒，比杨载的阐释多了一个维度。而且范梈的表述比杨载更简练、平实。以绝句为例，第一句是起，第二句是承，第三句是转，第四句是合。如杜牧的《泊秦淮》：

> 烟笼寒水月笼沙，
> 夜泊秦淮近酒家。
> 商女不知亡国恨，
> 隔江犹唱后庭花。

首句是起，交代了秦淮的水与月，平易质直；次句是承，描写诗人所乘之船停泊在秦淮靠近酒家的地方，写得从容不迫；第三句是转，由秦淮夜景转到了酒家歌女，写出了变化；尾句是合，说歌女还在唱亡国之音《后庭花》，韵味渊永。

继杨、范之后，元人陈绎曾撰《文章欧冶（文筌）》，提出了“起—承—铺—叙—过—结”说，对起承转合结构论做了进一步拓展：

---

① 〔元〕傅若金：《诗法正论》，蔡镇楚：《中国诗话珍本丛书》（第三册），北京：北京图书馆出版社，2004 年，第 243 页。

> 起贵明切，如人之有眉目。承贵疏通，如人之有咽喉。铺贵详悉，如人之有心胸。叙贵转折，如人之有腹藏。过贵重实，如人之有腰膂。结贵紧快，如人之有手足。
>
> 右六节，大小诸文体中皆用之。……可随宜增减，有则用之，无则已之，若强布摆，即入时文境界矣。其间起、结二字，则必不可无者也。

陈绎曾的看法有四点值得重视：一是把起承转合由诗学引入文章学。杨、范所论只是律诗和绝句，未跳出诗学的范围。陈则谈古文的起承转合，进入了文章学领域。二是把诗学的“转”扩展为文章学的“铺、叙、过”。就诗学来看，律诗的“转”是颈联（第五、第六句），绝句的“转”是第三句，相对来说，比较简单；而文章结构比诗要复杂得多，扩为“铺、叙、过”，更符合文贵曲的特点。三是对起承铺叙过结的诠释简明、形象。陈指出，起贵明切，承贵疏通，铺贵详悉，叙贵转折，过贵重实，结（“结”即“合”——引者注，下同）贵紧快。并以人体之眉目、咽喉、心胸、腹藏、腰膂、手足予以一一对应，具体、生动，便于写作者理解、掌握。四是指出除起、结是“必不可无”之外，其他四个部分“可随宜增减，有则用之，无则已之”。即起承铺叙过结是“活法”，不是“死法”，和时文写作区隔分明。这种通达之见，尤为令人称道，澄清了起承转合等于时文之误。

起承转合结构论在元代确立是有原因的。唐宋以降，诗学论著主要有两类：一类是重诗歌批评的诗话，一类是讲诗歌作法的诗格。进入元代之后，曾兴盛于宋代的诗话趋于衰落，而唐人诗格却在此时复兴了。《诗法家数》《诗学正源》《诗学禁脔》《木天禁语》《诗格》

《诗法正宗》《诗宗正法眼藏》《诗谱》《诗法正论》等一批诗格论著盛行于诗坛。究其原因，主要有二：一是元人门户观念不强。元人不像宋人那样好立门派，批评之风也较弱，诗话也随之衰落。二是元人有崇唐抑宋的倾向。元人认为，宋诗变化太大，走得太远，不像唐诗，故主张"由宋返唐"，以唐诗为写作楷模的诗格著作便应时而生了。[①] 而研究诗歌格式、体例、技法一向是诗格论著的着力点，因此，起承转合结构论在元代成立也就毫不奇怪了。

起承转合结构论对后世的诗学、文章学影响深远。李东阳《麓堂诗话》、胡镇亨《唐音癸签》、陈仅《竹林答问》等明清诗学论著多有提及。[②] 就连曹雪芹《红楼梦》第四十八回写林黛玉谈作诗，也讲到了起承转合。[③] 值得注意的是，近代文章学论著对起承转合有新的阐发。刘熙载《艺概・经义概》阐述了起承转合四者之间的关系：

---

① 顾易生、蒋凡、刘明今：《中国文学批评通史——宋金元卷》，上海：上海古籍出版社，1996 年，第 1053 — 1055 页。

② 李东阳《麓堂诗话》："律诗起承转合，不为无法，但不可泥。泥于法而为之，则撑柱对峙，四方八角，无圆活生动之意。然必待法度既定，从容闲习之余，或溢而为波，或变而为奇，乃有自然之妙，是不可以强致也。"胡震亨《唐音癸签》卷三引语："七言律有起、有承、有转、有合。起为破题，或对景兴起，或比起，或引事起，或就题起，要突兀高远，如萍风初发，势欲卷浪。承为颔联，或写意，或写景，或书事，或用事引证，要接破题，如骊龙之珠，抱而不脱。转为颈联，或写意、写景、书事，用事引证，与前联之意相应、相避，要变化不穷，如鱼龙出没瀍涛，观者无不神耸。合为结句，或就题结，或开一步，或缴前联之意，或用事，必放一句作散场，如截奔马，辞意俱尽；如临水送将归，辞尽意不尽。知此，则七律思过半矣。杨仲弘参。"陈仅《竹林答问》："问：诗有以起承转合言者，是否？此不易之法，古人亦屡言之。但变化在手，不可板分也。"

③ 《红楼梦》第四十八回林黛玉这样对香菱说：什么难事，也值得去学？不过是起、承、转、合，当中承、转是两副对子，平声的对仄声，虚的对虚的，实的对实的，若是果有了奇句，连平仄、虚实不对都使得的。

起、承、转、合四字，起者，起下也，连合亦起其内；合者，合上也，连起亦合在内；中间用承用转，皆兼顾起合也。

刘熙载把起承转合视为一个有机的整体，认为起时要考虑到合，合时也要照应到起，承、转亦需兼顾起与合。这显然不是“机械结构论”。来裕恂《汉文典·文章典》系统总结了起承转结的章法，其中起法有顺起、逆起、直起、浑起、翻起、问起、原起、冒起、喻起、排起，承法有正承、反承、顺承、逆承、急承、缓承、断承、阐承、分承、总承、引承、原承，转法有正转、反转、横转、进转、紧转、喻转、蓄转、翻转、急转、层转，结法有总结、分结、翻结、离结、论结、叹结、赞结、感结、责结、问结、答结、喻结、叙结、转结、缴结、应结。虽有繁琐之嫌，但不能不说具体、细致，便于写作者掌握。

四、“起承转合”结构论对后世文章写作以及日本的影响

起承转合结构论不仅绵延至后代的诗学、文章学理论中，而且影响了后世的文章写作。

明清科举考试的专用文体八股文明显受到了起承转合结构论的影响。八股文是由宋元经义发展而来的，由破题、承题、起讲、入手、起股、中股、后股、束股组成，其中从起股到束股属于正式议论，每一股都有两股排比对偶的文字，合共八股，故名八股文。起承转合在八股文里分别转化为起、中、后、束四股。这里需要说明的是，今人常常把起承转合与四股混为一谈，其实二者同中有异：四股均有排比对偶的要求，讲求骈文化，是“定体”；起承转合则比较自由，没有对仗和平仄的规定，是“大体”。尽管八股文有陈腐、空洞、僵化的局限，但从考试学角度看，它能测试出考生的文字功底，

方便考官阅卷，还是比较客观、公正的。[1]

古文写作的起承转合则是屡见不鲜。归有光的《项脊轩志》、方苞的《左忠毅公逸事》和袁枚的《祭妹文》等名篇无不依循起承转合来谋篇布局。现代白话文写作依然可见起承转合的形影精魂。香港董桥、陶杰、李怡等散文随笔名家的文字，或起承转合，或起承铺叙过结，或起承铺叙结，或起承叙过结，虽有增有减，可始终不离起承转合之基本结构。再看蒋寅的论文《起承转合——诗学中机械结构论的消长》的架构：

（一）诗学中起承转合之说的由来
（二）起承转合与八股文之关系
（三）起承转合之说在诗学中的展开
（四）诗学对起承转合之说的清算

这里“由来”是起，“关系”是承，“展开”是转，“清算”是合。蒋寅的另一篇论文《至法无法——古典诗学对技巧的终极观念》的架构也是如此：

（一）法与对法的超越（起——引者注，下同）
（二）“至法无法”的两个例证（承）
（三）法的重新定位（转）
（四）至法无法的哲学内涵及思想渊源（合）

这表明开篇所谈的启功观点得到了写作实践的验证——起承转

① 刘锡庆主编：《中国写作理论史》，西安：陕西人民教育出版社，1993年，第293—294页。

合“并不是谁给硬定的，而是若干人、若干代相沿相袭而成的习惯”，白话文“也仍在那种规律笼罩中”。换句话说，起承转合已经成为中国人谋篇布局的“集体无意识”（collective unconscious）。

令人饶有兴味的是，起承转合结构论对日本文章学也产生了较大的影响。木下是雄《理科写作技巧》在谈到文章结构时就指出：

> 1.起承转结汉诗里面有一种形式，被称为绝句，由起、承、转、结四句构成。第一句起兴，第二句承接，第三句转意，第四句结束全诗。……
>
> 正式论文作为理科工作论文的典型代表，其传统的构成形式也有类似之处。序论提出问题，说明背景和选择问题的原因，然后论述实验方法和实验结果（论理论文，论述假说和推理过程），接下去笔锋一转，探讨自己研究中发现的问题，比较、分析自己的结论，在此基础上得出最后结论。这一传统论文构成法，正是起承转结的体现。[①]

木下是雄由汉诗及论文，借用起承转合来指导论文写作。宇野义方、日高普、西原春夫、莲见音彦合著《怎样写论文》则引用孟浩然的《春晓》说明文章写作要有“起”“承”“转”“结”。池上秋彦、西田直敏、林巨树合著《国语要说》在谈到文章的结构时，专门介绍了中国汉诗的“起、承、转、结”的四段论和散文的“起、承、铺、叙、结”的五段论或“起、承、铺、叙、过、结”的六段论。保坂弘司更明确指出：

---

① 刘锡庆主编：《外国写作教学理论辑评》，呼和浩特：内蒙古教育出版社，1992年，第396页。

作为最一般的结构方式，是“起承转结”四段式，就其实质而言，这是同自然的思维程序相一致的。如果说得具体一些，则是:

起（前提）——放在开头部分；

承（发展）——论述的展开；

转（转换）——变换角度，继续展开论述；

结（结论）——提出主张，收束全文。

这本来来源于中国的诗歌作法，我们的古人把它作为一般文章的结构方式，灵活地接受下来。

概括起来说，“起承转结”四段式是基本的规则。[①]

在保坂弘司看来，起承转结是一般文章的结构方式，同自然的思维程序相一致，是作文的基本规则。他充分肯定了起承转结的文章学价值。

起承转合结构论对日本文章学的影响是正面的。日本人是举世公认善于学习的民族。如果起承转合是“极浅陋可笑”的“机械结构论”，日人是不会把它置于他们的文章学理论体系中。

总之，无论从起承转合的形成看，还是从它对后世的文章写作以及日本的影响看，起承转合结构论都是不能轻率否定的。起承转合结构论是诗文的有机结构论，是作者思维程序的自然呈现，是“大体”和“活法”。

本文先于2013年8月在内蒙古师范大学主办的“中国古代文学理论学会第十八届年会”上宣读，后刊于《美的观点与中国文论——古代文学理论研究（第三十七辑）》（华东师范大学出版社，2014年）。

① 〔日〕保坂弘司：《怎样撰写命题小论文》，李景隆、孟繁华编译：《学术论文写作译文集》，北京：中央广播电视大学出版社，1987年，第108页。

主要参考书目

1. 范文澜：《文心雕龙注》，北京：人民文学出版社，1958 年。

2.〔唐〕姚思廉撰：《梁书》，北京：中华书局，1973 年。

3. 王利器:《文心雕龙校证》，上海：上海古籍出版社，1980 年。

4. 陆侃如、牟世金：《文心雕龙译注》（上、下），济南：齐鲁书社，1981 年，1982 年。

5. 郭晋稀:《文心雕龙注译》，兰州：甘肃人民出版社，1982 年。

6. 牟世金:《台湾文心雕龙研究鸟瞰》，济南：山东大学出版社，1985 年。

7. 吴调公：《古典文论与审美鉴赏》，济南：齐鲁书社，1985 年。

8. 周振甫：《文心雕龙今译》，北京：中华书局，1986 年。

9. 冯春田:《文心雕龙释义》，济南：山东教育出版社，1986 年。

10. 詹锳：《文心雕龙义证》（上、中、下），上海：上海古籍出版社，1989 年。

11. 王元化：《文心雕龙讲疏》，上海：上海古籍出版社，1992 年。

12. 祖保泉：《文心雕龙解说》，合肥：安徽教育出版社，1993 年。

13. 牟世金：《文心雕龙研究》，北京：人民文学出版社，1995 年。

14. 杨明照主编：《文心雕龙学综览》，上海：上海书店出版社，

1995 年。

15. 林杉：《文心雕龙创作论疏鉴》，呼和浩特：内蒙古教育出版社，1997 年。

16. 詹福瑞：《中古文学理论范畴》，保定：河北大学出版社，1997 年。

17. 王运熙、周锋：《文心雕龙译注》，上海：上海古籍出版社，1998 年

18. 杨明照：《增订文心雕龙校注》(上、下)，北京：中华书局，2000 年。

19. 林杉：《文心雕龙文体论今疏》，呼和浩特：内蒙古教育出版社，2000 年。

20. 杨明照：《文心雕龙校注拾遗补正》，南京：江苏古籍出版社，2001 年。

21. 石家宜：《〈文心雕龙〉系统观》，南京：江苏古籍出版社，2001 年。

22. 林杉：《文心雕龙批评论新诠》，呼和浩特：内蒙古教育出版社，2002 年。

23. 中国《文心雕龙》学会、全国高校古籍整理委员会编辑：《〈文心雕龙〉资料丛书》（上、下），北京：学苑出版社，2004 年。

24. 黄霖编著：《文心雕龙汇评》，上海：上海古籍出版社，2005 年。

25. 戚良德：《文心雕龙学分类索引》，上海：上海古籍出版社，2005 年。

26. 黄侃：《文心雕龙札记》，北京：中华书局，2006 年。

27. 陈书良：《听涛馆〈文心雕龙〉释名》，长沙：湖南人民出版社，2007 年。

28. 刘永济：《文心雕龙校释》（上、下），北京：中华书局，

2007年。

29. 罗宗强：《读文心雕龙手记》，北京：生活·读书·新知三联书店，2007年。

30. 杨明：《文心雕龙精读》，上海：复旦大学出版社，2007年。

31. 戚良德：《文心雕龙校注通译》，上海：上海古籍出版社，2008年。

32. 朱文民：《刘勰志》，济南：山东人民出版社，2009年。

33. 王志彬著，钱淑芳、岳筱宁点评：《回眸文心路》，呼和浩特：内蒙古人民出版社，2009年。

34. 张少康：《刘勰及其〈文心雕龙〉研究》，北京：北京大学出版社，2010年。

35. 张立斋：《文心雕龙注订》，北京：国家图书馆出版社，2010年。

36. 张立斋：《文心雕龙考异》，北京：国家图书馆出版社，2010年。

37. 游志诚：《文心雕龙与刘子系统研究》，台北：文史哲出版社，2010年。

38. 林其锬：《增订文心雕龙集校合编》，上海：华东师范大学出版社，2011年。

39. 王志彬译注：《中华经典名著全本全注全译·文心雕龙》，北京：中华书局，2012年。

40. 吴林伯：《〈文心雕龙〉义疏》(上、下)，武汉：武汉大学出版社，2013年。

41. 黄维樑：从《〈文心雕龙〉到〈人间词话〉——中国古典文论新探（第二版）》，北京：北京大学出版社，2013年。

42. 万奇、李金秋主编：《〈文心雕龙〉探疑》，北京：中华书局，

2013 年。

43. 张灯：《文心雕龙译注疏辨》(上、下)，上海：复旦大学出版社，2015 年。

44. 童庆炳：《〈文心雕龙〉三十说》，北京：北京师范大学出版社，2016 年。

45. 黄维樑：《文心雕龙：体系与应用》，香港：文思出版社，2016 年。

46. 颜崑阳：《诗比兴系论》，新北：联经出版事业股份有限公司，2017 年。

47. 戚良德：《〈文心雕龙〉与中国文论》，北京：中国书籍出版社，2017 年。

48. 游志诚：《〈文心雕龙〉五十篇细读》，台北：文津出版社有限公司，2017 年。

49. 黄维樑、万奇：《爱读式文心雕龙精选读本》，北京：北京师范大学出版社，2017 年。

50. 左东岭：《中国文学思想史研究论集》，北京：人民出版社，2019 年。

51. 龚鹏程：《文心雕龙讲记》，桂林：广西师范大学出版社，2021 年。